Cocco & Magella

La ballata di un uomo solo

La ballata di un uomo solo è un romanzo. Le opinioni espresse su cose, oggetti, persone, eventi socio-politici, corpi militari, fatti di cronaca, movimenti politici, religiosi e d'opinione e ogni tipo di considerazione di natura politica ed economica, appartengono ai personaggi e non agli autori. I nomi di enti, aziende, strutture istituzionali, dimore storiche, personaggi pubblici e non, sono stati utilizzati unicamente allo scopo di conferire verosimiglianza alle vicende narrate. Non vi è pertanto alcuna correlazione tra l'oggetto della finzione letteraria e personaggi, fatti, situazioni o circostanze reali. Anche la cronologia interna al romanzo segue regole proprie, che non hanno alcuna attinenza con la cronaca o la «realtà».

Prima edizione nell'"Universale Economica" settembre 2021

Stampato da
Printbee.it®, Noventa Padovana
per conto di Marsilio Editori® in Venezia

UNIVERSALE
ECONOMICA
FELTRINELLI

Marsilio

Giovanni Cocco è nato a Como nel 1976. Dopo la laurea in storia alla Statale di Milano, si è specializzato nella promozione e nell'insegnamento della lingua e della cultura italiana agli stranieri. Amneris Magella è nata a Milano nel 1958 ed esercita la professione di medico legale. La loro serie a quattro mani sui delitti del lago di Como, con protagonista il commissario Stefania Valenti, è stata tradotta negli Stati Uniti e nei principali paesi europei.

I delitti del lago di Como
1. *Ombre sul lago*
2. *La ballata di un uomo solo*
3. *Morte a Bellagio*
4. *La sposa nel lago*

LA BALLATA DI UN UOMO SOLO

a Francesca

Il fatto di cercare e dire la verità rinvia, più che a una tradizione umanista, a una tradizione del secolo dei lumi. [...] Dunque, è un mio dovere parlare, dire ciò di cui sono convinto. In nessun caso sono però uno scrittore impegnato, partigiano, in nessun caso sono un maestro di pensiero.

LEONARDO SCIASCIA

Prologo

Lugano, estate

Una visita inaspettata gli ha rovinato il pomeriggio.

L'uomo passeggia nervosamente per lo studio, poi si volta verso la finestra a osservare il panorama. Lugano è una Montecarlo in miniatura, e il monte San Salvatore una specie di Pan di Zucchero in scala ridotta.

E lì, dal lungolago fino al centro storico, c'è la più alta concentrazione di banche dell'Europa continentale. Solo Zurigo può competere con la città ticinese.

Un posto perfetto per fare affari.

Solo che questa volta c'è un problema.

Una seccatura, gli hanno riferito.

Una questione da risolvere al più presto.

Osserva il contenuto della busta che gli è appena stata recapitata.

Rilegge la frase scritta a mano. Sul foglio bianco, in una grafia incerta, c'è scritto:

UNDICESIMO: NON TRADIRE.

Milano, dicembre 1992

Le gocce scivolano sul parabrezza dell'auto.

L'uomo con l'impermeabile, dall'interno dell'abitacolo, osserva i palazzi tutt'intorno. Non ci ha ancora fatto l'abitudine. Non a quella città.

Gli piacciono le insegne.

Non lo ha mai confessato a nessuno ma quelle scritte luminose – neon, led e cartelloni pubblicitari – gli mettono i brividi.

Le luminarie natalizie, nella piazza intorno alla stazione Centrale, si confondono con le insegne.

Toshiba, Generali, Maxell.

Milano è la sua città, la città che lo ha allevato, che gli ha dato la possibilità di farsi una posizione, un nome.

Se nel corso degli anni è diventato qualcuno, se oggi può girare a testa alta, lo deve a quella città.

Una vecchia baldracca, a sentire qualcuno. Ma per lui è tutto.

Persino lì, in quell'angolo di mondo dove di notte si danno convegno spacciatori, prostitute e barboni, la città ha un suo fascino.

Perché per capire Milano bisogna viverla d'inverno, pensa l'uomo.

Una sigaretta, l'ultima prima di andare a dormire, la fiamma dell'accendino che illumina le mani.

Puoi decidere di nasconderti sotto le coperte a rimuginare sulle tue pene, cercando di mettere croci sui vecchi amori o scegliere di gettare rose nella pioggia, dice la canzone alla radio.

Nella testa un'immagine, gli edifici avvolti dalla foschia, e un pensiero che si fa più nitido, quelle gocce di pioggia, le lacrime dei perdenti sulla città.

Ma lui non ne vuole sapere. Lui è quello che ce l'ha fatta.

Si guarda attorno.

Accanto al marciapiede un barbone dorme accovacciato su una pila di cartoni. Il puzzo di piscio e l'odore dell'asfalto bagnato si confondono. Hanno qualcosa in comune.

L'uomo ha imparato ad ascoltare Milano. Una nota dolente che sale dalle strade, un suono che è la somma di tutte le voci. Basta mettersi in ascolto e la città parla, racconta storie terribili e meravigliose.

Ecco lo storpio che si avvicina per chiedere l'elemosina, e la pazza della stazione che si mette a urlare, qualcuno le ha rubato il portafogli e qualcuno le ha ammalato l'anima. I ragazzi con i giubbotti di pelle sghignazzano all'indirizzo di una donna che esce dal taxi, mentre un nero prova a venderle qualcosa.

Il mendicante dice qualcosa a un poliziotto, il protettore fa sibilare il coltello a serramanico accanto al viso della ragazza, non farlo mai più, non cercare di fregarmi. Due amanti cercano un po' di conforto dentro un'auto. Ma non c'è pace per loro. Non questa sera.

Una volta uscito dall'auto l'uomo con l'impermeabile spegne la sigaretta.

Ora pioviggina.

Con le mani in tasca inizia a incamminarsi verso casa,

respirando quell'odore che ha imparato a riconoscere. L'odore di Milano. L'odore dei bassifondi.

La prostituta dall'angolo gli dice: «Cinquantamila.»

La bionda sull'altro lato della strada urla: «Carino quel tipo.»

Dalla grata del marciapiede arriva lo sbuffo d'aria calda proveniente dalla metropolitana.

Percorre il breve tratto di strada chiedendosi come ha fatto, quella sera, a perdere. A perdere così tanto. Di solito vince sempre. Per questo l'hanno soprannominato Il Giocatore.

Il rumore di un portone chiuso, le sirene lontane di un'ambulanza. Poi più niente. Solo il suono ritmato dei suoi passi sulla strada.

Dietro di lui il profilo sinistro della stazione Centrale incombe sulla città.

All'altezza di via Mauro Macchi, non lontano dall'incrocio successivo, rallenta il passo.

Per un attimo gli è sembrato di sentire dei passi. Si volta, mette la mano sulla fondina della pistola e si guarda attorno.

Un cane randagio si avvicina al cassonetto della spazzatura. L'uomo prosegue.

Una volta arrivato di fronte al palazzo in cui abita, toglie la mano dall'impermeabile, prende le chiavi e le infila nella serratura.

Allora sente la voce dietro di lui: «Pensavi di farla franca anche questa volta, Giocatore?»

Si gira. L'uomo sta lì, in piedi, con una Beretta 92 puntata verso di lui.

Riconosce quella faccia e quegli occhi.

«Non sono uno di quelli che pensano, Angelo. Vengo pagato per eseguire degli ordini.»

«E nel mio caso quanto ti hanno dato per mandare in fumo il lavoro di anni?»

«È stato un insieme di circostanze sfortunate, te l'ho già ripetuto. Adesso cosa credi di fare, vuoi ammazzarmi? Non sarà certo ammazzando me che riavrai indietro quello che hai perso.»

«Io non ho perso nulla. Siete stati voi a portarmi via tutto.»

Non appena l'uomo con l'impermeabile alza il braccio, l'altro preme il grilletto.

Un solo colpo, dritto al cuore.

Mentre Il Giocatore cade a terra l'altro uomo, in silenzio, si volta e si dilegua nella notte.

Intorno, la città appare addormentata. Solo il riflesso dei neon, quello dei lampioni, e una cappa di nubi che sembra aver avvolto ogni cosa.

1

Una fine estate così calda non la ricordava da anni.

Seduta all'aperto, a uno dei tavolini del bar accanto alla funicolare di Brunate, Stefania Valenti stava bevendo un cappuccino.

Osservava il profilo della città di Como, appena sotto: la cupola azzurra del duomo, piazza Cavour e, a breve distanza, lo stadio Sinigaglia, il tempio Voltiano e l'Hangar. Intorno i turisti affollati di fronte all'imbarcadero, segno che la stagione per quell'anno non era ancora terminata. Uno squillo del cellulare ruppe il silenzio.

Stefania osservò il display. La questura.

La giornata si era aperta con il caso di due ragazzi che avevano fatto a botte a Brunate la sera precedente. Aveva deciso di prendere la funicolare per godersi il panorama della città vista dall'alto, mentre andava a sentire il proprietario del locale in cui era avvenuta la lite.

«Che c'è, Marino?»

«Commissario, è la pattuglia che chiama da Cernobbio. C'è appena stato un incidente stradale. Le passo Lucchesi che è in linea dall'altra parte.»

«Un incidente stradale? Be', che facciano tutto come al solito. Qual è il problema?»

Ci fu una breve pausa.

Poi di nuovo la voce di Marino dalla questura.

«Dottoressa, insistono per un intervento urgente. Dicono che si tratta di un incidente grave. Ci sono dei feriti.»

«E allora perché non chiamano il 118?»

Altra pausa imbarazzata.

Marino doveva avere le idee confuse.

«Senti, Marino, passamelo, altrimenti facciamo notte.»

Dopo qualche istante sentì la voce di Lucchesi.

«Lucchesi, che succede? È scoppiato il finimondo a Cernobbio?» chiese Stefania.

«Commissario, senta, c'è stato un incidente sulla Vecchia Regina, appena dopo Villa d'Este. Un'auto ha perso il controllo in curva ed è finita contro il muro e poi contro la cancellata di una villa.»

«Marino mi ha detto che ci sono dei feriti.»

«Sì, commissario, forse ci scappa anche il morto.»

«Allora sarà meglio che chiamiate il pronto intervento.»

Lucchesi sembrava spiazzato.

«Il 118 è qui da un pezzo. Solo che il ferito è incastrato nella macchina. Non riescono a tirarlo fuori. Hanno chiamato i vigili del fuoco. C'è bisogno di cesoie e fiamma ossidrica.»

«Allora tutto procede, mi sembra.»

«Sì, ma non è un incidente normale.»

«In che senso?»

«Anche il giardiniere che è arrivato per primo e poi il dottore francese dicono di aver sentito degli spari.»

«Lucchesi, spiegati. Chi sono il dottore francese e il giardiniere? E quali spari?»

«Sulla fiancata della macchina ci sono dei segni di colpi di arma da fuoco, la gomma davanti è squarciata...»

«Aspettami lì. Arrivo in dieci minuti.»

Chiuse la comunicazione e chiamò Piras.

«Piras, sono a Brunate. Scendo subito con la funicolare. Ci vorranno dieci minuti. Raggiungimi qui sotto. Andiamo a Cernobbio. C'è stata una sparatoria.»

Il panorama di Como avrebbe atteso. Peccato. Un ultimo sguardo al parco fiorito di Villa Olmo le fece tornare in mente che in settimana aveva un appuntamento da quelle parti.

Luca.

Erano giorni che non si vedevano.

E a ogni incontro, in quel punto imprecisato tra un appuntamento e quello successivo, in quella distanza che li separava; in un'espressione: nell'attesa, nell'istante sospeso della loro storia, Stefania si scopriva ogni volta come al primo appuntamento, felice, sorpresa, con una sensazione di vuoto nella pancia.

Si diresse verso la funicolare. Le carrozze in risalita erano piene. Ci mancavano solo i turisti.

Faceva un caldo terribile ed erano appena le nove del mattino. A Como capitava di rado di percepire temperature così alte in quella stagione.

Quest'anno, però, era diverso. Dall'inizio di giugno le temperature erano schizzate alle stelle, il termometro aveva segnato una media di trentacinque gradi. E così per tutta l'estate. I meteorologi avevano previsto una coda per l'intero autunno. E ci avevano visto giusto. Si boccheggiava, e quel che era peggio, si trattava di un caldo umido, del genere che si appiccica addosso.

Scendendo con la funicolare individuò l'auto della questura.

Piras stava fuori, appoggiato alla portiera, una sigaretta in mano. La Punto azzurra non aveva l'aria condizionata. Piras l'aveva messa al sole, nel bel mezzo della piazza. In pochi minuti l'abitacolo sarebbe diventato rovente.

Forse andare a Cernobbio non era poi così male. Sul lago, probabilmente, ci sarebbe stato un filo di vento.

La guida di Piras era più sportiva del solito.

Da giorni il suo collaboratore era agitato. La moglie aveva partorito da tre mesi. E le continue telefonate da casa si erano aggiunte alle ore di permesso.

Dal finestrino intravide il viale alberato e poi la sagoma della villa. Provò a immaginarsi l'interno: i tendaggi di seta dell'atrio, le vetrate che davano sul lago, il famoso salone delle Colonne.

Una frenata in prossimità della curva verso il Pizzo di Cernobbio la riportò alla realtà.

Arrivarono sul luogo dell'incidente in pochi minuti, nel momento in cui i vigili del fuoco stavano iniziando a tagliare le lamiere.

La piccola utilitaria nera, una Ypsilon 10 Elefantino, accartocciata tra il muro e l'imponente cancello dalle complicate volute di ferro battuto, le ricordò un insetto morente prigioniero in una ragnatela, le zampe rattrappite dopo l'agonia.

Tra il personale del 118 Stefania notò, proprio accanto all'auto, una ragazza con i capelli castani raccolti in una coda di cavallo.

Parlava all'uomo rimasto intrappolato all'interno. Il vetro del finestrino si era completamente frantumato nell'impatto. A un certo punto la ragazza infilò un braccio. Toccò la spalla dell'uomo, che aveva la testa riversa sul volante. Lui si mosse, sembrò riprendere conoscenza per qualche istante.

La ragazza stava cercando, in qualche modo, di mantenerlo cosciente. Si fece da parte solo dopo l'intervento dei vigili.

Nei minuti successivi Stefania chiese al medico notizie del ferito.

«È ancora vivo, per ora. Però ha già perso conoscenza. L'urto deve essere stato violentissimo. Dopo che l'avranno tirato fuori le saprò dire di più.»

Stefania non ebbe il tempo di replicare. La portiera venne divelta. L'uomo fu estratto e adagiato a terra, su una barella. Un momento prima che i paramedici gli si affollassero attorno, riuscì a intravedere una larga macchia di sangue sulla camicia bianca.

L'uomo, dai radi capelli neri, non doveva essere più tanto giovane.

L'ambulanza ripartì a sirene spiegate. A quel punto Stefania si avvicinò per esaminare l'auto.

Sulla portiera, dal lato del conducente, erano evidenti i segni di tre colpi di arma da fuoco. La ruota anteriore sinistra era squarciata e tutto il lato destro della vettura e metà del muso erano distrutti. L'impatto contro il muro e la cancellata della villa doveva essere stato violento. Sull'asfalto non vi erano segni di frenata.

«Okay, ragazzi. Fotografate tutto e passate al setaccio la piazzola, il lato della strada e tutto il resto. Quando avete finito chiamate il carro attrezzi.»

Poi si voltò verso Lucchesi. «Spiegami bene di che cosa parlavi prima: il dottore francese e il giardiniere.»

«Sono stati i primi a vedere l'auto e a chiamare il 118. Adesso sono tornati a Villa d'Este. Li ho avvisati di tenersi a disposizione. Il dottore si chiama Philippe Moreau. Il giardiniere è un certo Giuseppe Valsecchi. Il dottore resterà in Italia fino a sabato, alloggia a Villa d'Este. Valsecchi lavora lì. È di Moltrasio. Può trovare gli estremi e i recapiti nel verbale.»

Stefania annuì.

Prese la cartelletta di Lucchesi e la mise sul sedile dell'auto di servizio.

Iniziò a guardarsi attorno: la macchina si era schiantata in corrispondenza della curva che precedeva l'inizio della salita verso il Pizzo, in un punto in cui la strada correva a ridosso della montagna. Dall'altra parte, invece, la riva scendeva a precipizio verso il lago. Alle loro spalle la visuale si apriva placida su Villa d'Este, che a quell'ora del mattino splendeva più bella che mai.

Poco oltre sorgeva Cernobbio, con l'Harry's Bar, l'Hotel Regina Olga e la caratteristica passeggiata a lago che si spingeva fino all'imbarcadero.

Scese a piedi per un centinaio di metri lungo la strada, sporgendosi di tanto in tanto. Giunse fino al muro di confine con la proprietà dell'albergo.

Da quella posizione era possibile scorgere, sollevando lo sguardo verso la montagna, i giardini sul retro della villa e le rovine delle torri merlate del castello.

Intanto si erano fatte le dieci e il grande albergo, poco alla volta, si stava animando: alcuni clienti camminavano lungo i balconi e sul bordo della piscina all'aperto. Il personale si dava da fare tra i tavolini, dove altri stavano facendo colazione.

Rimase a osservarli per qualche istante.

Fantasticò per qualche secondo, invidiando tutti, dai turisti ai camerieri.

Poi udì la voce di Piras. A quel punto scrollò le spalle e ritornò indietro.

I vigili del fuoco se n'erano andati, la carcassa dell'auto era già stata caricata sul carro attrezzi e la circolazione era ripresa. Il traffico era scarso, per non dire inesistente.

Con gli anni la Vecchia Regina, la strada "bassa", era diventata una strada secondaria.

Quasi l'intero flusso dei veicoli scorreva più in alto, grazie a una galleria che rendeva possibile raggiungere Moltrasio senza passare attraverso il centro storico di Cernobbio.

Poco più avanti, superato il Pizzo, iniziava il percorso della strada bassa, che consentiva ai turisti più curiosi di ammirare le splendide residenze di quella sponda del lago.

Perché il lago di Como, per i turisti stranieri, significava soprattutto sponda occidentale, quella da cui erano passati tutti i grandi, da Liszt a Stendhal, da Churchill a Adenauer, da Hitchcock ai divi del cinema, dalle teste coronate ai grandi capitani d'industria, fino ad arrivare, in tempi più recenti, a George Clooney e George Lucas.

In quel primo tratto di strada, dove la Regina conduceva da Cernobbio a Moltrasio, e poi a Carate Urio e Laglio, c'erano alcune delle ville più belle.

Piras e Lucchesi aspettavano indicazioni.

Stefania li osservò. Piras aveva la barba sfatta, il viso spento. Dal colletto della camicia spuntava la cravatta d'ordinanza. Lucchesi, occhiaie a parte, appariva impeccabile, fatta eccezione per una macchia sul polsino destro.

Il tempo passa per tutti, pensò Stefania. Anche per i suoi uomini.

«Gradite un caffè a Villa d'Este?» domandò sorridendo.

L'addetto alla portineria riconobbe la macchina della polizia e li fece passare.

Parcheggiarono all'ombra dei platani, lungo il viale di accesso alla villa, dopo aver superato un'elegante dépendance.

Di fronte a loro la facciata dell'edificio, maestosa e regale, con i cinque ordini di finestre e le famose terrazze.

Dalla portineria dovevano aver segnalato il loro arrivo, perché prima che avessero raggiunto l'ingresso del salone al piano terra, un uomo si fece loro incontro.

Sorridente e distinto, un impeccabile completo grigio e una camicia celeste, si qualificò come Pozzi, vicedirettore dell'albergo. Appariva cordiale e disinvolto, e non sembrò sorpreso nemmeno quando Stefania chiese di poter parlare con il dottor Moreau e con il giardiniere.

«Il signor Valsecchi mi aveva preannunciato il vostro arrivo. Adesso è impegnato sul retro ma tra poco sarà a vostra disposizione. Lo abbiamo già avvisato. Intanto, se volete, potete scambiare qualche parola con il dottor Moreau, che è un nostro affezionato cliente. Seguitemi, prego.»

Si avviarono verso l'ingresso e poi lungo un corridoio che si affacciava su salotti, vestiboli, sale più grandi.

Stefania si guardò attorno: detestava lo sfarzo e lo sfoggio di paccottiglia dorata, ma lì, in quel luogo così celebre, ogni dettaglio era al posto giusto: dopotutto si trattava di uno degli alberghi più esclusivi del mondo.

E nel punto in cui si trovava, a poca distanza dall'atrio, poteva ammirare i fini tendaggi, i preziosi pavimenti, le vetrate, l'eleganza di ogni particolare.

Il giusto equilibrio di raffinatezza, discrezione e buon gusto era riscontrabile persino nell'abbigliamento del personale. Eleganza vera, secondo Stefania, che non aveva bisogno di essere ostentata.

Arrivarono in una sala più appartata. A poca distanza si sentivano il tintinnio delle posate e le voci di alcuni inservienti. Furono fatti accomodare in un posto tranquillo affacciato sul giardino a lago.

«Il dottor Moreau sarà subito da voi. Nel frattempo gradite un caffè?»

Stefania annuì a nome di tutti.

Si erano accomodati su alcune poltroncine con intarsi dorati.

Piras, che era rimasto in piedi di fronte a lei, sembrava un po' intimidito.

«Certo che sarebbe un bel posto per passarci le vacanze.»

«Mettiti il cuore in pace e siediti, Piras. Per un fine settimana qui non basterebbe un mese di stipendio» gli disse Lucchesi.

Piras sgranò gli occhi. Stava per dire qualcosa, ma proprio in quel momento si sentì un leggero tocco alla porta dietro di loro.

Milano, primavera 2013

L'elicottero, partito da un eliporto privato alle porte di Lugano all'una del pomeriggio, sorvola Milano.

Un'ora prima i due uomini si sono stretti la mano sotto le vele di cristallo di Palazzo Mantegazza, mentre sul tetto il pilota ammirava il golfo di Lugano.

Il tempo è splendido, la giornata luminosa.

Il pilota indica il complesso di Porta Nuova proprio sotto al velivolo.

Lo skyline della città, osservato da quella prospettiva, è impressionante.

Torri, grattacieli, guglie. Una città di vetro. Palazzi che si succedono senza sosta nella zona compresa tra la stazione Garibaldi e piazza della Repubblica, da Porta Nuova al Palazzo Lombardia, passando per via Melchiorre Gioia e la stazione Centrale.

Il cantiere più grande d'Europa, un'operazione da oltre due miliardi di euro. Gli architetti più famosi del mondo.

I due uomini seduti allungano lo sguardo.

«Il grattacielo Pirelli diventerà un pezzo da museo» dice l'assessore indicando la Torre Unicredit.

Renato Cavallero si aggiusta il blazer.

L'uomo d'affari elvetico vuole stupire il suo amico. Studiare la parte nei minimi dettagli, ecco il segreto.

L'assessore osserva la torre, ne è affascinato, lo si capisce da come indugia su ogni particolare.

Si tratta di una creatura perfetta, una torre di cristallo, un essere vivente in vetro e ferro che svetta sulla città. Inserita in un cerchio: la piazza Gae Aulenti, un diametro di cento metri e un ponte pedonale che la collega a corso Como.

Un'altezza di duecentotrentuno metri, includendo il corpo antenna che, da solo, ne misura ottantacinque. Trentadue piani, venticinquemila metri quadrati, due torri accessorie. L'edificio più alto d'Italia.

L'assessore osserva i palazzi interamente rivestiti di specchi. L'occhio si sofferma sulla *spire*, un'estensione architettonica che si spinge verso il cielo con i suoi led luminosi.

Cavallero è compiaciuto.

Ha fatto centro, ne è convinto. L'uomo politico è rimasto colpito, lo ha capito dal modo in cui rimane appoggiato al sedile del pilota, cercando di scrutare il panorama sottostante.

La vista della città, da quella altezza, riesce a togliere il fiato. Soprattutto a chi è abituato a un'altra Milano.

Una sintesi perfetta di vecchio e nuovo, in cui i grattacieli di cristallo si combinano alla perfezione con i profili delle chiese, i tetti delle case, le facciate dei palazzi.

Il colpo d'occhio è impressionante. La città sembra vibrare sotto i loro piedi, e mentre l'elicottero prosegue verso piazza della Repubblica, si susseguono altri edifici in costruzione; e di nuovo acciaio, vetro, strutture metalliche, sabbia, titanio, calcestruzzo, armature, canali, cemento, tensostrutture, cavi, balaustre, da viale della Liberazione fino alla stazione Centrale.

Poi il velivolo cambia rotta, un'ampia curva ed eccolo sorvolare la città in senso contrario.

In pochi minuti arriva nella zona nord-ovest della città.

Cavallero osserva l'area ostentando sicurezza.

È arrivato il momento decisivo.

E lui non deve fallire.

Centodieci ettari di superficie. Decine di migliaia di operai al lavoro.

Il cantiere di Rho-Pero, osservato dall'alto, assomiglia a un enorme formicaio.

Dove una volta si trovavano decine di stabilimenti industriali, adesso sta sorgendo una città.

Da mesi giornali e tv denunciano ritardi nei lavori. Un quotidiano inglese ha scritto di recente che «solo un miracolo potrà salvare il governo italiano dalla figuraccia di Expo 2015».

Cavallero mostra il *masterplan*, traccia linee nell'aria per spiegare che il cantiere è stato concepito come un'isola circondata dall'acqua, si sofferma su termini come *World Avenue* e *Lake Arena*.

«Lì sorgerà la collina» dice, «mentre più a sud ci sarà il teatro all'aperto di oltre diecimila metri quadrati.»

L'assessore annuisce. Cose già sentite centinaia di volte. Cavallero lo osserva, poi gli parla dei padiglioni, dei blocchi e delle altre caratteristiche dell'area.

Ma l'obiettivo è un altro.

Indica una zona residenziale in costruzione a poca distanza. «Quella è la Cittadella» dice.

L'assessore si sporge, osserva, rimane in silenzio.

Cavallero snocciola dati e tempistiche, illustra il lavoro fatto e quello ancora da completare. Parla di vie d'acqua, parchi e giardini; da consumato uomo d'affari sta per continuare, è arrivato il momento di illustrare un grafico che evidenzia il venduto in relazione al costruito. La percentuale è strabiliante.

Cavallero pensa che dopo tanta attesa è arrivato il momento di riscuotere.

È sul punto di riprendere la parola quando l'assessore si gira, sorride, mostrando i denti bianchissimi, e dice: «Non serve altro, rientriamo.»

2

Il dottor Moreau era il tipico francese benestante di mezza età. Elegante e abbronzato, indossava un abito di lino chiaro, una camicia bianca e dei mocassini. Si presentò e si sedette al loro tavolo.

Stefania ruppe il silenzio cercando di scandire bene le parole: «Dottor Moreau, il nostro agente mi ha riferito che lei è stato tra i primi ad accorrere sul luogo dell'incidente.»

«Commissario» rispose l'uomo in un italiano quasi perfetto, «la capisco benissimo. Sono dieci anni che vengo qui e parlo l'italiano.»

«Meglio così. Dicevo: lei è stato il primo a chiamare i soccorsi dopo l'incidente di questa mattina, vero?»

«A dire il vero siamo stati in due. C'era un altro uomo in cima alle rovine, dietro l'albergo. Glielo hanno detto?»

Stefania annuì.

«Le spiace raccontarci quello che è successo?»

«Sono uscito presto per il mio solito giretto di jogging. Sono andato fino a Villa Olmo e poi ho fatto lo stesso percorso in direzione contraria. Quattro chilometri ad andare e quattro a tornare. A Cernobbio ero un po' affaticato e così ho pensato di non scendere, come faccio di solito, verso il lago, ma di passare per il centro del paese.

«Quando sono arrivato nella strettoia, all'altezza di quel bar-tabaccheria, ho sentito l'auto provenire dalla piazza, dietro di me. Andava a velocità folle, mi è passata accanto, è stato un miracolo se non mi ha investito. Dico davvero: andava almeno a centoventi chilometri orari nel bel mezzo del paese. Dietro alla macchina, una macchina piccola, è passata anche la moto. Stessa velocità.»

«Una moto, ha detto. Che tipo di moto?»

«Una di grossa cilindrata, con due persone a bordo. Commissario, mi creda, potevano ammazzare qualcuno.»

«A quel punto cosa ha fatto?»

«Mi sono messo a correre per vedere cosa stava succedendo, solo che quando sono arrivato alla fine della strettoia non sono più riuscito a vedere nulla. L'auto e la moto avevano già oltrepassato la curva.

«Avvicinandomi all'ingresso dell'hotel, che stava a pochi passi, mi sono fermato un attimo per allacciarmi una stringa e a quel punto ho sentito prima degli spari, quattro colpi in sequenza ravvicinata, e poi un boato spaventoso in quella direzione.»

Moreau si girò verso l'esterno e indicò la parte della proprietà di Villa d'Este che dava verso il Pizzo di Cernobbio.

«Ha pensato a un incidente, è così?»

«Non poteva trattarsi d'altro.»

«Poi cos'è successo?»

«Avevo con me il marsupio, dove tengo il portafogli, il telefono e le chiavi. Ho preso le chiavi della macchina, che è parcheggiata sotto i platani, ho recuperato la borsa medica che tengo sempre nel bagagliaio e sono uscito verso la strada, cercando di fare il più in fretta possibile.»

«E quando ha incontrato il giardiniere?»

«Lui stava dietro l'albergo, dove ci sono le rovine. Quando mi ha visto arrivare stava già scendendo. Mi ha domandato se avevo sentito il rumore e mi ha seguito. Siamo arrivati sul posto in pochi minuti.»

«E cosa avete visto?»

«Al principio della strada, niente. Continuavo a sentire il rombo di un motore. Poi, duecento metri più avanti, abbiamo visto la macchina contro il cancello.»

«Gli uomini in moto erano ancora lì?»

«Sì. Un uomo stava in sella a motore acceso. L'altro era accanto alla macchina. Ha allungato un braccio verso l'interno. Ho provato ad attirare la loro attenzione mentre ci avvicinavamo. Il giardiniere si sbracciava, ma non ci hanno sentito. Quando siamo arrivati a un centinaio di metri ci hanno visto. Il tizio è risalito sulla moto e sono scappati via.»

«E non vi è sembrato strano? Cosa avete pensato?»

«Il giardiniere si è messo a gridare, gli ha urlato di tornare indietro. Quanto a me, ho pensato che se erano scappati lo avevano fatto per paura o perché avevano qualcosa da nascondere. Solo quando ho notato i segni dei colpi di pistola sulla portiera ho capito cos'era successo.

«Non ho nemmeno avuto il tempo di rendermi conto del pericolo che avevamo corso. Gli uomini che erano fuggiti erano armati. Ma l'uomo dentro alla macchina sembrava morto. Abbiamo pensato prima a lui.»

«Vada avanti» disse Stefania.

«Aveva la testa coperta di sangue, ma respirava ancora. L'ho chiamato, ha aperto gli occhi per un attimo e li ha richiusi subito dopo. Era in pericolo di vita. Il giardiniere, nel frattempo, aveva chiamato il pronto intervento con il mio cellulare. Tentavo di mantenere cosciente l'uomo intrappolato nella macchina. La portiera era bloccata. Non riusciva a parlare, perlomeno non in maniera comprensibile. Gli ho fatto delle domande, ma non capivo cosa dicesse.»

«E poi cos'è successo?»

«Sono arrivate altre macchine, si sono fermate per vedere cosa stesse accadendo. Poi ho sentito le sirene dell'ambulanza. Solo allora è arrivato il vostro collega. Gli ho raccontato quello che avevo visto e gli ho lasciato i miei dati. Poi sono tornato in albergo perché mia moglie, nel frattempo, poteva essersi preoccupata. Questo è tutto.»

Quando Moreau ebbe finito il suo resoconto, Stefania sentì bussare alla porta del salottino. Era il cameriere. Livrea d'ordinanza e guanti bianchi. Reggeva un grande vassoio con tazze di porcellana, tovaglioli e piattini in argento.

Presero il caffè in silenzio.

Piras e Lucchesi guardavano fuori dalla vetrata. A poca distanza stava transitando la motonave Orione, carica di turisti. Quando il cameriere uscì, dopo averli serviti, Stefania riprese la conversazione con il medico francese.

«Dottor Moreau, ancora un paio di domande e la lascio alla sua vacanza. Non ha notato qualche altro dettaglio che possa esserci utile? Il modello della moto, il numero di targa, qualcosa di particolare nei due motociclisti?»

«Era una moto nera, di grossa cilindrata. Potrei anche riconoscerla, se la rivedessi, ma non saprei dirle la marca o il modello. Ero troppo preso dalla situazione per concentrarmi sui dettagli. I due uomini indossavano il casco integrale. Mi dispiace, ma di più non ricordo.»

«È stato molto utile, invece. Non possiamo fare altro che ringraziarla. Ci lascia un suo recapito, nel caso avessimo bisogno di farle ancora qualche domanda?»

«Certamente. Mi trattengo a Villa d'Este fino a sabato, poi tornerò a Lione con mia moglie. Prenda questo, intanto, commissario. C'è anche il mio indirizzo mail.»

Un biglietto da visita. Stefania lo mise nella cartelletta. Si congedarono e Stefania uscì, seguita da Piras e Lucchesi.

Imboccarono di nuovo lo splendido corridoio da cui erano arrivati. Stefania osservava il lago alla sua sinistra.

«Ragazzi, che ne pensate?»

«Sembrerebbe che quello della macchina stesse scappando» disse Piras, «e quelli della moto lo inseguivano. Poi, a un certo punto, gli si sono affiancati e gli hanno sparato. Lui ha perso il controllo della vettura e si è schiantato. Allora i motociclisti si sono fermati. Uno dei due è sceso per vedere se era morto davvero, mentre l'altro aspettava a motore acceso. Quando hanno visto arrivare il dottore e il giardiniere hanno mollato il colpo e se la sono svignata.»

Stefania annuì senza fare commenti. Si guardò intorno, alla ricerca del vicedirettore, poi scosse il capo.

«Senti, Piras. Vai a vedere se trovi il giardiniere.»

Quindi si rivolse a Lucchesi.

«Secondo te qui c'è un campanello per chiamare gli inservienti? Non voglio che questi pensino che non ci sappiamo comportare come si deve nella buona società.»

Lucchesi la guardò con aria interrogativa.

Stefania, nel frattempo, si era avvicinata alla portafinestra che dava su un altro salottino.

Si stava bene, nonostante il caldo, e le tende di seta si gonfiavano alla leggera brezza che agitava le fronde degli alberi del giardino a lago. Dappertutto una piacevole sensazione di frescura. L'acqua del lago, appena mossa, luccicava sotto il sole. Un motoscafo ronzava in lontananza mentre a poche decine di metri un idrovolante aveva appena cominciato il decollo.

«Be', se c'è un campanello qui intorno non lo so, ma di certo il caffè era lungo.»

«Davvero? Io non ci ho fatto caso, a me piace così.»
Lucchesi scrollò il capo.
In quel momento arrivò Piras seguito dal giardiniere.
Un uomo brizzolato, alto e magro, con il viso e le braccia cotti dal sole. Aveva mani lunghe e nodose, dimostrava tutti i suoi sessantadue anni e forse qualcuno di più.
Stefania controllò i dati sul verbale, poi gli fece cenno di accomodarsi.
«Signor Valsecchi, il nostro agente ci ha detto che lei, insieme a un ospite dell'albergo, è stato il primo ad accorrere sul luogo dell'incidente questa mattina. Ci può dire dove si trovava esattamente in quel momento?»
«Ero nel giardino, in alto, a pulire le rovine. Cioè, a togliere le erbacce e la sterpaglia che vengono su dappertutto, in quella zona. Un lavoraccio, soprattutto d'estate: in piedi per ore come un mulo e nessun riparo dal sole. Si comincia la mattina prima delle sette e alle dieci e mezzo bisogna smettere per il troppo caldo.»
«Anche questa mattina lei era sul posto alle sette?»
«Sì. Volevo finire in fretta per poi scendere a innaffiare le aiuole vicino all'ingresso. Prima di trovare in giro i clienti, sa. Per fortuna avevo già finito con il decespugliatore e stavo rastrellando.»
«Perché?»
«Perché con le cuffie in testa non avrei sentito nulla. Quando il decespugliatore è acceso fa un fracasso incredibile. Non posso usarlo a lungo, al mattino, altrimenti i clienti si lamentano.»
Stefania annuì.
«Cosa ha sentito e visto esattamente, signor Valsecchi?»
«Prima ho sentito il rumore di una moto che veniva dal paese, poi quattro colpi ravvicinati e alla fine il botto dell'auto, come se fosse scoppiata una bomba a mano.

Non ho visto nulla sul momento, perché stavo di spalle. Il tempo di scendere verso la strada e affacciarmi dal muro e ho visto arrivare il dottore francese di corsa. Gli ho chiesto se aveva sentito i colpi e se sapeva cos'era successo. Poi ho aperto il cancelletto e sono andato con lui.»

«I quattro colpi, signor Valsecchi. Secondo lei di che tipo di arma erano? E quanto tempo è passato tra gli spari e lo schianto?»

«I colpi erano di pistola. Mio cognato ne possiede una e so riconoscerli. Di tempo ne è passato poco. Direi dieci secondi, o anche meno.»

«Cosa avete fatto poi, lei e il dottore?»

«Siamo andati di corsa verso il Pizzo. Appena girata la curva abbiamo visto la macchina contro il cancello. La moto era ferma lì accanto. Quei due delinquenti erano ancora lì. Uno sulla moto e l'altro in piedi vicino alla macchina.»

«Pensa che avessero cattive intenzioni? Hanno fatto qualcosa di particolare? Erano armati?»

«Armi non ne ho viste. Però gli spari li ho sentiti bene. Quello che stava in piedi guardava dentro la macchina, dove c'era quel poveretto, e non faceva nulla per aiutarlo. L'ho visto infilare un braccio dentro al finestrino. Non deve averci sentiti né visti arrivare, il rumore della moto deve aver coperto i nostri richiami. Quando si è accorto di noi, è saltato sulla moto e sono scappati via a tutta velocità. A me non sembra la maniera di comportarsi di chi non ha niente da nascondere, commissario.»

«Dunque, signor Valsecchi, proviamo a riepilogare. Lei e il dottore francese avete percorso insieme duecento metri sulla strada, siete arrivati in vista della curva del Pizzo e a quel punto avete notato l'auto e la moto; una persona stava sulla moto accesa e una era in piedi vicino all'auto. Nessuno dei due, apparentemente, sembrava armato. Ma appena si sono resi conto della vostra presenza si sono allontanati. È così?»

«Esatto.»

«Sa dirci qualcosa di più su queste due persone? Ha notato qualche dettaglio, nel fisico o nel modo di fare? Come erano vestiti, per esempio?»

«Quello in piedi aveva un giubbotto nero di quelli che usano i motociclisti. Anche i pantaloni erano neri. Era bello alto e robusto, con il casco che gli nascondeva il volto. Quando si è accorto che ci avvicinavamo è filato via. Anche l'altro sulla moto era vestito di scuro.»

«E la moto?»

«Grossa, nera o forse blu. Una Bmw o forse una Suzuki. Non me ne intendo molto. Comunque stava ferma accanto alla macchina, con il motore acceso.»

«Si ricorda la targa?»

«L'ho osservata quando la moto è ripartita. Ho fatto in tempo a vedere MT e poi dei numeri, forse 65. Ma è stato proprio un attimo.»

Stefania tacque. Fu il giardiniere, a quel punto, a riprendere il discorso.

«Quello di cui sono sicuro è che non stavano lì con l'aria di due che volevano prestare soccorso. Il tipo in piedi a un certo punto ha anche allungato il braccio dentro, come per aprire la portiera. Ho pensato che stesse cercando di rubare il portafogli. Poi è scappato.»

«Ha notato se ha portato via qualcosa? Indossava dei guanti?»

«Non ne sono certo e, anche se fosse, non si trattava di qualcosa di grosso. Forse portava i guanti da motociclista, ma non ci giurerei. Di sicuro, però, penso che si sia tagliato quando ha tirato fuori il braccio in fretta.»

«Sì? Cosa glielo fa pensare?»

«Ha fatto un gesto improvviso con la mano.»

Valsecchi si congedò dopo avere aggiunto che gli dispiaceva di non ricordare di più.

Stefania si appuntò un paio di dettagli sul bordo della cartelletta.

«Che ne pensate?» chiese rivolgendosi ai suoi due collaboratori.

«Che quei due non avessero buone intenzioni mi sembra evidente» disse Lucchesi, «ma di sicuro non volevano ucciderlo.»

«Sono d'accordo con te» aggiunse Stefania. «Se avessero voluto, avrebbero potuto finirlo con un colpo ravvicinato, e poi filarsela senza perdere tempo e senza rischiare di essere visti, com'è successo. Però, se non lo volevano ammazzare, potevano anche evitare di spararagli quattro colpi e forargli una gomma in corsa, con il rischio che si schiantasse con la macchina.»

Ci fu un breve silenzio.

Poi Piras disse: «Forse lo inseguivano solo per farlo fermare e scendere dalla macchina. Però quello continuava a scappare e allora gli hanno sparato per bloccarlo. Magari il colpo che ha forato la gomma gli è scappato per errore. A quel punto l'uomo ha sbandato ed è uscito di strada.»

«Sempre che la gomma sia stata colpita e non sia esplosa nell'urto dell'auto con il marciapiede» fece notare Lucchesi.

«Ma allora dove sarebbe il quarto proiettile?» chiese Piras.

«Forse nella sua testa» rispose Lucchesi.

3

«Piras, vai da quelli dell'officina e assicurati che facciano attenzione al finestrino sinistro. Dobbiamo raccogliere campioni di sangue sui pezzi di vetro rimasti. Indicagli il punto tra la guarnizione e l'abitacolo; ho già chiesto a quelli della Scientifica di fare un buon lavoro. Tu, comunque, tienili d'occhio.»

Poi si girò verso Lucchesi: «Tu, invece, chiama il casellario giudiziale e cerca di reperire notizie su tutti i recenti furti di moto nella nostra provincia e in quella di Milano. Poi rivolgiti alla motorizzazione e fatti mandare un elenco di tutte le motociclette sopra i 250 di cilindrata con targa che inizia per MT. E già che ci sei, dagli la targa della Ypsilon e fatti dire tutto sull'attuale proprietario e su quelli precedenti. Ci sentiamo nel primo pomeriggio. Okay?»

Quando i due uscirono dall'ufficio, Stefania si abbandonò sulla sedia.

Lì dentro, con i vetri chiusi fin dal mattino, faceva un caldo soffocante.

Aprì la finestra, abbassò le tapparelle e accese il ventilatore. Si sentiva spossata. In quel momento avrebbe desiderato solo una bibita fresca e un posto tranquillo in cui riposare qualche ora. Oppure le ferie.

A mezzogiorno avrebbe dovuto chiamare Camilla, che era al mare con la nonna. In realtà non la invidiava affatto, visto che se c'era una cosa che odiava era quella di starsene sdraiata per ore in un metro quadrato di sabbia circondata da decine di ombrelloni e bagnanti rumorosi. Ma comunque anche la spiaggia di Bordighera sarebbe stata meglio della sua scrivania di città a fine estate.

Sentì squillare il telefono.

«Commissario, abbiamo in linea la direzione sanitaria dell'ospedale.»

«Grazie, Marino. Passami pure la chiamata.»

Dopo un breve istante sentì una voce familiare provenire dall'altro capo del telefono.

«Buongiorno, commissario. Come sta?»

«Catalano! La salute non ci manca, come dice lei.»

«Anche qui non è che ci si possa lamentare. A parte il caldo, ovviamente. Ho appena finito di parlare con un collega. Dal pronto soccorso mi hanno trasmesso le informazioni che ha chiesto.»

«Sono tutt'orecchi» rispose Stefania.

«L'uomo si chiama Giampiero Colombo e, stando a quello che dice il libretto dell'auto, ha cinquantasei anni ed è di Seveso. Tra i vestiti non abbiamo trovato altro: il portafogli non c'era, per cui niente documenti.

«Il quadro clinico non è buono. Trauma cranico, braccio destro, spalla e quattro costole fratturati, e poi una perforazione del polmone. Escoriazioni al volto e al collo, con alcune ferite, anche profonde. Ora siamo alle prese con un'emorragia interna. In pratica: da quando è entrato in pronto soccorso non ha ancora ripreso conoscenza. È in coma farmacologico. Lo metteremo in una camera accanto alla terapia intensiva. La prognosi, data la gravità delle sue condizioni, è riservata.»

«Mi sta dicendo che non avete riscontrato nessuna ferita da arma da fuoco?»

«Esatto.»

«Ne è sicuro?»

«Dottoressa. Vado per i sessanta ma la vista è ancora buona.»

«Mi deve scusare, Catalano. Ero convinta che gli avessero sparato. È possibile avere gli abiti e gli effetti personali? E poi una cosa importante, dottore. Vorrei che ci fosse una sorveglianza, per così dire, discreta. Sempre che voi non abbiate nulla in contrario.»

«Mi sta dicendo che sarà piantonato o qualcosa di simile?»

«Non per ora. Ma sarebbe utile venire informati della presenza di parenti o conoscenti. Insomma, se qualcuno dovesse venire a trovarlo ci piacerebbe poterlo sentire. Magari potrebbe succedere che al momento della visita capiti lì qualcuno dei nostri... Per caso, ovviamente. Il tutto con la massima discrezione.»

«Va bene, commissario. Credo di aver capito. Ne parlerò con la caposala e con il primario del reparto. Stia tranquilla e mi mandi un agente nel pomeriggio. Le farò trovare quello che mi ha chiesto.»

«La sua collaborazione è ogni volta più preziosa.»

«Lieto di poterle essere utile, commissario. A risentirci.»

Una volta riattaccato il telefono Stefania si alzò, andando verso la finestra. Tirò su le tapparelle.

In quel momento suonò il cellulare.

«Allora, che fai per pranzo?»

«Ancora? Lo sai che di solito non pranzo.»

«Un frullato di frutta fresca con un vecchio amico? Magari sotto a una pergola. Sempre meglio del solito cappuccino.»

«Se è per far piacere a un amico... Vecchio, per di più.»

«Passo a prenderti all'una. Mettiti in ghingheri, mi raccomando.»

«Va bene l'alta uniforme?»

Stefania scrollò il capo.

Giulio Allevi non si smentiva mai. Riusciva sempre a metterla di buonumore, e la prospettiva di un posto fresco non le dispiaceva.

Si conoscevano fin da ragazzi e adesso che l'amico era diventato un pezzo grosso nel settore Risorse umane le occasioni per incontrarsi non erano più quelle di un tempo.

Prima di uscire dall'ufficio telefonò a Piras.

«Novità?»

«In officina tutto sotto controllo. Ho riferito ciò che mi ha detto. Hanno già messo la macchina sul ponte, e domattina cominceranno a fare i rilievi del caso, le fotografie esterne e tutto il resto. Poi mi hanno detto che la smonteranno. In due giorni dovremmo sapere vita, morte e miracoli di quel rottame.»

«Due giorni? A quelli piace scherzare. Riferisci a Marzorati che voglio le foto sulla mia scrivania entro stasera. Quanto alle foto del cancello: se le avessi portate al centro commerciale me le avrebbero già sviluppate. Dobbiamo aspettare che piova o che i proprietari lo facciano riverniciare? A proposito: fai chiamare subito i custodi della villa e chiedi se hanno delle telecamere installate sopra il cancello o lungo il muro di cinta della strada. In caso affermativo digli che abbiamo urgente bisogno delle registrazioni.»

Stefania rimase in silenzio un attimo.

«Lucchesi è già stato al casellario?»

«Sì, dottoressa. Le richieste di autorizzazione sono sulla scrivania del commissario capo. Ha detto che le firmerà oggi stesso.»

«Benissimo. Tienimi informata. Io esco tra poco e torno per le due e mezzo.»

«Commissario, un'ultima cosa.»

«Dimmi, Piras.»

«Vogliono sapere se abbiamo preso noi le chiavi della macchina.»

«Le chiavi della macchina? Certo che no, perché?»

«Perché dicono che nel cruscotto non le hanno trovate.»

«Saranno cadute, le troveranno domattina nell'auto. Ci sentiamo, Piras.»

Non si era accorta di essere stata brusca. Quando la tensione saliva le accadeva sempre più spesso, anche se non le piaceva ammetterlo.

Mentre afferrava la borsa e infilava le scale pensò a quella faccenda delle chiavi. Era strano, in effetti, ma probabilmente erano cadute, o forse le aveva prese il tizio del carro attrezzi.

Giulio l'aveva portata in un elegante caffè a poca distanza da piazza Volta, il salotto buono della città dietro al lungolago e a piazza Cavour.

Da anni lavorava a Milano. Lo sbirro di tanti anni prima aveva lasciato il posto a un brillante quadro. Vestiva in maniera sobria e non si faceva mai mancare la cravatta. Aveva una predilezione per quelle regimental e per gli abiti blu. Era solito ripetere di essere un proletario, cosa che non rispondeva al vero, di quelli però che amavano indossare la cravatta. Scendeva a Como un paio di volte alla settimana. E si faceva sempre sentire.

Il locale aveva i tavolini all'aperto. C'erano parecchi turisti. Stefania riconosceva quelli che arrivavano dai paesi del Nord Europa, visto che erano gli unici a prendersi il cappuccino a mezzogiorno inoltrato.

Stefania ordinò un frappè alla fragola. Giulio un piatto unico: bresaola della Valtellina con rucola e scaglie di grana oltre all'immancabile birra.

Aveva con sé il giornale.

«E l'uniforme?» disse indicando i pantaloni di lino di Stefania.

«Li portano tutti con questo caldo.»

«Ti trovo diversa dal solito.»

«Il tempo passa per tutti, Giulio. Anche per me.»

«Non dicevo in quel senso.»

«E in quale senso allora?»

«Sembri più magra. Ti senti bene?»

«Mai stata meglio da quindici anni a questa parte. E senza spendere nemmeno un centesimo in palestra. Dai, raccontami di tuo figlio.»

Non esiste l'amicizia tra uomo e donna, era solito ripeterle Giulio. Che una volta aveva aggiunto: a meno di una sincera e dichiarata antipatia fisica.

Stefania sorrise fra sé, in un certo senso il collega aveva ragione. Lui, e forse anche lei, erano la dimostrazione vivente che quella regola aveva un fondo di verità.

Passarono alcuni minuti.

Quando la cameriera arrivò con le ordinazioni, Giulio tornò a concentrare la propria attenzione su di lei: «Però va tutto bene, vero?»

Stefania rimase colpita e lo fissò, sorpresa. Poi, distogliendo lo sguardo e osservando un gruppo di piccioni impegnati a rubarsi le briciole di pane, rispose.

«Sì, certo, perché? Sono un po' stanca. È tutto l'anno che tiro avanti come un mulo e non mi sono ancora presa un giorno di ferie. E poi fa così caldo. Ci sono giorni in cui non mi viene nemmeno fame.»

Guardò l'orologio. Si stava bene. Sarebbe rimasta volentieri più a lungo. Ma le questioni lavorative erano più importanti. Accanto a loro passò una coppia con due bambini biondissimi che si rincorrevano.

Giulio rimase in silenzio, poi decise di cambiare argomento.

«Cosa bolle in pentola nel tuo ufficio?»

«Stamattina c'è stato un incidente a Cernobbio. Due tizi in moto seguivano un tale a bordo di una Ypsilon. Poco prima della curva del Pizzo gli hanno sparato. L'uomo ha perso il controllo della macchina ed è andato a sbattere contro il cancello della villa. Adesso è in ospedale ed è grave. I due tizi si sono dileguati. Abbiamo due testimoni. Non volevano ucciderlo, forse solo spaventarlo.»

«Potrebbe trattarsi di un regolamento di conti. Roba di droga, forse. Oppure pizzo.»

«Sì, ci ho pensato. Ma perché non l'hanno seguito fino a casa? Perché fare tutto quel casino?»

«Forse non sapevano dove abitasse. Forse l'uomo era in fuga da tempo.»

La conversazione si spostò su altre questioni di lavoro. Poi Giulio pagò il conto e insieme si avviarono verso il parcheggio.

I negozi avevano ripreso la loro attività. Alcuni ragazzi giravano con gli zaini sulle spalle. Accanto al duomo e in piazza Cavour non c'era più la ressa di qualche settimana prima.

Attraversarono la piazza, svoltarono a destra e si ritrovarono di fronte all'ingresso principale del duomo. Nel portico sotto al Broletto c'era un mercato di oggetti antichi. Stefania pensò che le sarebbe piaciuto curiosare. Guardò l'orologio: era ora di rientrare in questura.

Quando furono sotto il grigio edificio, una specie di omaggio al razionalismo e agli architetti comaschi, Stefania lo salutò e scese dall'auto.

«Allora, ci sposiamo tra dieci anni?» chiese Giulio, ricordando il loro consueto modo di salutarsi.

Stefania lo guardò e poi disse: «Magari venti. Ciao Giulio, e grazie di tutto.»

Fece qualche passo e poi tirò fuori il cellulare. Lo aveva sentito vibrare pochi istanti prima.

«Ci vediamo alle sette da me? Luca.»

Stefania sorrise. In fondo sapere che sua madre e Camilla erano in ferie aveva dei vantaggi.

Era un periodo strano della sua vita. Non sapeva bene come definirlo.

Un periodo difficile, in un certo senso, e piacevole al tempo stesso. Complicato sarebbe stata la parola più adatta per descriverlo.

Lavorava in maniera meccanica, senza contare le ore. Era abituata, in un certo senso, a quei ritmi.

Fin da piccola, a scuola prima e nel lavoro poi, aveva messo a punto quella visione calvinista delle giornate. Un'etica del lavoro ferrea, lombarda. Non ricordava più l'ultima volta che si era assentata. Erano passati anni dall'ultima occasione in cui era rimasta a casa, e non era stato di certo per qualche linea di febbre.

Tirava avanti come meglio poteva, con la sua famiglia ristretta e le cose di ogni giorno.

Camilla cresceva e sua madre imbiancava, come in quella vecchia canzone. Ma si sentiva sempre in difetto. A volte aveva l'impressione che la vita le sfuggisse di mano. Le sembrava di non riuscire ad arrivare dappertutto, con i suoi impegni: il lavoro, la cena, la spesa, i colloqui con le insegnanti di Camilla, la lezione di karate e quella di pianoforte. Si rendeva conto di non riuscire più a fronteggiare tutte quelle sfide. Non da sola. E ogni volta che pensava di essersi messa alla pari con la vita, ecco arrivare, all'improvviso, un imprevisto. Che si trattasse di una bolletta del gas o di un corso di aggiornamento faceva poca differenza. Pensò a Guido, il suo ex marito. Quando vivevano insieme le cose erano diverse. Riusciva ad avanzare del tempo per sé. Adesso era un miracolo riuscire a trovare un paio d'ore per andare dalla parrucchiera. O ricordarsi di passare a salutare le vecchie zie. Da qualche mese poi, nella sua vita, c'era Luca Valli.

E questo faceva la differenza. Si vedevano a intervalli regolari, a volte nei ritagli di tempo. Un caffè, un concerto, due passi sul lungolago e una cena di tanto in tanto. Le capitava di raggiungerlo nel suo studio per un saluto. E lui faceva altrettanto. In fondo era curioso quel loro modo di frequentarsi. Manco fossero rimasti al secolo precedente. Ma la timidezza non c'entrava. Facevano le stesse cose che facevano tutte le altre coppie del mondo. Chiunque, vedendoli insieme, li avrebbe definiti una coppia. Ma rimaneva una questione da sciogliere. Anzi, due. La prima era Camilla. Un bel rompicapo per Stefania, visto che sua figlia non riusciva proprio ad accettare che nella sua vita ci fosse qualcuno, a parte il padre. E poi c'era la questione dell'età.

Forse qui stava il problema. Il problema vero.

La faccenda era complicata.

Lui era innamorato e anche lei sentiva di non potere fare a meno di lui. Si sentiva bene ogni volta che si vedevano. Ma ancora non riusciva a convivere serenamente con quei sedici anni anagrafici che li separavano. Presto Luca avrebbe avuto un'età che stava esattamente a metà strada tra quella di Camilla e quella di Stefania.

Avevano un bel dire, i colleghi, che li portava bene, gli anni e che nessuno le avrebbe dato i quarantasei e rotti che aveva. Eppure la carta d'identità non sbagliava, era lì a ricordarglielo ogni giorno. E questo era un fatto, e se la cosa rappresentava un problema era meglio non pensarci, perché tanto non c'era soluzione.

Quando le capitava di passeggiare con Luca, di uscire a cena o di ritrovarsi in un luogo affollato, si sentiva osservata, scrutata da capo a piedi. Che effetto facevano sulla gente? Perché alcune persone sembravano fissarla con tanta insistenza? O era solo una sua sensazione?

Per le loro uscite, già da tempo, aveva abolito interi settori del guardaroba. Tailleur, tacchi e gioielli, tanto per cominciare. Nel tentativo di sembrare meno "signora". Luca, per di più, sembrava anche più giovane della sua età. A volte Stefania ci scherzava sopra. Si dava della stupida per quei pensieri e comunque, alla fine, si sentiva sempre fuori posto. Non si era ancora abituata all'idea. Non era certo scimmiottando il modo di comportarsi di una trentenne che avrebbe migliorato le cose. La mia piccola tragedia personale da quarantaseienne disperata, si ripeteva con ironia.

Cercava di non pensarci.

In fondo Luca era stato un regalo che la vita le aveva fatto quando da tempo aveva smesso di desiderare qualcosa. Dopo la separazione era rimasta da sola per tanti anni. Qualche incontro sporadico, casuale. Nulla più di un paio di storie andate male. Ma non riusciva a cancellare dalla testa quella domanda che, alcune sere, s'insinuava nella sua testa.

Fino a quando sarebbe durata?

Quanto tempo aveva a disposizione?

Fino a quando Luca avrebbe continuato a guardarla con quegli occhi?

Se l'amore, perché di quello si trattava, amore, forse bizzarro o strano secondo alcuni, non certo un sentimento normale; se l'amore fosse durato, si chiedeva Stefania, una volta terminata la passione, esaurito il momento iniziale, quella cosa che l'aveva travolta poco più di un anno prima, che cosa sarebbe rimasto del loro rapporto?

Quanti mesi o anni le rimanevano davanti?

E pensava ad anni buoni, che valevano la pena di essere vissuti.

Già, concludeva Stefania, perché se l'amore non aveva confini, la biologia un giorno avrebbe presentato il conto.

Pochi istanti dopo fece il suo ingresso in questura. Scrollò le spalle e salì le scale di buon passo.

Milano, autunno 2014

Quando l'auto imbocca il tunnel di Monza è quasi sera. L'uomo al volante è concentrato sui dispositivi luminosi della galleria, l'auto sbanda leggermente verso destra.

L'Esp corregge la traiettoria in maniera automatica, la Mercedes Classe B si riporta sulla corsia centrale, lo squillo del telefono raggiunge Antonello Caruso un attimo dopo. Osserva sul display il nome Solaris, poi preme il tasto sul volante.

«Dove sei?»

«Tra Monza e Cinisello, alla fine della Milano-Lecco.»

«Sei in ritardo.»

«L'appuntamento è per le otto davanti all'ingresso del ristorante.»

«Hai preso tutto?»

«Come da accordi.»

«La valigia?»

«L'ho recuperata un paio di ore fa. Tutto liscio.»

«Speriamo, oggi è un giorno importante. L'anno prossimo saremo su un'isola caraibica a goderci il nostro meritato riposo.»

«Non vedo l'ora.»

L'auto percorre il lungo rettilineo sotterraneo. Quando scorge i cartelli verdi che indicano l'ingresso dell'autostrada, Caruso ride. Un riso isterico. Non ha mai capito dove finisce Monza e dove inizia Milano, e non ricorda se viale Fulvio Testi appartenga al comune di Cinisello o a quello di Sesto, o forse a entrambi. L'hinterland di Milano è una specie di unico agglomerato urbano senza confini precisi, una serie ininterrotta di palazzi, condomini, edifici ingrigiti dagli anni e dal traffico caotico. Caruso conosce bene quei luoghi, ci è nato. In quegli edifici ha vissuto fino a diciott'anni e ha imparato a odiarli.

Era solo un ragazzino quando suo padre prendeva il tram ogni mattina per andare in fabbrica, trentacinque anni di sveglia alle cinque per tirare su tre figli in un appartamento al quinto piano non lontano da quelle strade. Non ha dimenticato gli ottanta metri quadrati in cui è cresciuto, la cucina di sua madre, il bagno cieco e le continue dispute con i vicini perché mamma stendeva i panni sul balcone e quelli di sotto sempre a lamentarsi, «che sono cose da meridionali, qui da noi non si usa». La periferia è cambiata, Caruso lo sa bene. Non torna volentieri da queste parti. Un amico gli ha raccontato che adesso negri e stranieri la fanno da padroni. I bar sono tutti dei cinesi. Ma i muri e le facciate dei condomini li riconosce, sono gli stessi. Solo le scritte con lo spray sono diverse. Il resto è rimasto come una volta, edifici che sembrano prefabbricati, scatoloni perpendicolari con le tapparelle verdi, e quei balconi tutti uguali, con le corde del bucato attaccate in qualche modo.

Se chiude gli occhi, può sentirlo ancora.

Il respiro di quei casermoni d'estate, la voce di sua madre che lo chiama dalla finestra, l'asfalto che ribolle e sembra incollarsi alle suole, il campetto con la ghiaia in cui ha tirato i primi calci a un pallone, e gli sembra di avvertire ancora la rabbia di allora, quando si trattava di misurarsi con i grandi, quelli del palazzo di fronte, e non ti dico le botte. Cerca di rimanere immobile, trattiene il respiro e gli sembra, in quell'istante, di sentire ancora l'odore che arrivava dallo spiazzo, quando loro, i meridionali, d'estate si ritrovavano chiassosi, con la passata da fare; gli attrezzi da lavoro papà li teneva in un garage e la famiglia sedeva tutt'intorno, chi a pelare i pomodori, chi a pulire le bottiglie.

Ripensa alle parole del suo vecchio, lo avrà sentito migliaia di volte ripetergli quella cantilena sul fatto che le cose un giorno sarebbero cambiate. Non ha dimenticato le occhiate dei vicini e lo sguardo preoccupato di sua madre. Di notte a volte gli capitava di non riuscire a dormire e andava di là, in cucina, e la vedeva seduta di fronte al tavolo, intenta a rigirarsi tra le mani una bolletta o una cambiale.

Suo padre non c'è più, se l'è portato via un tumore ai polmoni, e a lui, Antonello Caruso, sono bastati pochi anni per capire che se voleva davvero farcela doveva andarsene da lì.

Altro che lavoro e posto sicuro.

Tutte stronzate, pa'.

Soldi, denaro. Di questo aveva bisogno. Per sé e per i suoi cari. Perché a diciott'anni si era ritrovato nel ruolo di capofamiglia. E non avrebbe sopportato di vedere sua madre spegnersi lentamente, o uno dei suoi fratelli dover supplicare il padrone di casa di attendere ancora qualche giorno per ricevere l'affitto.

Lì accanto, dove una volta c'erano i cancelli della fabbrica in cui suo padre trascorreva le giornate, è sorto un gigantesco centro commerciale.

Caruso si accende una sigaretta, nella testa gli rimbomba una voce, una litania che gli ripete incessantemente parole già ascoltate. Cose di quando lui era un bambino, e suo padre il suo eroe.

«Maestranze, sindacati, famiglie. Un lavoro onesto, uno stipendio, quello che ci permette di mangiare.»

Un colpo di clacson e l'immagine svanisce.

Dal finestrino osserva la scritta AUCHAN, un enorme bagliore rosso fuoco che illumina l'asfalto. Una specie di fortezza sorta dal nulla, con centinaia di negozi, decine di bar, un ipermercato, ristoranti, una superficie di decine di migliaia di metri quadrati che vende sogni alle porte della città.

Antonello Caruso ne è affascinato.

Quando la scritta METRO, un neon giallo proiettato sulle quattro corsie di viale Fulvio Testi, gli appare di fronte, capisce di essere quasi arrivato. La città sta per accoglierlo.

Al semaforo si volta e controlla sotto il sedile del passeggero. La valigia è al suo posto. Il tizio ha ritirato i soldi dal conto e gliel'ha fatta trovare dove avevano concordato. Il conto è cifrato, lui non ne conosce la sigla. Sta in una banca oltre confine, forse a Lugano. Centocinquantamila in contanti non gli erano mai capitati. Questa volta si tratta di un pezzo grosso. Cinque anni prima, con una somma del genere, avrebbe avuto la tentazione di svignarsela. Adesso ragiona in modo diverso. Cosa me ne faccio oggi di centocinquantamila se l'anno prossimo potrò averne dieci volte tanti?

Il ristorante è in una traversa di corso Buenos Aires.

Fa freddo per le vie di Milano.

Caruso parcheggia accanto all'Hotel Mercure. Afferra il soprabito, se lo infila e poi prende la valigia. Osserva Porta Venezia e per un pelo un'auto non lo tira sotto.

Percorre una strada ben illuminata, e mentre cammina è affascinato da quello che vede attorno: palazzi, giardini, parcheggi sotterranei.

Ad attenderlo fuori dal ristorante trova la persona che ha incontrato due settimane prima.

Il tempo di salutarsi e scambiarsi un paio di frasi di circostanza e lo scambio è fatto. La valigia scivola nella mani di quel tizio. Peluso, gli pare di ricordare.

All'interno del ristorante Caruso si siede a fianco dell'uomo che gli hanno appena presentato.

L'Ingegnere.

Vorrebbe ridere, Caruso, e presentarsi come il Faccendiere.

Gli piace quella parola. L'ha imparata dai giornali.

Cosa fai nella vita? Il Faccendiere.

Suona bene.

Perché vuol dire auto di grossa cilindrata, una casetta in Brianza, soldi nel portafogli.

E uomini.

A Caruso piacciono gli uomini. E non gliene importa nulla della bionda che gli sta seduta di fronte, questa l'hanno reclutata in una delle tante agenzie di moda che in realtà nascondono altri affari.

No. A lui la bionda con il tatuaggio sul braccio non interessa. E nemmeno la mora che sorride a ogni battuta dell'Ingegnere.

Un cameriere arriva portando una bottiglia di champagne nel secchiello. Poi è la volta della prima portata. Cucina molecolare, *of course*.

Ride, Caruso, ha voglia di scherzare. Più tardi chiamerà il socio e gli dirà che tutto è andato alla perfezione, che lo scambio è stato fatto, che l'Ingegnere era soddisfatto, che non ci saranno problemi; il terreno non insiste, come gli avevano detto, su una zona soggetta a un vincolo per la tutela del territorio, no, si tratta di leggere bene le norme tecniche e magari modificarle. *Interpretarle*, ha detto.

Tutto, ha concluso l'Ingegnere, verrà sistemato nel giro di qualche settimana, l'affare si farà. Ride, Caruso, adesso ha voglia di pensare a una vacanza e a quel tipo carino che ha conosciuto qualche giorno prima. Ride, Caruso, alla città che riesce a sorprenderlo, a Milano che è sempre Milano, una magnifica battona agghindata a festa per il Carnevale, e quel Carnevale per loro si chiama Expo.

4

Piras era seduto nell'ufficio che condivideva con Lucchesi e altri due colleghi.

Stefania lo guardò rigirarsi tra le mani una biro.

«Che ti succede, Giovanni? Sei pensieroso.»

«Sto pensando alla faccenda delle chiavi.»

«È così importante?»

«Ho guardato io stesso nella macchina, nel bagagliaio. Dappertutto, insomma. Non ci sono.»

«E se le avesse messe in tasca il Colombo prima di perdere i sensi?»

«Giani è appena tornato dal Sant'Anna» rispose l'ufficiale indicando una busta appoggiata sopra un mobile. «Questi sono gli effetti personali del conducente. E le chiavi non ci sono.»

Stefania prese il sacchetto, soppesandolo.

«Dammi qualche istante, poi torno da te.»

Si avviò verso il suo ufficio. Incrociò Carboni, il commissario capo.

«Novità sull'incidente di Cernobbio, Valenti?»

«Stiamo indagando a trecentosessanta gradi, commissario.»

«Il pubblico ministero ha chiesto di acquisire le testimonianze di quei due.»

«Gliele passi. Tanto da lì non verrà fuori altro. Chi hanno incaricato?»

«Mariani.»

«Ci è andata bene.»

«Lo penso anch'io.»

Stefania provava ammirazione per Carboni. Peccato che di lì a un paio d'anni sarebbe andato in pensione. Sempre che all'orizzonte non fosse spuntata una nuova riforma.

Con i tempi che corrono, pensò Stefania.

«Un'ultima cosa, commissario» disse Carboni.

Stefania si voltò.

«Mi dica.»

«Il sostituto Mariani ha appreso la notizia dal telegiornale di mezzogiorno.»

«Espansione TV?»

«Esatto. Il notiziario di oggi. Mi è parso seccato.»

«Il solito permaloso. Dopotutto è successo stamattina intorno alle otto, e per quello che mi riguarda abbiamo già fatto abbastanza. Sempre che per il sostituto sentire i due testimoni, fare i primi rilievi, recuperare il veicolo incidentato e avviare ricerche sui proprietari sia sufficiente. Dimenticavo, commissario. Abbiamo anche sentito la direzione dell'ospedale e tra poco sapremo ogni cosa della vittima. Sempre che arrivi fino a sera perché, a quanto pare, non sta messo bene. Per essere le tre del pomeriggio...»

Carboni scosse il capo sorridendo.

«Faccia attenzione a quello che hanno detto in tv, dottoressa. Pare che nel corso del telegiornale il giornalista abbia detto delle cose interessanti.»

«Ma se la redazione non ci ha nemmeno interpellati!»

«Appunto, dottoressa. Facciamo in modo che non si allarghino troppo.»

«Lo ha sentito anche lei, il notiziario?»

Carboni annuì.

«E cosa hanno detto?»

«Salimbeni dovrebbe conoscerlo ormai, quello davanti a una notizia del genere è capace di andare avanti per una settimana, ha intervistato alcuni ospiti della villa. Gente abbronzata seduta a bordo piscina. Hanno raccontato di spari, tre, quattro o cinque, valli a capire. Altri hanno raccontato di aver sentito rumori, sirene, ambulanze e cose di questo tipo. Sembra che questa mattina nessuno a Villa d'Este avesse altro da fare se non contare gli spari o interessarsi alle ambulanze.»

«Messaggio ricevuto, commissario» disse Stefania. «Ci faremo dare il filmato dalla redazione e vedremo di cavarci fuori qualcosa. Piuttosto, se dalla procura vogliono rendersi davvero utili, potrebbero farci avere entro un paio d'ore l'autorizzazione per il sequestro delle registrazioni delle telecamere di sorveglianza. Quelle di Villa Pizzo, intendo. Magari prima che Salimbeni decida di andare a ficcare il naso anche lì, non si sa mai. Se le telecamere sono piazzate bene, come credo, potrebbero aver ripreso parte dell'incidente.»

«Ma lei mi tenga informato su tutto, d'accordo?»

Stefania rispose affermativamente. In realtà era già irritata. Mai che dalla procura arrivasse qualcosa di buono. Intanto era meglio darsi da fare, perché quelli là, dentro al tribunale, entro due ore se ne sarebbero andati tutti a casa.

Una volta liberata la scrivania, Stefania si mise seduta a osservare il contenuto della busta con gli effetti personali dell'uomo ricoverato.

Un portadocumenti, tutto sgualcito. Monete per un totale di cinque euro e trenta centesimi. La tessera di una palestra di Meda. I bollini della catena Piccadilly, i negozi delle stazioni di servizio del Canton Ticino. Stefania li conosceva bene, visto che un paio di volte al mese anche lei faceva benzina a quei distributori. E poi, per ultima, la foto di una ragazza in cui si intravedeva sullo sfondo, di spalle, una donna.

Mentre era intenta a esaminare gli oggetti sentì bussare alla porta.

Era Lucchesi.

«Novità?» chiese Stefania.

«Abbiamo sentito il custode di Villa Pizzo, visto che i proprietari sono in vacanza dall'altra parte dell'oceano. Ha riferito che lungo il confine della proprietà sono dislocate varie telecamere. Una sta più o meno sopra il cancello e un'altra sul muro che dà verso la strada. Però ha aggiunto che prima preferiva parlare con i proprietari.»

«Che si sbrighi. Si tratta di un'indagine per tentato omicidio. Voglio quelle registrazioni entro stasera, al massimo domattina, altrimenti disponiamo il sequestro. Richiamalo e sollecitalo. Fagli intendere che se collabora spontaneamente è meglio.»

Lucchesi era rimasto accanto alla porta, immobile. Aveva ripreso a grattarsi i baffetti.

«C'è altro?»

«Ho qui le foto con i rilievi che abbiamo fatto questa mattina. Le hanno appena mandate.»

«E cosa aspetti a darmele?»

Lucchesi appoggiò sulla scrivania una busta formato A4, mugugnò qualcosa e poi se ne tornò al piano di sotto.

Stefania prese la busta, mettendo per un attimo da parte gli altri reperti.

Voleva dare un'occhiata alle foto.

L'esperienza le aveva insegnato che osservare a mente fredda le istantanee scattate sulla scena del crimine contribuiva a restituire una diversa immagine di quanto accaduto.

Le sensazioni e le impressioni dettate dal primo sopralluogo e ormai fissate per sempre nella testa dovevano trovare dei riscontri oggettivi, e analizzare il materiale fotografico era il modo migliore per individuare altri elementi. Magari semplici dettagli che potevano esserle sfuggiti nella concitazione del momento.

Aprì la busta con le foto e le esaminò una per una, con attenzione. Più della metà ritraevano la vettura inquadrata da molteplici angolazioni, prima e dopo l'estrazione del conducente da parte dei vigili del fuoco.

Altre immagini riguardavano l'area circostante. Il cancello, la strada, la piazzola di sosta ricavata nel fianco della montagna. Un ottimo lavoro.

Doveva ricordarsi di fare i complimenti a Lucchesi.

Senza scordarsi di Piras. Quei due insieme lavoravano bene. Si completavano. Il toscano era un tipo sveglio, si trovava a suo agio con incartamenti e pratiche, era maniacale per precisione e capacità di osservazione. Diligente. E il suo metro e ottantaquattro gli conferiva una certa autorevolezza.

Il sardo era l'esatto opposto. Quasi calvo, leggermente sovrappeso, arrivava a stento al metro e settanta. A volte poteva sembrare ingenuo. Il collega non mancava mai di prenderlo in giro. Però con la tenacia e il senso del dovere sopperiva alle proprie mancanze. Se Lucchesi era uno che sapeva il fatto suo, Piras era una specie di diesel. Una volta messo in moto non si fermava più.

Stefania si mise a riflettere sulla dinamica dell'incidente.

L'urto doveva essere stato terribile, almeno a giudicare

dallo stato in cui versava la vettura. Il lato destro era irriconoscibile.

Probabilmente il conducente, a causa della velocità troppo elevata, al momento dello sparo non era più riuscito a controllare l'auto. La Ypsilon aveva sbandato dopo il lungo rettilineo, proprio nel punto in cui avrebbe dovuto affrontare una curva piuttosto stretta nella direzione opposta.

Chissà.

Forse.

Non era della zona, il Colombo.

Forse non conosceva bene la strada e aveva intuito la curva solo all'ultimo momento. Sta di fatto che a un certo punto l'auto aveva sbandato, era uscita di strada a tutta velocità, ed era finita contro il muro di cinta della villa. Prima, però, doveva aver sbattuto contro il cancello. Probabilmente contro tutti e due.

Tornò a osservare le foto del muro e del cancello. Nulla di che. Non c'erano altre considerazioni da fare in merito, salvo il fatto che il cancello fosse veramente massiccio. Aveva retto benissimo l'urto. Forse era il caso di ridiscutere l'intera dinamica dell'incidente con quelli dell'officina. In fondo di macchine ne capivano più loro. Forse si sarebbe resa necessaria la consulenza di qualcuno esperto in perizie cinematiche.

La fiancata sinistra della vettura, invece, dalle foto in cui l'auto risultava ancora intatta, e cioè prima che i vigili del fuoco avessero rimosso le lamiere, appariva un rebus.

I colpi di arma da fuoco erano effettivamente tre, e le tracce non erano molto nette; sembrava che i colpi fossero stati sparati a caso. Una traiettoria molto angolata, probabilmente. Il pneumatico anteriore, da quella parte, risultava squarciato.

Forse il quarto proiettile l'avrebbero trovato l'indomani. Perché, per quanto improbabile, tutte le testimonianze coincidevano su un punto: i colpi sparati erano stati almeno quattro.

Le immagini successive, quelle che avevano immortalato la scena dopo l'intervento dei vigili del fuoco, servivano a poco, se non a dimostrare quanto l'abitacolo fosse stato deformato dall'impatto.

La vettura, troppo vecchia per essere dotata di sistemi di protezione diversi dall'unico airbag inserito nel volante, si era accartocciata su se stessa. Era un miracolo che il Colombo non si fosse fracassato anche le gambe e il bacino.

Lo spiazzo di fronte al cancello, fotografato da due diverse prospettive quando già le bande bianche e rosse avevano delimitato l'area dell'incidente, appariva vuoto.

In un'immagine successiva, però, vide una netta impronta di pneumatico impressa sul terreno, in quello che appariva come uno strato di fanghiglia giallastra.

Ricordò che in corrispondenza dello spiazzo, sulla roccia addossata a monte, aveva notato un'infiltrazione d'acqua. Era questa, evidentemente, a mantenere in vita la rigogliosa colonia di muschi e piante selvatiche visibili a occhio nudo su quel lato della strada. Ricordò che, d'inverno, in quello stesso punto, le era capitato di notare dei candelotti di ghiaccio.

Forse le tracce rimaste erano proprio quelle della moto. Si ripropose di chiedere una verifica a Lucchesi.

Le ultime foto fornivano un'idea della distanza che separava il confine della proprietà da quello di Villa d'Este.

Non c'è altro da fare, si disse mentalmente.

Era sul punto di riporre le fotografie nella busta quando, all'improvviso, un'idea si fece largo nella sua testa.

Fece passare nuovamente in rassegna l'intero plico fino ad arrivare a una foto, quella in cui i vigili del fuoco avevano appena estratto il Colombo dall'auto.

Era possibile scorgere l'interno dell'abitacolo. Dal primo cassetto della scrivania estrasse la lente d'ingrandimento, posizionandola sul cruscotto della Ypsilon.

Non si vedeva bene, un po' perché l'immagine risultava mossa, un po' perché il volante era in una posizione a dir poco innaturale. Eppure avrebbe giurato che, a giudicare da quell'immagine, non ci fosse alcuna chiave infilata nel quadro.

Avrebbe chiesto un parere a Lucchesi.

A quel punto richiuse la busta e mise via tutto quanto, tornando a concentrare i propri pensieri sugli effetti personali del conducente.

Piras chiamò con l'interno.

«Commissario, ci sono in linea quelli dell'officina, come mi aveva chiesto.»

«Passameli pure» rispose Stefania mentre rigirava tra le mani la fotografia del Colombo, quella che ritraeva la ragazza con la donna sullo sfondo.

Un sottofondo di rumori metallici e poi la voce di uno degli addetti: «Era solo per confermare che le chiavi non ci sono, commissario. Abbiamo guardato dappertutto, ma non ce n'è traccia.»

«Grazie, avete fatto un ottimo lavoro.»

Dall'altra parte ci fu un momento di esitazione.

«Commissario?» disse l'uomo dell'officina.

«Sono sempre qui.»

«Volevo riferirle quello che stavamo dicendo prima con i colleghi, se permette.»

«E cioè?» chiese Stefania.

«Ecco, noi stavamo pensando che sembra una macchina, come dire, vuota, di nessuno.»

«Si spieghi meglio, la prego.»

«Ecco, dottoressa, è una sensazione che ci è venuta. In genere nelle auto c'è sempre qualcosa in giro. Un ombrello, un giornale, magari un pacchetto di sigarette. Cartacce di caramelle o dello sporco sui tappetini o vicino ai pedali. Cose così, insomma. Questa invece è diversa.»

«In che senso?»

«Non c'è niente, commissario. A parte un magnete che raffigura papa Giovanni, la macchina è vuota. Ed è perfettamente pulita, sembra nuova anche se il modello è già fuori produzione. E poi sa di muffa, di chiuso. Magari sono solo sciocchezze, commissario, eppure qui, in tre, abbiamo pensato la stessa cosa.»

«E cioè?»

«Sembra un'auto che è rimasta chiusa in naftalina. Come se nessuno l'avesse usata per anni.»

Stefania chiuse la comunicazione ringraziando il responsabile dell'officina. La questione delle chiavi stava diventando cruciale.

Piras ci aveva visto giusto.

Alle cinque l'autorizzazione per il sequestro del materiale video registrato dalle telecamere di Villa Pizzo non era ancora arrivata.

Stefania raggiunse Carboni nel suo ufficio.

«Che facciamo? Aspettiamo le autorizzazioni o ci proviamo lo stesso?»

«Facciamo le cose come vanno fatte, Valenti. Abbiamo chiesto le autorizzazioni e ora le dobbiamo aspettare. Arriveranno al più tardi entro domattina, ho spiegato l'urgenza della cosa.»

«Capirà, commissario. Per loro la parola urgenza significa settimane.»

Carboni le lanciò un'occhiataccia.

Stefania Valenti era uno degli ufficiali che gli dava maggiori soddisfazioni. Di sicuro la persona di cui si fidava di più all'interno della questura.

Era testarda come un mulo. Se si metteva in testa qualcosa era quasi impossibile farle cambiare idea. E questo, nonostante i rimproveri che spesso le rivolgeva, rappresentava uno dei pregi del suo carattere. Ma a volte era davvero troppo impaziente.

Stefania ridiscese le scale riflettendo su quali altre piste seguire in quello scorcio di pomeriggio.

Sentì suonare il cellulare. Era Camilla.

«Ciao mami, oggi la nonna non è voluta venire in spiaggia.»

«Santo cielo! Si è svegliata con la luna storta?»

«Dice che le fanno male le gambe.»

«E tu sei rimasta con lei?»

«Certo che no. Sono scesa da sola e mi sono infilata in una sala giochi.»

«Camilla» rispose Stefania. «Ti avevo detto...»

«Sì, lo so mami. Ma la sala giochi è proprio di fronte all'albergo. E poi la nonna dormiva e io non avevo voglia di dormire.»

Stefania rise.

Pensò a sua madre. A ogni stagione la donnina ossuta ed energica che era stata per tutta la vita stava lasciando il posto a un'altra persona, più fragile e indifesa. Stefania ricordava le foto che conservava all'interno dell'album di famiglia, quelle in cui i suoi genitori avevano trent'anni. Una, in bianco e nero, li ritraeva a Courmayeur, con sci e scarponi. Sentì una fitta al cuore e decise di cambiare argomento.

«Cosa vi hanno portato per pranzo?»

«Pasta alle vongole, scaloppine e insalata. E poi le fragole con la panna, solo che la nonna non le ha volute.»

Il mare rendeva possibile anche il miracolo di far tornare l'appetito a Camilla che, quando stava a Como, non faceva altro che lamentarsi di ogni cosa che veniva servita in tavola.

«Va bene, mami, allora ci sentiamo stasera.»

«Bacio, Popa. Salutami la nonna.»

«Sarà fatto» disse la bambina chiudendo la comunicazione.

Solo allora si accorse che era arrivato un sms.

«Il dolce lo porti tu? Luca»

Digitò sulla tastiera: «Stavo giusto pensando di cuocere qualcosa nel forno della questura. A dopo.»

Stefania vide Piras alla fine del corridoio, mentre raggiungeva l'ufficio a grandi passi. Forse c'era qualche novità.

I due agenti erano chini sulla scrivania. Stavano osservando qualcosa.

«Salve, ragazzi» disse entrando. «Cosa state guardando di bello? Lucchesi, puoi incrociare i dati del Colombo con quelli del casellario e della motorizzazione?»

«Già fatto, commissario. È quello che stavamo controllando.»

«Qualcosa di strano?»

Lucchesi fece una smorfia.

«Dottoressa, quella macchina ha più di diciotto anni e ha fatto meno di quarantamila chilometri. Un gioiellino, insomma. Ben tenuta. Pulita e lustra dentro e fuori.»

«Mica tutti tengono l'auto come me.»

«Sì, ma qui c'è qualcosa di strano, commissario.»

«A cosa ti riferisci?»

«Guardi i documenti, dottoressa» fece a quel punto Piras mostrandole il libretto dell'auto.

Stefania aprì la carta di circolazione e diede una rapida occhiata.

«Mi sembra tutto in ordine» disse.

«Anche troppo» fece Lucchesi.

«Dottoressa» disse Piras, «i documenti sono a posto. Anzi, sembrano proprio nuovi.»

«Si vede che questo Colombo è un tipo molto metodico» rispose Stefania.

I ragazzi avevano ragione.

Il libretto di proprietà, perfettamente piegato in quattro parti dentro la sua custodia, era immacolato. I timbri delle revisioni erano perfetti. Preciso come uno svizzero, quel Colombo. Mai un giorno di ritardo. Mai una sbavatura. Eppure la Ypsilon in tutti quegli anni sembrava essere uscita dal garage ben poche volte.

5

«Basta pensare al lavoro, per una sera. I miei pizzoccheri non hanno nulla da invidiare a quelli dello Chalet Gabriele.»

«Sempre modesto in fatto di cucina.»

«Potrei tranquillamente gareggiare con uno chef stellato in fatto di piatti tipici.»

«Soprattutto quelli che abbondano di calorie.»

Risero.

Il profumo dell'aglio aggiunto all'ultimo momento dentro al burro fuso arrivava fin sul terrazzo. Il tempo di unire i pizzoccheri al formaggio tagliato a dadini e il piatto era pronto.

Di sera faceva leggermente più fresco, e si stava bene con le finestre aperte.

La casa di Luca Valli era piccola ma accogliente, all'ultimo piano di un vecchio palazzo non lontano dal cinema Astra, all'inizio di via Milano. Dal terrazzino affacciato sui tetti si poteva scorgere la gente intenta a passeggiare lungo la via illuminata. Dal caffè all'aperto dall'altra parte della strada arrivavano le voci dei clienti.

«Hai letto la *Provincia* stamattina?» le chiese Luca.

«No, però mi hanno detto che c'era una tua bella foto.»

«Chissà se riusciremo a fargli cambiare idea.»

«Ti riferisci al muro sul lungolago?»

«È una vergogna che non si riesca a fare nulla. Ma che figura ci facciamo con i turisti?»

«Quella del lungolago è diventata una barzelletta. Forse è il caso che ti rassegni.»

«A vedere la mia città deturpata in questo modo? No, commissario, non mi posso rassegnare.»

«Sei un bel paradosso tu.»

«In che senso?»

«Non capita tutti i giorni d'incontrare un geometra con la passione per le battaglie ambientaliste.»

«Io mi chiedo dove troverò il tempo per seguire tutto quello che sta succedendo. La prossima settimana ho un incontro con una delegazione proveniente dalla Val di Susa.»

«No Tav?»

«Sì, e la settimana successiva ho un incontro a Milano, con un'associazione che si batte per la salvaguardia delle zone interessate dai lavori per l'Expo.»

«Una bella grana. Avanzerai del tempo per me?»

«Tra una battaglia e l'altra...»

Una volta terminata la cena rimasero seduti a chiacchierare e a fumare, con i bicchierini di limoncello a fare compagnia.

Nel buio osservarono il percorso silenzioso tracciato dagli aerei nel cielo e lo spettacolo della torre del Baradello che dominava la città dall'alto.

Poi Luca le chiese se volesse tornare a casa, offrendosi di accompagnarla.

«No, per una volta che possiamo» rispose Stefania.

Rimasero sulla terrazza per qualche minuto, poi la luce del soggiorno illuminò il terrazzo, un attimo fugace.

Qualche istante più tardi rimaneva solo qualche bagliore

ad attraversare la casa: le luci della città che, poco alla volta, si stava addormentando.

L'indomani mattina Stefania arrivò al lavoro di buon'ora.

Fu sorpresa nel trovare Piras e Lucchesi nell'atrio.

Stava per invitarli a prendere il caffè quando intuì che tra i due era in corso una discussione. Li osservò.

Lucchesi stava dicendo qualcosa, gesticolava. Piras scuoteva il capo e si grattava la pelata. Erano in disaccordo.

Si avvicinò. In quel momento suonò il cellulare.

Fece cenno ai colleghi di abbassare la voce.

«Mi stanno passando il Sant'Anna.»

La telefonata durò alcuni minuti, durante i quali Stefania proferì poche parole. Lucchesi notò che il commissario aveva un'espressione perplessa.

«Certo, Catalano, era la cosa giusta da fare. Avete fatto bene a sentire il comune. Avviserò io stessa il sostituto Mariani a cui è stata affidata questa indagine. Ora più che mai è necessario che la stanza del paziente venga sorvegliata assiduamente, specie nel caso in cui si faccia vivo qualche parente. Ci sentiamo presto. Una breve relazione andrà benissimo.»

Chiusa la comunicazione osservò le espressioni sulla faccia dei colleghi.

«Che succede, commissario?» chiese Piras.

«Succede che in ospedale da ieri hanno tentato senza successo di mettersi in contatto con qualche familiare del Colombo. Stamattina hanno sentito l'ufficio anagrafe del comune di Seveso. E qui sta la sorpresa.»

«Quale sorpresa?» intervenne Lucchesi.

«Il Colombo è sconosciuto all'anagrafe, non abita e non ha mai abitato a Seveso. Probabilmente il libretto è falso. Avevate visto giusto.»

Piras diede di gomito al collega. «Te l'avevo detto.»
«Un'ora fa il paziente ha avuto un improvviso peggioramento. Ora è in sala operatoria. Potrebbe non sopravvivere.»
«Io me lo sentivo che c'era qualcosa che non andava in tutta la faccenda» esclamò Piras, «ed ecco qua.»
«Abbiamo avuto conferma poco fa anche dalla motorizzazione» continuò Lucchesi, «e ci hanno detto che il libretto è falso e...»
«E la macchina?» domandò Stefania.
«La macchina è a posto, targa, telaio e numero di matricola, solo che non appartiene al Colombo.»
«E chi sarebbe il proprietario?»
«Risulta intestata a una donna» disse Lucchesi porgendo un biglietto.
Stefania lesse ad alta voce: «Luigia Zocchetti, nata a Milano il 16.07.1928, residente a Milano, in via Padova.»
«Dove stanno gli immigrati» commentò Piras.
«Ma si tratta di una persona di ottantaquattro anni» disse Stefania stupita.
«Mio zio Gavino ne ha ottantasette e guida ancora l'Ape» fece Piras.
Stefania non rispose.
Poi, tutto a un tratto, disse: «Va bene, ho capito. Cercatemi questa Luigia Zocchetti e verificate se ha denunciato il furto dell'auto. Quanto a lui, se girava con i documenti falsi forse non è uno stinco di santo. Proviamo a mostrare una sua foto, e vediamo cosa succede.»
Be', Giampiero Colombo, o chiunque tu sia, che Dio te la mandi buona.

Alle quattro in punto si ritrovarono tutti nello studio di Stefania con le registrazioni delle telecamere di sicurezza della villa che Lucchesi aveva recuperato e il filmato del notiziario di Espansione TV del giorno prima.

Delle tante telecamere che vegliavano sulla sicurezza della villa, solo due si erano rivelate di qualche utilità per la loro indagine. Una era quella posizionata sopra il cancello, che riprendeva lo spazio antistante l'ingresso e, di scorcio, un breve tratto della provinciale in direzione di Cernobbio. L'altra, orientata di centottanta gradi in maniera perpendicolare, puntava sul tratto di muro di cinta verso la strada, in direzione di Moltrasio.

Si misero tutti e tre a osservare il filmato della prima telecamera sul pc di Stefania.

Lunghi istanti di vuoto assoluto nella strada deserta, senza nemmeno un'auto nelle due direzioni. Poi, d'improvviso, ecco sbucare il muso della Ypsilon, ben oltre la mezzeria.

Dal momento in cui l'auto entrava nel raggio d'azione della telecamera fino all'impatto con il cancello, l'intervallo temporale era brevissimo: la piccola vettura sbandava paurosamente verso destra, poi a sinistra, per poi mettersi di traverso e schiantarsi. Il conducente, probabilmente, aveva tentato di correggere la traiettoria, ma l'auto era comunque finita contro la cancellata con la fiancata destra.

L'immagine ballava e si scomponeva. A un certo punto si tornava a vedere l'auto schiacciata e deformata, ripresa dall'alto.

Attimi di calma e poi un uomo, in abiti scuri e casco da motociclista, entrava frettolosamente nella visuale della telecamera, si avvicinava al finestrino del conducente e si chinava come per osservare qualcosa. A quel punto infilava un braccio all'interno.

Poi lo si vedeva chiaramente sollevare la testa di scatto,

guardare di lato e ritirare il braccio in un gesto improvviso, per poi risalire sulla moto e darsi alla fuga con il complice, nella direzione opposta a quella da cui erano arrivati.

Qualche attimo dopo entravano nell'occhio della telecamera due figure a piedi: il dottor Moreau e Valsecchi.

Stefania bloccò la registrazione, e mentre armeggiava per farla ripartire dall'inizio, chiese ai colleghi: «Che ne dite?»

«Sembra che le cose siano andate come dicevano il dottore e il giardiniere» disse Lucchesi.

«Ma non si vede niente della moto» fece eco Piras.

«È quello che stavo pensando anch'io.»

Ricominciarono daccapo, ma non riuscirono a vedere nulla di più.

La seconda telecamera forniva una prospettiva diversa. Prima s'intravedeva la moto con le due persone in sella. La motocicletta prima rallentava e poi accostava, mentre i due uomini giravano la testa indietro.

A quel punto uno dei due restava in sella mentre il compagno scendeva e tornava indietro a piedi, uscendo così dalla visuale. Lo si vedeva poi ritornare di corsa e risalire sulla moto, che ripartiva a tutta velocità in direzione di Moltrasio. Della targa non si riusciva a cogliere nemmeno un particolare.

Stefania bloccò la registrazione, con aria sconsolata.

«Non è un granché. Tutte cose che già sapevamo.»

«Per quello che ho intuito può darsi che la botta sul cancello abbia fatto ballare un po' la telecamera, proprio mentre arrivava la moto» disse Piras.

«Passiamo tutto alla Scientifica» concluse Stefania, «e vediamo se loro sono capaci di tirarne fuori qualcosa in più. Ragazzi, per oggi ne ho abbastanza. Espansione TV ce la vediamo domani. Adesso tutto quello che voglio è sistemare la corrispondenza, fare due telefonate e poi andarmene a casa.»

Quella notte, finalmente, piovve.

Tuoni e fulmini e poi un violento scroscio d'acqua, seguito da una pioggia calma e continua. Attraverso le fessure delle tapparelle abbassate Stefania sentì l'odore di polvere delle prime gocce e poi l'intenso profumo d'erba del giardino dietro casa. Rimase ad ascoltare quel rumore quieto e rassicurante e poi si addormentò.

Il mattino successivo annunciava una giornata limpida e fresca. Il traffico era scarso, forse i comaschi erano ancora in ferie, e le code ai semafori erano più brevi.

Ripensò all'osservazione di una collega qualche giorno prima, sul fatto che quella fosse una città che a fine estate mostrava il suo lato più nascosto, proprio perché in città rimanevano poche persone.

Quando arrivò in ufficio si accorse che era ancora presto.

«Ciao Marino, tutto bene?» disse rivolta all'agente in guardiola.

«Grazie a Dio ha rinfrescato, commissario, e speriamo che ci lasci respirare per qualche giorno almeno.»

Salì le scale e attraversò i corridoi ancora deserti, rallegrandosi per quella mezz'oretta di pace inaspettata che la separava dall'arrivo dei colleghi.

Sulla scrivania c'erano ancora la cartelletta con le fotografie che aveva controllato il giorno precedente e la busta con gli effetti personali del Colombo.

O come diavolo si chiamava veramente, pensò Stefania.

Riprese in mano la foto delle due donne e la osservò con più attenzione: era un'istantanea scattata in un interno. Un apparecchio senza troppe pretese, probabilmente: la qualità della foto era modesta eppure l'immagine della ragazza in primo piano era abbastanza nitida. Poteva avere quindici o sedici anni, forse qualcuno di più, capelli castano scuro, ricci e folti, e un viso regolare, con grandi occhi chiari.

Il volto era girato verso l'obiettivo ma la ragazza non sorrideva e gli occhi erano rivolti altrove.

Sembrava una di quelle adolescenti scontrose, in lotta con la propria immagine in trasformazione, che non amano essere fotografate e si rifiutano di guardare dritte nell'obiettivo.

O forse era solo timida, chissà, si disse Stefania.

Della donna si vedeva poco, a parte i capelli scuri, corti fino alle spalle, la figura minuta e il viso. Sullo sfondo qualcosa di chiaro e sgranato rifletteva la luce: poteva essere una specchiera o una fila di bottiglie, o anche un insieme di elettrodomestici metallici.

Sentì bussare alla porta. Era Piras, che si affacciò timidamente.

«Buongiorno, commissario.»

«Che succede, Giovanni?» Il collega era pallido in viso e aveva due pesanti occhiaie.

«Il piccolo ha pianto tutta la notte e non ci ha lasciato dormire. Il pediatra dice che sono le coliche.»

«E così tu hai fatto su e giù per il corridoio con il piccolo in braccio. Be', stai tranquillo. Tra due o tre mesi passa tutto, ormai dovresti saperlo, hai una certa esperienza.»

Piras sospirò sconsolato.

«Vorrà dire che ci prendiamo un caffè forte. Lucchesi è già arrivato?»

Il cielo era terso, il clima più mite. Dalla finestra dell'ufficio arrivava il rumore di qualche auto, lo sferragliare del treno e poco lontano lo schiamazzo di alcuni ragazzini.

Mezz'ora più tardi erano seduti davanti al computer di Stefania a osservare la registrazione del notiziario locale del giorno dell'incidente, quella che aveva tanto infastidito il sostituto.

Nulla di interessante, a parte alcune belle inquadrature degli interni di Villa d'Este.

Le interviste erano ordinarie e lo spettacolare incidente con tanto di sparatoria e corsa di ambulanze sembrava essere l'unica notizia di rilievo in una tranquilla giornata estiva.

«Okay, ragazzi, basta così. Mi sembra inutile rimanere qui a perdere altro tempo, con tutto quello che abbiamo da fare.»

Piras aveva sbadigliato in continuazione.

«Giovanni, vai all'officina a controllare cosa stanno combinando. Anzi, ci andiamo insieme.

«E tu» disse rivolta a Lucchesi, «controlla se è arrivato qualcosa di quello che abbiamo chiesto. Fax, posta elettronica, tutto quanto.»

Spense il pc e uscì dall'ufficio.

Perché il magistrato se l'era presa tanto per quelle interviste?

L'officina era in piena attività, l'odore di grasso e olio impregnava le narici, i dipendenti confabulavano intorno a un Hummer parcheggiato nel piazzale. La prima cosa che videro una volta entrati fu la piccola vettura sul ponte, interamente smontata.

«Allora, che mi dite? Trovato qualcosa di interessante?»

Il capofficina si girò, li osservò e tolse i guanti.

«Sulla macchina c'è ben poco da dire, commissario. Motore in ordine e carrozzeria vecchiotta ma perfettamente conservata, incidente a parte. Neanche un filo di ruggine. Si vede che è sempre rimasta in box. I tagliandi sono regolari anche se è stata usata pochissimo. Nient'altro, a parte l'odore di chiuso.»

«E i colpi nella portiera anteriore sinistra?»

«Eccola lì» disse indicando la portiera smontata e appoggiata su un banco da lavoro. «Colpi sparati a distanza e in rapida successione, mi pare: due proiettili sono arrivati poco angolati, praticamente hanno solo sfiorato la carrozzeria, mentre il terzo, più preciso, ha forato la lamiera diagonalmente arrestandosi nell'intercapedine, dove l'abbiamo trovato.»

«E il quarto proiettile? Tutte le testimonianze parlano di quattro colpi ravvicinati.»

L'uomo si toccò la fronte, lasciando un segno di olio, e rimase in silenzio.

Poi riprese. «Il quarto, ammesso e non concesso che sia arrivato sulla vettura, potrebbe essere entrato lì.»

Indicò la ruota anteriore sinistra ancora montata.

Stefania si avvicinò per osservarla da vicino, poi si voltò verso il capofficina con aria interrogativa.

«Certo, è ridotta male, ma abbiamo provato a ricomporla e a me sembra proprio che in un punto, anzi in due punti, ci siano dei fori. Però la faccenda è delicata e ho preferito lasciare ogni cosa al suo posto. Il perito balistico è già stato avvisato. Ci faranno sapere se vengono a vederla qui o se la portiamo giù con il carro attrezzi.»

«Capisco. E il lato destro?»

«Lo può vedere da sé. Sembra un pomodoro maturo atterrato sul pavimento. La vettura è andata a sbattere contro un muro in sasso e cemento, e poi ha strisciato contro del ferro verniciato di nero. Probabilmente il grande cancello e il muro a fianco. Comunque abbiamo preso dei campioni della vernice della cancellata e del muro. In modo da esserne sicuri.»

Stefania e Piras non fecero altri commenti, si congedarono e chiesero al capofficina di essere tenuti informati.

Attraversarono quel tratto di città osservando la piccola coda che si era formata all'imbocco di via Milano.

«Giornata di mercato» disse Piras, tirando dritto verso viale Roosevelt.

Rientrati in ufficio trovarono Lucchesi che soppesava un plico di fogli appena recuperati al fax.

«Buone notizie?»

«Moto di grossa cilindrata immatricolate negli ultimi cinque anni e relativi passaggi di proprietà. E hanno pure scritto che tra qualche giorno, se abbiamo un po' di pazienza, ci mandano anche i cinque anni precedenti. Un'infinità.»

«Lucchesi, tieni da parte l'elenco finché non arriverà la lista delle moto rubate negli ultimi sei mesi» disse Stefania, prendendo posto su una sedia. «Adesso ascolta, vorrei il tuo parere su una cosa importante.»

«Piras» aggiunse poi, rivolta all'altro collega, «raccontagli quello che abbiamo saputo in officina.»

L'agente si avvicinò alla scrivania.

«Dunque, tre dei quattro colpi sono arrivati sulla portiera sinistra della Ypsilon, e un proiettile l'hanno trovato dentro. Il quarto, secondo il capofficina, è finito nella gomma della ruota anteriore sinistra.»

«E quindi la gomma si è squarciata facendo sbandare la vettura e causando l'incidente, come avevamo pensato noi fin dall'inizio» rispose Lucchesi.

Non era esattamente così, ma Stefania non fece commenti.

«Può essere, ma ci daranno conferma dopo aver compiuto qualche altra verifica. Però c'è ancora un dettaglio importante, vero?» aggiunse Stefania.

Piras la guardò con aria interrogativa.

«L'angolazione dei proiettili sulla portiera. Ascoltando quello che ci hanno detto in officina mi sono fatta l'idea che i colpi, sparati in sequenza da breve distanza, potrebbero non essere stati diretti volontariamente contro la vettura o contro la ruota, e men che meno contro il Colombo. Se avessero voluto mirare alla gomma si sarebbero prima avvicinati un po' e se avessero voluto spararagli per ucciderlo avrebbero aspettato di affiancarlo, colpendolo a bruciapelo durante il sorpasso. Invece, secondo me, sono stati sparati a lato della vettura, un po' come dei colpi in aria, di avvertimento, o per convincerlo a fermarsi; ma comunque non prima di aver verificato che la strada, dall'altro lato, fosse libera.»

«Almeno hanno cercato di non coinvolgere nessun altro nei loro affari.»

«Secondo me non volevano chiudersi la via di fuga né essere visti da altre persone. Poi la situazione gli è sfuggita di mano. Il Colombo, sterzando a sinistra, gli ha rovinato i piani. Gli inseguitori, che non si aspettavano una manovra del genere, non hanno potuto fare altro, e comunque l'ultimo colpo era già partito. Frazioni di secondo, insomma, ed è un miracolo che non ci sia scappato il morto.»

Stefania tacque, riflettendo.

Anche i due colleghi rimasero in silenzio. Dalle loro espressioni era chiaro che non erano riusciti a seguire tutto il ragionamento.

«Be', a me tutta questa faccenda degli spari di avvertimento non convince. Non ci vedo una logica» sbottò infine Lucchesi. «Non capisco cosa avrebbero potuto ottenere se le cose fossero andate diversamente e se il Colombo si fosse fermato ancora intero. Se volevano portargli via qualcosa avrebbero scelto un'altra soluzione: costringerlo a fermarsi, minacciarlo, puntargli l'arma. Magari ne sarebbe venuta fuori una scazzottata.»

«Senza contare» rincarò Piras, «che se non fossero riusciti a convincerlo con le buone per derubarlo avrebbero dovuto spararglì. Troppo casino per un furto, e poi a quel punto ci sarebbe stata tutta Cernobbio lì ad ascoltarli.»

«Sono d'accordo. Anche per me la cosa non è chiara. Supponete per un attimo che i due sulla moto sapessero perfettamente dove il Colombo teneva quello che stavano cercando. Magari pensavano di poterlo immobilizzare e portargli via quel "qualcosa" e poi filarsela in fretta. Oppure potevano esserci dei complici in attesa lì vicino, con un'altra moto o magari un'altra macchina.»

«Un rapimento?» esclamò Piras. «Caricarlo a forza su un'altra auto e sparire? Però, bella idea. Avrebbero avuto tutto il tempo per convincerlo.»

«Sì, Giovanni, peccato però che i testimoni non abbiano visto altre moto o altre macchine lì intorno.»

Piras non replicò.

Dopo qualche istante di silenzio fu Stefania a parlare di nuovo.

«E invece sapete che l'idea di Piras non è affatto male? Un tentativo fallito di rapimento spiegherebbe tante cose. Innanzitutto il motivo per cui hanno cercato di fermarlo e non di ucciderlo subito. Il punto in cui è avvenuto l'incidente, poi, si presta benissimo per un agguato. La via è poco battuta. Dopo il confine di Villa d'Este non ci sono abitazioni né strade secondarie per parecchie centinaia di metri. La stessa Villa Pizzo è parecchio sotto il livello della strada. Aggiungete che, anche nel caso in cui qualcuno a Villa d'Este avesse sentito gli spari, non avrebbe potuto fare granché, circondata com'è la villa dal giardino e dal muro di cinta. E comunque, quanto ai soccorsi, pare che nessuno abbia mosso un dito a parte il nostro dottore e il giardiniere. In ogni caso, per uscire dal retro ci sarebbe voluto del tempo, minuti preziosi per gli aggressori.»

Piras annuì.

Lucchesi aggiunse: «Va bene, come volete voi. Però prima troviamo tutto il resto della banda, moto e macchine comprese. E poi spiegatemi come facevano a essere sicuri che dall'altra parte non arrivasse nessuno.»

«Questo non lo sappiamo, ma credo proprio che dovrai scoprirlo tu» disse Stefania.

Costa Smeralda, Sardegna, agosto 2014

Lo yacht è ormeggiato al largo della penisola di Capo Ferro, di fronte all'isola delle Bisce e a qualche centinaio di metri dal faro che, di notte, proietta il fascio luminoso fino ad Arzachena.

Due ragazze in costume da bagno prendono il sole di fronte alla cabina.

Scherzano. Ridono.

Zagnoni si aggira per il ponte indossando un accappatoio bianco, istruisce il personale, ordina a uno degli inservienti di preparare qualcosa di fresco.

Manca poco a mezzogiorno.

Alcuni ragazzi a un centinaio di metri stanno facendo immersione. Zagnoni li osserva. La spiaggia di fronte è una breve striscia di sabbia bianchissima che lambisce il mare cristallino. In quel punto della costa l'acqua è così limpida che dal ponte è possibile vedere il fondale.

Il sole è allo zenit, fa caldissimo. Zagnoni si asciuga delle gocce di sudore sotto le lenti scure.

Il ragazzo mulatto ritorna con il cocktail, lui ringrazia. Si siede sul ponte, gli piace osservare gli scogli e la schiuma che si riversa intorno alle formazioni rocciose.

Il telefono vibra, Zagnoni osserva il numero svizzero sul display.

«Non mi lasci in pace nemmeno a Ferragosto?» esordisce sorridendo.

«Ho un piccolo favore da chiederti.»

«A un amico un favore non si nega mai.»

Si alza, va verso la cabina, osserva le ragazze, poi scende sotto coperta.

Il tempo è splendido, avrebbe voglia di farsi un bagno.

L'amico gli spiega la faccenda. Si tratta di un amico del Segretario, dice. Uno in gamba. Una laurea in economia, due master, oggi fa l'amministratore delegato di una multinazionale, ma non è soddisfatto.

«Cosa possiamo fare per lui?» domanda Zagnoni.

«Mi stavo chiedendo se non potesse aprirsi uno spiraglio in quella partecipata. Lo sai come vanno le cose. Il presidente sta per dare le dimissioni, e lì ci vorrebbe uno in gamba. Con tutto quello che ci sarà da fare nei prossimi mesi...»

«Sei tu o il Segretario a garantire?»

«Entrambi. Pensi che si possa fare?»

«Penso che si possa fare tutto. Per degli amici, s'intende...»

«Allora posso stare tranquillo?»

«Tranquillo, ci pensa lo Zio.»

Un attimo di silenzio, poi Zagnoni volta lo sguardo verso la baia. Un motoscafo sta attraversando quel tratto di mare.

«È andata bene la stagione?»

«Non male. Facciamo il punto tra un paio di settimane.»

«Ci vediamo sul Lago Maggiore?»

«No, pensavamo a un viaggio di lavoro.»

«Non in Grecia, però.»

Ridono.

«Pensavo a qualcosa tipo le Baleari.»

«E viene anche lui?»

«Lo sai che lui non si sposta per così poco.»
«Già, con gli anni si è un po' imborghesito.»
«Io ho ancora fame.»
«A chi lo dici.»
Zagnoni conclude la chiamata. Poi termina il cocktail. Quando esce di nuovo sul ponte le ragazze stanno spettegolando.
«Ti ricordi il tipo di ieri sera, quello seduto accanto a me?»
«Il tizio con gli occhiali?»
«Sì, quello che sta con la carampana.»
La mora fa segno di sì con la testa.
«L'ho incontrato sei mesi fa a una prima della Scala.»
«Non ti facevo così mondana.»
«Avevo un vestito nuovo.»
«Te l'ha regalato lui?» dice la mora, indicando Zagnoni.
«Sì, è molto generoso.» La bionda si volta verso l'uomo, poi il suo tono di voce si abbassa.
«Il tipo di ieri sera, quello che va con la carampana, è gay. E la moglie se la fa con quello dell'albergo.»
«Ma dai? Che coraggio.»
«Pensa che quando ci siamo incontrati nel foyer della Scala lei continuava a raccontare questa storia dell'abito di Valentino e tutti, attorno, a farle complimenti. Contessa di qua, contessa di là.»
«Quarti di nobiltà?»
«Una trovata pubblicitaria. Quella è contessa come io sono una modella.»
Strizza l'occhio. Ridono entrambe.
«E le altre donne com'erano?»
«Di tutto un po', bellissime e vecchi rottami. Tutte ingioiellate. Non ti dico gli abiti, le acconciature... C'era pure il sindaco di Milano.»
«E cosa davano?»

«E chi ci ha capito niente?»

Una nuova risata.

«Però una cosa me la ricordo.»

«Cosa?»

«Che a lui non gli tirava nemmeno quella volta.»

«Ti ha chiesto... alla Scala?»

«Nel palco.»

Una nuova risata.

Un cameriere annuncia che la colazione sarà pronta per le due. Zagnoni annuisce, volta lo sguardo verso le ragazze.

Osserva i loro corpi.

La mora ha venticinque anni, è abbronzatissima, indossa un bikini verde. La bionda ha qualche anno in più, ma è di una bellezza mozzafiato.

Le ragazze lo invitano a sedersi accanto a loro. Lui fa una battuta, loro lo prendono in giro.

Poi dice al comandante che prima di pranzare vuole farsi un bagno.

6

Il tempo, per Stefania, passava sempre con una velocità incredibile, e quindi arrivò ben presto anche il momento di andare a riprendere Camilla e sua madre al mare. Si sarebbe fermata a dormire nel loro albergo, a Bordighera, la sera di quel venerdì e sarebbero ripartite tutte insieme la mattina del sabato.

Preparò uno zainetto con l'indispensabile e partì nel pomeriggio, con calma. Contava di arrivare per l'ora di cena, per non essere costretta a stare in spiaggia. Le piaceva godersi il mare e il suo profumo da una certa distanza, all'ombra delle palme dei viali, con qualcuno dei libri iniziati nell'inverno e mai terminati, facendosi poi trovare sulla terrazza dell'albergo al loro rientro.

Camilla, manco a dirlo, era abbronzatissima e sfoggiava un nuovo paio di pantaloncini rossi, un regalo della nonna. Mille aneddoti da raccontare, i nuovi amici, e le giostre, la sala giochi. Anche sua madre sembrava rilassata.

Le osservava con un misto di tenerezza e nostalgia. La sua bimba cresceva, e qualcosa nello sguardo, nella voce e nelle movenze, annunciava l'adolescenza ormai prossima. Risero e scherzarono fino a tardi, quando Camilla si addormentò. Stefania aiutò sua madre a rifare le valigie, cercando di farci stare quel mare di cianfrusaglie che riportavano sempre a casa dalle vacanze.

Il giorno dopo ci furono i riti del viaggio di ritorno: la colazione in Autogrill, il recupero del gatto rosso, Ron. E poi la cena in pizzeria, dal Mario di Lenno, la sera, perché il frigo della casa di sua madre era vuoto. Per finire, la prima spesa del rientro la domenica mattina, perché i negozi sul lago d'estate rimanevano aperti fino a mezzogiorno.

Stefania rientrò in città nel pomeriggio della domenica. Camilla si sarebbe fermata sul lago ancora una settimana insieme alla nonna, prima di scendere a Como.

Lungo la strada incontrò numerosi ciclisti e auto che salivano verso la Tremezzina. Anche a fine estate la sponda occidentale del lago si animava e, come spinti dall'aria di vacanza che si poteva ancora respirare da quelle parti, i milanesi prendevano d'assalto le mete più conosciute.

Villa Carlotta faceva sempre il tutto esaurito come pure il Balbianello. Alcuni si accontentavano dei bar affacciati sul lago. Altri sceglievano i sentieri di montagna.

Seguendo a ritroso la strada del lago da Ossuccio ad Argegno e di lì verso Laglio e Cernobbio pensava che anche per quell'anno era fatta.

Da quando era arrivata Camilla la vita era diventata ordinaria routine.

Ma un anno prima, nella sua vita, era arrivato Luca Valli. E dopo tanto tempo era tornata a desiderare qualche momento solo per sé. Certo, le cose non erano facili e la volta in cui aveva fatto incontrare Luca e Camilla erano scoppiate le prime scintille. Camilla era gelosissima della madre. E non avrebbe accettato facilmente di dividere la sua attenzione con qualcun altro. Chissà se un giorno le cose sarebbero filate via lisce. Stefania aveva voglia di pensare a quelle cose che per tanto tempo aveva rimosso. Una casa da condividere con qualcuno, un viaggio. Il Natale in attesa davanti all'albero.

Non era semplice, questo lo sapeva. Ma sentiva di avere ritrovato forze che non pensava più di possedere.

Anche quella sera Luca l'avrebbe aspettata sulla panchina in cui si davano appuntamento. E forse, per un'altra sera, non sarebbe tornata a casa a dormire.

Stefania non avrebbe saputo dire se questo la rendeva, in fondo, più triste o serena.

È la vita, dopotutto, pensò.

Aveva appena varcato la soglia dell'ufficio quando s'imbatté in Piras, tutto trafelato e con una pila di fogli in mano.

«Commissario, ecco le informazioni che volevamo sul proprietario della macchina e anche su quel Colombo che non si chiama per niente Colombo. Ci sono pure degli ingrandimenti, anche se non so chi li abbia chiesti, ma sono indirizzati a noi. È passato Carboni, che voleva notizie. E il dottor Allevi, che saluta e dice che richiama.»

Stefania lo guardò con un mezzo sorriso.

«E non c'è altro?»

«Sì, c'era Lucchesi che la cercava per farle vedere un fax. Un sacco di pagine arrivate venerdì pomeriggio e poi due messaggi di quelli dell'officina che continuano a dire che queste benedette chiavi non si trovano.»

«Mi era sembrato che qui si battesse la fiacca appena mi allontano un attimo.»

Sorrise. Dalla porta arrivò Lucchesi.

«È arrivato l'elenco delle moto rubate, che non sono poche. Cosa faccio?»

Stefania decise di riprendere in mano la situazione.

Voltò le spalle con calma, appoggiò la borsa, si sedette alla scrivania e li guardò senza dire una parola. Dopo qualche istante i due colleghi tacquero e si sedettero.

«Buongiorno Piras, buongiorno Lucchesi. Accomodatevi, prego. E ditemi tutto, ma uno alla volta. Dunque, Piras, partiamo da te. Ci sono notizie sul proprietario dell'auto?»

«Sì. L'auto è regolarmente intestata a quella Luigia Zocchetti, e non c'è nessuna denuncia di furto. L'indirizzo della proprietaria, l'abbiamo verificato, è lo stesso che ci avevano dato.»

«Vai avanti.»

«L'invio della foto segnaletica ha dato i suoi risultati. Dall'archivio è saltato fuori che il Colombo in realtà si chiama Angelo Vallesi. Nato a Milano, celibe, ha più o meno la stessa età indicata nei documenti falsi. Solo che c'è una novità.»

«E sarebbe?» chiese Stefania.

«È stato scarcerato qualche mese fa dopo anni di galera. Omicidio volontario.»

Ci fu un attimo di silenzio. Lucchesi guardò Piras. Stefania osservò entrambi.

«Be', devo ammettere che questa è una notizia. E la storia delle chiavi?»

«Quelli dell'officina continuano a sostenere che le chiavi non si trovano. Io gli ho detto che noi non le abbiamo e che devono pur essere da qualche parte.»

«Va bene, lasciatemi qui tutto. Anche quegli ingrandimenti, li ho chiesti io. Lucchesi, lasciami l'elenco. Poi vedremo cosa farci. Piras, torna in officina e ribadisci il concetto, e assicurati che nessuno abbia toccato niente sul luogo dell'incidente, casomai le chiavi fossero finite da qualche parte lì attorno. Senti il custode di Villa Pizzo e chiedigli se ha trovato qualcosa. Okay?»

Quando i due agenti si furono allontanati, Stefania

sfogliò la lista delle moto rubate. Tolte quelle di cilindrata troppo bassa e quelle la cui targa non iniziava con MT, il numero non era elevatissimo. Senza elementi più precisi, tuttavia, era pur sempre come cercare un ago in un pagliaio. Poi concentrò la propria attenzione sulla busta con gli ingrandimenti.

Due serie di foto: la prima con l'impronta dello pneumatico rimasta sul fango e l'altra con l'interno dell'abitacolo della Ypsilon, prima e dopo l'estrazione del ferito.

Alla Scientifica Selvini, al solito, aveva fatto un ottimo lavoro. Quell'impronta che a lei non diceva nulla, rivelava adesso qualcosa in più. Un occhio esperto avrebbe potuto ricavarne qualche informazione, sul tipo di veicolo e sul modello. Ma soprattutto, era chiaro oltre ogni ragionevole dubbio che le chiavi erano già sparite dal cruscotto quando il ferito era ancora all'interno dell'auto. La cosa toglieva definitivamente di mezzo l'ipotesi che potesse averle prese qualcuno dopo l'intervento dei soccorritori. Non che lo avesse mai preso in considerazione. A chi potevano interessare e perché le chiavi di un'auto conciata in quel modo e posta sotto sequestro? Rimaneva una circostanza strana.

Si accese una sigaretta, prese il telefono e compose il numero di Giulio Allevi.

«Aspetta un attimo, forse non ho capito bene: hai detto proprio che verresti da me a Milano la settimana prossima? Da non crederci. E dove ti porto? A pranzo in Galleria? O sui Navigli?»

«Non fare lo scemo. Pensavo in via Padova, tanto per cominciare.»

«Caspita, un posticino romantico. E poi?»

«Poi magari un salto a San Vittore, ma forse non è il posto giusto, ne dobbiamo parlare.»

«Di bene in meglio, però parliamone. Non vorrei finire la giornata mano nella mano a Opera, con te non si sa mai.»

«Senti, è una cosa importante. Ascoltami un attimo.»

«Sono tutt'orecchi, commissario.»

Stefania gli raccontò quello che avevano saputo su Luigia Zocchetti, la donna residente in via Padova, che risultava essere la proprietaria del veicolo e sui trascorsi da galeotto di Angelo Vallesi, alias Giampiero Colombo, condannato in via definitiva per un omicidio commesso nel 1992.

«Capisci che sono due aspetti che bisogna assolutamente approfondire, per dare una sterzata a questa indagine» terminò Stefania.

Dall'altra parte Giulio rimase qualche istante in silenzio, poi disse: «Posso farti avere copia del fascicolo processuale, questo va bene, non credo che ci saranno problemi. Per quell'altra cosa di via Padova è diverso. Devi passare attraverso i colleghi della zona per correttezza, innanzitutto. E poi c'è la questione della competenza.»

«E se per cominciare chiedessimo solo delle informazioni? Tanto per rompere il ghiaccio potresti provare a sentire qualcuno.»

«E poi?»

«Poi ne parliamo.»

Aeroporto di Milano Malpensa, Terminal 2,
lo scorso giugno

La sagoma dell'aeroporto, vista da lontano, è una specie di astronave aliena costruita in mezzo alla campagna; un succedersi ininterrotto di strutture metalliche, acciaio, plexiglas, in cui a dominare è il contrasto tra i due colori principali, il verde e il bianco.

Il monitor degli arrivi indica voli provenienti da Palermo, Napoli, Roma, Catania, Lamezia Terme, Olbia, Amsterdam, Praga, Copenaghen, Bari, Londra, Porto.

I giornalisti scambiano battute. Qualcuno è uscito a fumare una sigaretta. I più curiosi osservano la gente accalcarsi; alcuni, da fuori, voltano la testa in direzione degli arrivi.

Il parcheggio è affollato di auto, pullman e taxi.

Dal momento in cui è apparso LANDED sul monitor, a segnalare l'arrivo del volo proveniente da Roma, decine di persone si sono radunate di fronte all'uscita.

Il bar è affollato, un uomo sfoglia le riviste nel settore dietro al bancone. Poco oltre una donna sta reclamando qualcosa allo sportello della Europcar. Il colore predominante, all'interno dell'aeroporto, è il verde. Verdi sono le insegne e il logo di Malpensa, che campeggiano ovunque, dentro e fuori. Verdi le poltroncine nella sala d'attesa, verdi le divise delle hostess di Alitalia, con il tailleur e il cappellino in testa. Dappertutto il logo Expo.

I viaggiatori che escono dalle porte laterali sembrano non fare caso ai giornalisti e alle troupe delle televisioni locali.

Perché gli aeroporti sono davvero strani: luoghi affollati in cui le persone non parlano tra di loro. Non comunicano. L'aeroporto è un mondo sospeso, una specie di buco nero in cui il tempo, a intervalli di quarti d'ora, rimane fermo. Un mondo immobile.

C'è sempre qualcuno, ad aspettare, al di là della porta automatica che si apre.

La scena si ripete in ogni angolo del mondo: il viaggiatore esce, alza lo sguardo, osserva tra la folla, volta il capo. Quando gli occhi incrociano quelli della persona che sta aspettando, un familiare, un parente o l'autista di un taxi, ecco l'apprensione lasciare posto a un sorriso, ecco la tensione sciogliersi in un gesto liberatorio. Di solito sono baci, ogni tanto un abbraccio, oppure una stretta di mano o un cenno del capo.

C'è un uomo solo, adesso, tra la folla che si accalca davanti all'uscita.

Un uomo che non aspetta nessuno.

Un uomo che da tempo ha smesso di frequentare gli aeroporti.

Un uomo che si confonde tra chi arriva e chi è in attesa, provando a mimare i gesti di chi sta aspettando. Ha imparato a farlo, è diventato un maestro nell'arte di rendersi invisibile.

L'uomo solo è un uomo che non aspetta più.

Se è lì, è solo perché ha una curiosità da soddisfare.

Sono anni che non lo vede.

E ha bisogno di sapere.

Perché quando uno è stato tradito, nulla ha più importanza. No.

La persona tradita ha bisogno di sapere. Di vedere l'uomo che lo ha tradito.

L'uomo è lì per quel motivo.

Vuole guardarlo negli occhi.

Vuole sapere se l'altro è in grado di reggere il suo sguardo.

Se è in grado di sostenerlo.

Sempre che lo riconosca, s'intende.

Se provassimo a mettere su una bilancia delle emozioni le due possibilità, tradire o essere traditi; se giudicassimo tutto con gli occhi della pietà umana, in quella che è una contabilità degli affetti e dei sentimenti, non avremmo alcun dubbio.

Tradire costa molta più fatica che essere traditi.

È qualcosa che richiede un rigore, una disciplina, un totale disprezzo dell'amor proprio, da diventare una cosa totalizzante.

Tradire costa.

Compiere un misfatto è una cosa alla portata di chiunque. Decidere di tradire è roba da pochi.

È un po' come accettare un patto con il diavolo.

Significa compiere una scelta.

Necessita esercizio.

Implica dedizione.

Sopportare le conseguenze delle proprie azioni, accettare che una propria scelta abbia causato l'infelicità di un altro essere umano. Questo vuol dire tradire.

La passione più forte nella natura umana, è stato scritto. La forza che muove i destini degli individui.

Gli uomini tradiscono per passione o per gelosia, per viltà o per paura, per denaro o per brama di potere.

L'uomo che sta per uscire dalla porta automatica ha tradito per convenienza.

E l'uomo che lo attende ha deciso che è arrivato il momento di presentare il conto.

«Assessore» urla un giornalista non appena l'uomo, sulla sessantina ben portati, un abito grigio e degli occhiali su un viso squadrato, varca la soglia degli arrivi.

«Cosa ci può dire dell'incontro?»

L'addetto stampa fa un cenno con la mano, l'assessore non vuole rilasciare dichiarazioni. Accanto a lui c'è un altro uomo, più giovane, una specie di portaborse.

Gli agenti di polizia scortano l'assessore mentre i giornalisti cercano di stringerlo in fondo al passaggio.

«Come commenta le dichiarazioni della stampa circa i ritardi relativi ai lavori per l'Expo?»

L'assessore ha deciso di trincerarsi dietro a un no comment, l'addetto stampa non dice nulla se non «prego, lasciateci passare», gli agenti fanno fatica a tenere alla larga i giornalisti.

Assessore, così lo chiamano adesso. Pensare che ai tempi, prima della bufera giudiziaria, era il segretario di una piccola sezione di partito. Uno vicino al tesoriere. È stato bravo, l'assessore, a uscire di scena al momento giusto, quando le cose si sono messe male. È stato furbo. Un'assenza di un paio d'anni e poi è ricomparso sulla scena politica. Questa volta dalla parte giusta. Perché solo stando dalla parte di chi avrebbe vinto era possibile riemergere. La cosa buffa è che ha saputo della sua esistenza solo un paio d'anni prima. Ricorda l'istante preciso. La tv del carcere stava trasmettendo un telegiornale. Le immagini ritraevano gli scavi per i nuovi cantieri in costruzione per l'Expo. Un giornalista ha fatto una domanda. E l'assessore ha risposto in maniera diplomatica. Lui ha riconosciuto la voce. Si è avvicinato alla tv. Non voleva crederci. Lo aveva visto decine di volte. Pensava fosse sparito insieme a quelli della sua ghenga. E invece no, era riuscito a riemergere.

Gli altri passeggeri assistono alla scena, qualcuno sussurra qualcosa all'orecchio del vicino, qualche ora più tardi l'assessore sarà ospite di una nota trasmissione in prima serata. È bravo davanti alle telecamere, ci sa fare.

L'uomo osserva la scena, segue l'assessore nella sua faticosa uscita dalla zona degli arrivi.

Quando portaborse e addetto stampa riescono a raggiungere il parcheggio, ad attenderli c'è un auto blu. Il bagagliaio della berlina tedesca viene chiuso, l'assessore si siede dietro, l'autista mette in moto.

Mentre un agente di polizia è impegnato a tenere lontano un tizio con la camera in spalla, l'uomo riesce a infilarsi in uno spiraglio di braccia e gambe. Si avvicina all'auto.

L'assessore è accanto al finestrino. Sembra discutere con l'addetto stampa.

Quando l'ombra dell'uomo si avvicina, l'assessore volta lo sguardo verso l'esterno. Prima uno sguardo assente, poi un fremito impercettibile negli occhi.

L'assessore osserva dal finestrino l'uomo che si è avvicinato alla macchina e in quel momento, quando i loro occhi si incrociano di nuovo, lo riconosce.

«Undicesimo: non tradire», ecco chi gli aveva fatto recapitare la videocassetta. Adesso il messaggio era chiaro.

7

Stefania dedicò l'ultima ora della mattinata a stendere la richiesta di accesso al fascicolo processuale di Angelo Vallesi.

Poi la portò a Carboni, riferendogli brevemente i contenuti del colloquio con Giulio Allevi.

Il commissario capo sembrava distratto.

«Siamo proprio sicuri che questo passo sia indispensabile, Valenti?» domandò passandosi la mano sui pochi capelli rimasti.

Poi proseguì: «Il ferito potrebbe riprendersi e spiegarci cosa è successo. E magari chi aveva interesse a combinargli questo guaio. Siamo ridotti all'osso con l'organico e non vorrei che questa cosa le facesse perdere troppo tempo.»

«Da quanto mi hanno riferito dall'ospedale il Vallesi non ha grandi possibilità di farcela. Sembra già un miracolo che sia ancora vivo, e comunque potrebbe non avere più modo di raccontarci nulla. Senza contare che il sostituto Mariani...»

«D'accordo, Valenti. Però non trascuri le altre indagini.»

Quando fu fuori dalla porta ebbe come un presentimento. Cosa diavolo passava veramente per la testa di Carboni?

Cosa c'era di così importante nelle altre indagini che stava seguendo? Una lite tra vicini finita a schioppettate, furti ripetuti di manufatti di rame in un cimitero alla periferia della città, atti vandalici dei tifosi avversari dopo la partita di Coppa Italia del Como e cose di quel tipo.

E come succedeva di tanto in tanto, Carboni sembrava nicchiare di fronte ai casi un po' rognosi. A sentire il suo superiore, certi fatti andavano archiviati ancor prima di avere capito che cos'era accaduto.

Si sedette alla scrivania dopo avere ripreso in mano il fascicolo dei furti di rame al cimitero.

Cercò di concentrarsi.

Sbadigliò.

I furti erano stati denunciati dall'ufficio tecnico comunale, ma probabilmente risalivano a parecchio tempo prima, a quelle che il fascicolo indicava come «circostanze anteriori e diverse». Così, almeno, aveva dichiarato il custode. Gli episodi, in effetti, si erano verificati lungo un arco temporale piuttosto ampio, e solo in presenza di edifici funebri di importanti famiglie, spesso dotati di camera sotterranea. Luoghi appartati per definizione. Di fatto, stando alla lista compilata dai carabinieri che avevano fatto i primi rilievi, erano spariti angeli, candelabri e intere iscrizioni, staccate forse con un taglierino.

Sì, ma come facevano i ladri a sapere che quelle tombe erano poco frequentate? E che avrebbero potuto agire indisturbati mentre erano all'opera? E come avevano fatto i ladri a portare tutto quel materiale fuori dal cimitero passando completamente inosservati?

Forse di notte, pensò Stefania, oppure travestiti da operai. Era necessario stilare un elenco di tutte le ditte autorizzate a lavorare nel cimitero, e in particolare di quelle che avevano avuto accesso al camposanto negli ultimi mesi; con tutti i nominativi dei rispettivi dipendenti, compresi marmisti e giardinieri.

Mise a punto una lunga serie di domande da porre al custode e chiese a Lucchesi che venisse convocato per il giorno dopo.

A quel punto le venne sonno.

Ci sarebbero voluti un caffè e una sigaretta per riuscire a star sveglia. Pensò di telefonare a Luca ma in quel momento il cellulare squillò.

Casa di sua madre.

«Dunque io l'ho detto alla nonna» esordì Camilla, «ma lei non vuole capire, ma è normale perché lo fanno anche le mie amiche.»

«Cosa è normale, Cami? Cosa la nonna non vuole capire?»

«Che tutti quelli che vanno alla festa possono rimanere fino a mezzanotte.»

«La festa di chi?»

«La festa di compleanno di Valentina, non ti ricordi? Te l'ho chiesto domenica, e tu mi hai detto che potevo andare. Allora dillo alla nonna che non ci crede.»

In sottofondo l'anziana donna brontolava.

«Io ti ho detto che potevi andare, non che potevi rimanere fino a mezzanotte.»

«Ma non è lo stesso?»

«No che non è lo stesso. Suo papà ti riporta a casa alle dieci e mezzo, come deciso. Per una pizza, il taglio della torta e spegnere le candeline mi sembra sufficiente.»

«Sì, ma noi abbiamo deciso di guardare un film. Che tra l'altro è il terzo episodio della saga del *Signore degli Anelli*, quello che tu non mi hai portato a vedere quando è uscito, perché non avevi tempo.»

Camilla in versione piccola ricattatrice, pensò Stefania.

«Noi chi?»

«Be', io e la Vale.»

«Oh, bene. Allora è tutto sistemato. Tu inviti Valentina per sabato, vi porto a fare il bagno al Lido e poi vedete il film. Se i suoi genitori sono d'accordo può fermarsi a dormire da noi.»

Camilla rimase in silenzio qualche istante.

Stava valutando l'offerta.

Stefania ne approfittò per dirle al volo: «Allora d'accordo, Cami. Adesso devo andare, bacio.»

Non aveva smesso di sorridere pensando alla figlia quando il cellulare riprese a suonare: questa volta era Giulio.

«Puoi risparmiarti la fatica di andare in via Padova.»

«Perché?»

«Perché la Zocchetti è deceduta.»

«Morta?»

«Otto mesi e dieci giorni fa, per l'esattezza.»

«E la macchina?»

«Passata agli eredi, naturalmente, insieme al resto dei suoi beni.»

«E chi sono gli eredi?»

«Questo proprio non lo so, ma se ti può interessare risulta che era vedova. Luigia Zocchetti vedova Vallesi. Ti dice qualcosa questo cognome?»

Luigia Zocchetti altri non era che la madre del Vallesi, alias Giampiero Colombo.

La donna, nata a Milano nel 1928, non si era mai mossa dal luogo in cui era venuta alla luce. All'età di ventidue anni si era sposata con Giovanni Vallesi, un operaio che lavorava alla Magneti Marelli, e avevano avuto tre figli: Mario, Annamaria e Angelo.

Il figlio maggiore della coppia, Mario, era morto in tenera età. Annamaria si era sposata con uno svizzero ed era andata a vivere nella confederazione elvetica alla fine degli anni Settanta.

Angelo, il figlio minore, era nato nel 1956.

Quindi l'uomo che si era schiantato sulla curva del Pizzo di Cernobbio stava guidando l'auto della madre, morta da pochi mesi.

Troppe coincidenze, forse.

Stefania era perplessa.

Primo: perché un uomo che si era fatto così tanti anni di galera a pochi mesi dall'uscita dal carcere si era procurato dei documenti falsi?

Secondo: dove era diretto il Vallesi al momento dell'incidente?

Terzo: chi era davvero Angelo Vallesi e cosa lo legava alle persone che lo avevano aggredito?

Intanto avrebbe chiamato Luca, giusto per sapere come stava. Aveva bisogno di una pausa mentale.

Ma proprio in quel momento le arrivò una terza telefonata, questa volta sull'interno.

«Come sarebbe a dire?» domandò Stefania.

«Le sto dicendo che l'armadietto in cui avevano sistemato gli abiti del Colombo, mi scusi, del Vallesi, è stato forzato.»

«E da chi, dottor Catalano?»

«Questo ancora non lo sappiamo. I vestiti del paziente, le scarpe e quel poco che era rimasto sono spariti.»

Stefania tacque. I due aggressori o chi per loro evidentemente erano alla ricerca di qualcosa di importante.

«E mi conferma che il Vallesi non ha subito aggressioni?»

«Non gli hanno torto un capello. E di sicuro non se ne è nemmeno accorto, viste le sue condizioni. È probabile, commissario, che non fossero interessati a lui ma a qualcosa che lui portava con sé.»

«Mi spieghi meglio, Catalano.»

«Se avessero voluto, come dire, toglierlo di mezzo, avrebbero avuto tutto il tempo per farlo. Sarebbe bastato staccare la spina del respiratore o tagliare qualche cavo. No, alla persona che si è introdotta nella stanza il nostro Vallesi non interessava.»

«Quindi, secondo lei, è inutile che io faccia la richiesta per mandare lì qualcuno di guardia?»

«Avere qualcuno qui per sorvegliare il paziente non guasterebbe. E comunque adesso ci sono la moglie e la figlia.»

«Come ha detto?»

«Mi hanno riferito che il Vallesi ha appena ricevuto la visita di una donna e di una ragazza. Immagino che siano moglie e figlia.»

«Catalano, parto immediatamente. Per cortesia, dica alle signore di attendermi che ho bisogno di rivolgere loro alcune domande.»

Una volta attaccato il telefono Stefania prese le chiavi dell'auto e si precipitò giù per le scale. Solo una volta acceso il motore chiamò Lucchesi per spiegargli la situazione.

In cinque minuti arrivò a piazza Camerlata. Di lì al nuovo ospedale, costruito ai confini della città, mancavano al massimo cinque chilometri. Solo che in quel punto cominciava una coda interminabile.

E non era una novità.

Una volta sistemata l'Opel Corsa nel parcheggio dell'ospedale, Stefania si era persa per padiglioni e reparti.

La nuovissima struttura del Sant'Anna, inaugurata qualche mese prima alla presenza del presidente della Regione e delle autorità cittadine con tanto di foto sui giornali, era una specie di cittadella fortificata.

«Un ospedale all'avanguardia» avevano scritto i giornali.

Una struttura avveniristica quella pensata per il nuovo nosocomio comasco, vero e proprio fiore all'occhiello della sanità lombarda.

E in effetti tutto in quel luogo sapeva di nuovo.

Mentre correva lungo le scale e cambiava ascensore continuò a pensare alle domande che avrebbe dovuto rivolgere alla moglie del Vallesi.

Quando arrivò in reparto, però, rimase delusa. Le donne non c'erano più.

Il dottor Catalano le andò incontro. «Il tempo di mettere giù il telefono e se n'erano già andate» disse scusandosi.

Prima che Stefania potesse rispondere, il dottore la stava già accompagnando verso il banco all'ingresso del reparto, quello in cui venivano fornite indicazioni ai parenti.

«Per fortuna» disse Catalano, «che c'è la legge sulla privacy.»

Stefania non capì.

Il dottore chiese qualcosa a una donna che stava dietro al bancone.

La donna prese un registro e glielo mise davanti.

«Ecco, vede dottoressa. Qui c'è l'indirizzo della donna. Rintracciarla non dovrebbe essere difficile.»

Stefania, il mattino successivo, rientrò in ufficio giusto il tempo per comunicare ai colleghi che sarebbe stata via tutta la mattina.

Quella notte non aveva dormito bene. Camilla aveva chiamato per aggiornarla sugli sviluppi della situazione. Più il tempo passava e più la distanza tra nipote e nonna cresceva, con conseguenti e ripetuti scontri che però non finivano mai in liti vere e proprie. Ma quella sensazione di tensione costante aveva il potere di fiaccarla.

Il tempo, quella mattina, prometteva un'altra giornata di sole.

Il pensiero che l'aveva accompagnata dalla sera prima era stato il contenuto del biglietto che si era appuntata in ospedale.

Beatrice Mandelli, via Statale 154, Valsolda.

Dunque la compagna o la moglie del Vallesi stava a Valsolda, quasi al confine con la Svizzera.

Albogasio, per la precisione.

Dunque l'uomo aveva ancora degli affetti.

E subito a Stefania era venuta un'illuminazione. Ecco cosa ci faceva l'uomo sulla strada del lago. Probabilmente era diretto lì. Perché l'unico modo per arrivare in Valsolda, tolta la possibilità di passare per la Svizzera per poi rientrare da Lugano o dalla val d'Intelvi, era quella.

Alle nove meno un quarto, quindi, Stefania era già sulla strada del lago. Come le capitava tutte le volte, superata la galleria di Cernobbio il suo umore d'improvviso cambiò.

A Moltrasio si poteva ammirare uno dei panorami più suggestivi dell'intero lago, con la sponda interna, Torno e Blevio, che a quell'ora risplendevano di luce. Sul rettilineo che da Carate Urio conduceva fino a Laglio osservò di scorcio la Pliniana sull'altra sponda.

Mandelli o non Mandelli, al ritorno avrebbe trovato il tempo per passare a salutare Camilla e sua madre. Poi sarebbe di nuovo tornata a Como, per gestire tutto il lavoro arretrato e perché quella sera aveva un appuntamento.

Luca.

Luca, già.

Il suo pensiero andò subito a lui. Il suo uomo. La persona attorno a cui ruotava la propria speranza di felicità.

E questo, messi da parte per un attimo i problemi che la cosa comportava, riempiva il suo futuro di aspettative.

Il fatto di sapere che ci fosse una persona con cui condividere il suo tempo era una cosa nuova per lei.

All'altezza di Argegno si fermò per la colazione. Come succedeva tutte le mattine durante la bella stagione, la piazzetta si animava di turisti e motociclisti. Entrò al Caffè Motta e ordinò cappuccino e brioche.

La barista la servì con un sorriso.

Diede una rapida scorsa alle pagine del giornale locale.

La nomina del nuovo direttore dell'Asl, un consiglio comunale straordinario che doveva prendere in esame i lavori per il rifacimento del lungolago di Como, la rassegna letteraria a Villa Olmo, con tanto di star del mondo della televisione e qualche scrittore vero.

Uscendo, voltò lo sguardo verso il lago. Il sole era già alto nel cielo, l'acqua calma. In lontananza si poteva scorgere il profilo del Làvedo di Lenno. A poca distanza la sagoma inconfondibile dell'isola Comacina.

Il nome di Valsolda, agli occhi di un visitatore forestiero, poteva dire ben poche cose.

Il fatto più evidente, per i turisti abituati ai colori vivaci della Tremezzina, era che a partire da Loveno, la frazione più alta di Menaggio, e proseguendo verso Grandola in direzione di Porlezza, il panorama cambiava.

Il paesaggio e la vegetazione, che in Tremezzina risplendeva di colori, prendevano, lungo la strada, un tono più pacato. I borghi si facevano più distanti. Tra Grandola e Carlazzo si incontrava solo Bene Lario. E una volta arrivati a Porlezza ci si trovava di fronte il Ceresio, il lago di Lugano.

Un altro mondo, altrettanto suggestivo, ma con atmosfere decisamente diverse, a distanza di qualche chilometro.

Passata la galleria, dopo Cima, iniziava il comune di Valsolda. Il monte Pizzoni, il Dente della Vecchia e poi le frazioni: Cressogno, San Mamete, Castello, Dasio, Drano con Loggio e Puria. Nel tratto finale Oria e Albogasio.

Strade strette, piccole piazze, portici. Ovunque, in quell'angolo di provincia italiana in cui il tempo sembrava essersi fermato, si respirava un'aria di paese.

Non ci era più abituata anche se, a ripensarci, le cose erano sempre state così. Fin da quando, da ragazzina, le capitava di tanto in tanto di passare da Porlezza con i genitori e di proseguire poi verso Lugano attraversando Valsolda, un comune nato in tempi relativamente recenti e che era la somma di più frazioni.

Proprio lì, tra Albogasio e Oria, nell'ultima frazione prima della frontiera, dall'imbarcadero alla piazza del paese, erano ambientate le vicende di *Piccolo mondo antico*, che Stefania aveva letto da ragazza.

E come spesso accade per i luoghi amati nell'infanzia e per quelli respirati attraverso le pagine di un libro, adesso le era difficile distinguere le suggestioni provenienti dagli uni o dagli altri.

Fatto sta che quella mattina, una volta sistemata l'auto in uno dei parcheggi situati davanti al lago, si era messa alla ricerca del civico indicato sul biglietto.

Aveva scoperto che quel numero corrispondeva a una palazzina a poca distanza dal parcheggio dell'albergo Riviera. Un tempo meta di turismo di élite e luogo di vacanza per l'alta società milanese, adesso del famoso albergo non restava che un edificio spoglio, una facciata scrostata. Le tornò in mente una vecchia canzone di Ivan Graziani. Si girò dalla parte opposta e osservò l'edificio che stava di fronte: al piano terra c'era un bar. L'insegna diceva BAR ITALIA.

Sulla destra, l'ingresso del condominio. Stefania si avvicinò, diede un'occhiata ai nomi sul citofono. Nessun Mandelli.

A quel punto, mancava poco alle undici, Stefania entrò nel bar.

In questura il lavoro andava avanti.

Mentre Piras era intento a scrivere qualcosa, Lucchesi ragionava sulla questione delle chiavi.

Il custode di Villa Pizzo gli aveva risposto che delle chiavi non sapeva nulla e che lui stesso aveva fatto più di un sopralluogo senza esito. Quelli dell'officina, dal canto loro, avevano risposto più o meno la stessa cosa.

Lucchesi si era messo a ragionare a voce alta.

«Immaginiamo per un secondo che le chiavi le abbia prese qualcuno.»

«Gli aggressori?» domandò Piras sollevando il capo.

«E chi altri? Il Vallesi non le ha. In macchina non ci sono. Sul luogo dell'incidente non è stato trovato nulla. Non restano altre possibilità.»

«E cosa se ne fanno quei due delle chiavi di una macchina che si è appena schiantata contro un muro?»

«La risposta sembrerebbe ovvia, Giovanni. Ma forse i due non cercavano le chiavi. O meglio, non quelle della macchina. Mi fai vedere il tuo portachiavi?»

Piras frugò nella tasca della giacca ed estrasse le chiavi della sua Punto.

«Tombola!» esclamò Lucchesi indicando quello che stringeva in mano.

«Il portachiavi?» domandò il collega.

«No. Quello che c'è attaccato» rispose Lucchesi.

E mostrò al collega la chiavetta del distributore automatico delle bevande.

«Desidera?» domandò la donna che si era avvicinata al tavolo di Stefania.

Non aveva voglia di caffè.

«Una fetta di torta» rispose indicando la crostata fatta in casa che stava dietro al vetro.

Solo nel momento in cui con la mano tirò indietro i capelli, Stefania la riconobbe. E riconobbe lo specchio dietro di lei.

Beatrice Mandelli, ecco dove ti nascondevi.

La donna del bar, che doveva essere la proprietaria del locale, assomigliava molto alla donna della foto ritrovata tra gli effetti personali del Vallesi. E, a giudicare dall'aspetto, anche l'età coincideva.

Stefania prese la forchetta. Sapeva di avere molte domande da porle e una sola occasione da sfruttare. Pensò a quale fosse la strategia migliore per aprire la conversazione.

Afferrò il *Corriere del Ticino* e si mise a sfogliarlo, mentre con la coda dell'occhio seguiva i movimenti della donna.

Un uomo brizzolato entrò nel bar.

Dopo aver ordinato un caffè si girò verso l'interno. Incrociò lo sguardo di Stefania e poi tornò a voltarsi verso il banco.

«Come sta?» domandò l'uomo.

«Ancora stabile» rispose la donna.

«E non ti hanno detto nulla?»

«Non si sbilanciano. È in terapia intensiva e non sanno se si risveglierà e in quali condizioni.»

Stefania percepiva la sua rassegnazione.

«E Michela?»

«È su in casa. Non parla. Vuole starsene da sola.»

L'uomo aggiunse qualcosa che Stefania non riuscì a comprendere e poi, dopo aver salutato, se ne andò.

A quel punto Stefania decise di alzarsi e una volta riportato il piattino sul bancone, quando la donna le disse «quattro euro e dieci», domandò: «Le dispiace se le faccio due domande su suo marito?»

Beatrice Mandelli alzò gli occhi, la osservò e prima che Stefania potesse estrarre il tesserino di riconoscimento, disse: «Polizia, vero?»

«È chiaro» fece Lucchesi, «che quello che i due cercavano non erano le chiavi dell'auto.»

Piras ascoltava in silenzio.

«Ma forse qualcosa che stava attaccato al portachiavi.»

«Quindi qualcosa di piccolo» replicò il collega.

«Esattamente. Qualcosa che può avere al massimo le dimensioni di una chiavetta magnetica.»

«Come quelle della macchinetta del caffè.»

«Sì. Solo che nel nostro caso deve trattarsi di qualcosa di importante.»

«Tipo?»

«Non ne ho idea.»

«Forse i due aggressori e il Vallesi si conoscevano.»

«E magari avevano lavorato insieme.»

«E quelli erano alla ricerca di qualcosa che il Vallesi gli aveva nascosto.»

«Soldi?»

«Come lei saprà, commissario, Angelo è uscito dal carcere qualche mese fa. Aveva deciso di stare in casa di sua madre, per non creare imbarazzi a sua figlia. Veniva a trovarci una o due volte al mese. Questo è tutto.»

Stefania aveva ascoltato in silenzio il resoconto della donna. Non aveva avuto bisogno di fare domande. Beatrice Mandelli le aveva raccontato tutto quello che era accaduto dopo la scarcerazione, e quando era arrivato il momento di chiederle se avesse sospetti su chi potessero essere gli aggressori, aveva risposto seccamente: «Angelo aveva un sacco di nemici. Alcuni pericolosi.»

Eppure il quadro non le tornava.

In quei venti minuti di chiacchierata la donna lo aveva sempre chiamato «Angelo». Non le era scappato nemmeno un «mio marito», «il mio compagno». Nulla.

E ogni volta che aveva menzionato la figlia, quel nome, Michela, che aveva appreso dalla chiacchierata precedente, non era mai stato pronunciato.

Ritrosia? Pudore?

Stefania decise che non valeva la pena proseguire. Non in quel momento. Pagò, prese la borsa e se ne andò.

«Nel caso in cui dovessi aver bisogno di contattarla come posso fare?» domandò.

La donna le porse un biglietto con il numero del bar.

«Le ho messo anche il mio numero di cellulare.»

A quel punto Stefania uscì.

Il tempo era splendido. Nello specchio di lago di fronte un'imbarcazione stava facendo rientro. Una famiglia sistemava il gommone sul tetto dell'auto.

Mentre procedeva a bassa velocità verso San Mamete ripensava al colloquio appena concluso. Non riusciva a togliersi dalla mente una frase pronunciata dalla donna: «Le cose non sono andate come è stato detto al processo.»

8

Rientrata in questura, seppur controvoglia, Stefania aveva ripreso in mano la faccenda dei furti al cimitero, aveva sentito il teste e si era fatta un'idea precisa sulla vicenda.

Quando era stato il momento di andarsene a casa aveva ricevuto una telefonata dall'ospedale Sant'Anna.

Ancora Catalano, aveva pensato.

Dall'altra parte della cornetta, invece, aveva sentito una voce femminile.

«Francesca Molteni» si era presentata la donna.

«Cosa posso fare per lei?» aveva domandato Stefania.

«Sono una dei volontari che sono intervenuti sul luogo dell'incidente al Pizzo di Cernobbio.»

La conversazione era stata breve, giusto il tempo di darsi appuntamento all'incrocio tra via Milano e viale Giulio Cesare. Non era distante da casa di Stefania.

La riconobbe subito. L'aveva già vista sul luogo dell'incidente. Una ragazza alta, con i capelli castani legati in una coda. Doveva avere al massimo trent'anni.

«Le va un caffè?» domandò Stefania indicando la pasticceria Vago.

«Volentieri, commissario.»

Si erano avviate verso la pasticceria e prima di andare a sedersi erano rimaste ad ammirare le paste e le brioche, con il profumo del pane che arrivava dal retro del negozio.

Un cappuccino e un caffè macchiato e la ragazza aveva iniziato a raccontarle del mattino dell'incidente e delle parole che l'uomo le aveva rivolto prima di perdere conoscenza.

«Ma è proprio sicura che l'uomo abbia detto così?»

«E come potrei dimenticarle? Era ancora cosciente e aveva intuito la gravità della situazione. È stato un po' come...»

«Ascoltare le sue ultime volontà?» chiese Stefania.

«Sì» rispose la ragazza, abbassando lo sguardo verso la borsetta.

Pochi istanti dopo aveva consegnato a Stefania uno strano oggetto metallico, che a prima vista sembrava una chiave. La ragazza aveva raccontato di come il Vallesi stesso glielo avesse indicato con grande difficoltà. Era appeso a una collanina sottilissima che portava al collo sotto la camicia e quando la volontaria era riuscita a sfilargliela, l'uomo aveva detto: «La consegni a mia moglie. È importante, la prego.»

Poi c'era stato un momento di silenzio, lui aveva tossito. La donna, temendo che l'uomo potesse rimanere soffocato, aveva tentato di calmarlo. Ma lui continuava a cercare di comunicarle qualcosa. Ma quel poco che aveva sentito erano frasi sconnesse: «Il giorno del nostro matrimonio... Cerca la donna che morì due volte.» Poi l'uomo aveva perso i sensi.

La ragazza si era ritrovata in mano quell'oggetto misterioso e sul momento non aveva saputo cosa fare. Istintivamente lo aveva stretto nella mano e riposto in una tasca. Solo a fine turno lo aveva osservato meglio. Era una chiave metallica, di forma insolita, con un'impugnatura spessa.

La ragazza le raccontò di come avesse riflettuto sul modo per consegnarlo alla moglie. Poi, visto che non riusciva a venire a capo della questione, aveva deciso di andare in ospedale nella speranza di trovare un familiare, ma inutilmente, perché nessuno, le avevano detto, era venuto a trovare il ferito. Non se la sentiva di tenere per sé quel segreto. Era stato a quel punto che il direttore sanitario le aveva suggerito di telefonare al commissario.

E bravo Catalano, aveva pensato Stefania.

Una volta congedata la donna, Stefania era tornata a casa.

Il gatto rosso la accolse stirandosi e rotolandosi su se stesso.

Dopo la doccia e un'occhiata al telegiornale di Espansione TV in serata era uscita con Luca. Erano andati a cena sul lungolago, avevano parlato di quello che stava accadendo in città per via delle polemiche suscitate dai lavori di rifacimento del lungolago, e poi avevano fatto la solita passeggiata fino a Villa Geno. A quell'ora si stava bene e lo struscio dei turisti nel tratto di strada compreso tra la villa e la funicolare li aveva accompagnati fino alla "loro" panchina. Quella del loro primo appuntamento.

Stefania ricordava bene la sensazione di quel giorno, mentre Luca la portava a spasso per la città a bordo della sua moto.

Era passato un anno ma la sensazione era la stessa.

Confusa e felice, come in quella canzone.

Avevano osservato le barche ormeggiate accanto al molo, poi Luca le aveva dato un bacio.

«Ma cosa ci trovi in uno come me?»

«Potrei farti la stessa domanda.»

«Ma tu sei una donna bellissima. Io, invece...»

«Tu sei la persona che io voglio.»

Un breve tratto di strada fino all'arcivescovado, dove Luca aveva parcheggiato, e Stefania aveva incrociato con lo sguardo la vetrina di un negozio. Abiti da sposa.

E subito con la testa era tornata al caso dell'incidente: perché il Vallesi prima di perdere conoscenza aveva parlato di giorno del matrimonio?

«Sei pensierosa?» le aveva chiesto Luca, mettendo fine a quel silenzio prolungato.

«No, ma per un attimo mi sono chiesta se è giusta questa cosa, Luca. E se un domani tu dovessi incontrare una più giovane di me?»

«Se è per quello» rispose lui indicando con il mento l'abito bianco esposto in vetrina, «guarda che non mi formalizzo. Un tailleur grigio andrà benissimo.»

Stefania sorrise. Luca l'abbracciò.

Si avviarono mano nella mano verso il parcheggio. La città, intorno a loro, si stava addormentando.

L'indomani mattina Stefania ebbe la piacevole sorpresa di trovare una giornata fresca. La città, lentamente, stava tornando ai ritmi di sempre. In via Italia Libera aveva notato un gruppo di insegnanti in sosta davanti alla sede del sindacato. Poco più avanti il bar dietro alla questura aveva riaperto i battenti.

Piras e Lucchesi le avevano fornito un ulteriore indizio ed era giunto il momento di provare a formulare delle ipotesi.

«Ricapitoliamo» disse il commissario ai due agenti. «Sappiamo con certezza che il nostro Vallesi andava a trovare la compagna e la figlia un paio di volte al mese su a Valsolda. Così mi ha riferito la donna nella chiacchierata di ieri. Mi sembrava sincera e comunque non abbiamo motivo per dubitare di lei. Sappiamo anche che il nostro uomo non è certo un onesto cittadino, visto che si è fatto vent'anni di galera, e che il motivo dell'aggressione, forse, è da ricondurre al giro di persone da lui frequentate.

«Ora» concluse Stefania girando lo sguardo verso Lucchesi, «ammettendo che il Vallesi non abbia combinato guai nei pochi mesi che sono trascorsi dalla scarcerazione, mi sembra evidente che il nostro primo obiettivo sarà quello di sapere tutto di lui. Di quello che faceva prima di finire in carcere.»

Piras fu sul punto di intervenire ma Stefania lo bloccò con uno sguardo.

«Senza contare che, probabilmente, quello che i nostri motociclisti stavano cercando è ancora nascosto da qualche parte. Che si tratti di droga, denaro o altro dobbiamo assolutamente trovarlo prima noi.»

«E come la mettiamo con la questione delle chiavi dell'auto?» chiese a quel punto Lucchesi.

«Una novità potrebbe esserci» rispose Stefania. E dal cassetto estrasse una piccola busta trasparente, che mise sul tavolo. Dentro alla busta c'era un oggetto metallico.

«E cosa sarebbe questo?» domandò Piras, rigirando la busta tra le mani.

«È ciò che dovete scoprire.»

«E come è finito nelle sue mani?» domandò Lucchesi.

«Non sai che io ho i miei uccellini?»

Si trattava di un oggetto non comune.

«È la chiave di una cassaforte.»

«Ma non hai visto com'è fatta?»

«Il problema è dove iniziare la ricerca.»

«Avevi dei suggerimenti?»

Piras si aggirava come un leone in gabbia. Lucchesi rimaneva immobile a osservare il panorama.

«E se cominciassimo dalla casa della madre?» domandò Piras.

«Dobbiamo attendere l'autorizzazione dal pm.»

«Ma così facciamo domenica.»

«E anche lunedì.»

A quel punto Lucchesi fece la cosa più ovvia. Afferrò la chiave, scese nel cortile, prese l'auto di servizio e andò in una ferramenta dove, in passato, gli era capitato di duplicare le chiavi di casa.

L'uomo del negozio, notata la divisa, ebbe un sussulto. Una volta riconosciutolo gli chiese come poteva rendersi utile. Lucchesi gli mostrò la chiave e il fabbro se ne uscì con una risposta sicura.

«Non è possibile fare una copia di queste chiavi. Sono le chiavi di una cassaforte. O meglio, di una cassetta di sicurezza. Ne ho viste parecchie di questo tipo. Le usano in banca.»

Il poliziotto ringraziò e tornò in ufficio.

Una volta rientrato, provò a riordinare le idee. Una chiave metallica, certo. Che probabilmente custodiva un segreto. Soldi, forse. O droga. Questo giustificava l'aggressione al Vallesi e l'inseguimento? Cosa c'era dietro a quella storia?

«Immaginiamo per un attimo che io e te siamo due complici e che in passato abbiamo commesso una rapina o una truffa o una cosa del genere» disse al collega.

Piras alzò la testa.

«Vai avanti.»

«Ipotizziamo che dopo quello che abbiamo fatto io mi sia tenuto il bottino e ci siamo detti che ce lo saremmo spartito in un secondo momento.»

Piras seguiva in silenzio.

«Come prima cosa ho messo al sicuro la refurtiva, in un

posto che conosco soltanto io. Casomai capitasse qualcosa, il bottino rimane al suo posto.»

«Poi» lo interruppe il collega, «succede che per caso vieni arrestato.»

«Esattamente. E nel corso dell'arresto emerge anche che ho compiuto un omicidio.»

«Per cui finisci in galera, diciamo, per vent'anni.»

«A quel punto io cosa faccio?»

«Te ne stai zitto in cella sapendo che una volta uscito avrai da parte il malloppo.»

«Come minimo. Con il tempo cambiano un sacco di cose. Il mio complice, per esempio, nel frattempo può essere morto. Allora secondo te cosa succede appena vengo scarcerato?»

«Il tuo complice, cioè io, vengo a trovarti perché voglio sapere che fine hanno fatto i soldi che hai tenuto in cassaforte.»

«Corretto, Giovanni. Ma c'è un problema.»

«Quale problema?»

«Non può trattarsi di soldi.»

«E perché?»

«Perché quando il Vallesi è finito dentro era il 1992.»

«E allora? Il denaro mica scade» disse Piras.

Poi si fermò di colpo.

Alzò la testa e vide il collega fermo di fronte alla scrivania. Lucchesi sorrideva.

«Hai capito?» gli fece.

«Certo. Da quando c'è quel benedetto euro la mia busta paga non basta più per tirare avanti fino alla fine del mese.»

Stefania stava riflettendo.

La faccenda della chiave gettava nuova luce sull'intera

vicenda e il fatto che quell'oggetto fosse nelle loro mani, e non in quelle della persona a cui il Vallesi l'aveva destinato, non la faceva certo stare meglio.

Si trattava di un elemento importante nell'indagine, non lo negava, ma per un attimo le era sembrato di commettere un'ingiustizia. In quei casi, quando un uomo era in palese difficoltà, di mezzo non c'era solo l'accertamento della verità, questo lo sapeva bene. Si trattava d'altro: rispettare la volontà di una persona che in quel frangente si era sentita in pericolo. Forse, addirittura, sul punto di morire.

Decise che era arrivato il momento di fare una nuova chiacchierata con Beatrice Mandelli. Questa volta, però, nel suo ufficio.

Era sul punto di uscire per chiedere a uno dei colleghi di convocare la donna per il giorno seguente, quando squillò il telefono.

«Mi devi un favore» disse Giulio con il suo solito tono.

«In che senso?»

«Una copia del fascicolo processuale del Vallesi è a tua disposizione nell'ufficio di Selvini.»

«Ma stai scherzando? E come hai fatto in così poco tempo?»

«Non lo sai che anch'io ho i miei santi in paradiso?»

Stefania lo ringraziò, scambiarono qualche altra battuta e quando lui le chiese se volesse uscire a cena quel fine settimana prese tempo. Dopo aver riattaccato afferrò borsetta e telefono e uscì alla volta della Scientifica, che stava dall'altra parte della città.

Le ultime parole che Giulio le aveva rivolto erano state: «Muoviti con una certa prudenza. Quel Vallesi era in un giro più grosso di quanto pensi.»

Beatrice Mandelli aveva appena tirato giù la serranda del bar quando sentì alle sue spalle il rumore di una portiera sbattuta.

Una voce maschile, da dietro, le intimò di fermarsi.

L'uomo, che indossava una polo blu sopra un paio di jeans chiari, aveva circa cinquant'anni. Il viso abbronzato, le braccia muscolose e il fisico imponente incutevano timore. Quando la donna incrociò il suo sguardo dietro agli occhiali da sole non riuscì a trattenere un moto di stizza. Aveva già visto quell'uomo.

«Lo sappiamo che ce l'avete voi.»

«Ce l'abbiamo noi cosa?» chiese.

«Quella roba che tuo marito, pardon, il tuo compagno, ha deciso di nascondere.»

«Non so di cosa stia parlando. E quanto a mio marito, cioè, ad Angelo, non vive con noi da tempo.»

«Non sono uno di quelli a cui piace perdere tempo, signora Mandelli. Sono qui per dirle che se entro due giorni non troviamo quello che cerchiamo le cose potrebbero prendere una brutta piega.»

«È una minaccia?» domandò la donna con aria di sfida. E poi proseguì: «Guardi che con me le minacce non funzionano. Potete prendervi il bar, i soldi. Potete persino dare fuoco al locale. Non mi fate paura.»

«Ah, sì?» rispose l'uomo, che nel frattempo aveva tolto gli occhiali da sole, rivelando una cicatrice proprio sotto l'occhio destro. «In questo caso non ha nulla da temere, non è lei o il suo bar che ci interessa. Ma non si dimentichi di salutarmi sua figlia. Michela, giusto?»

Mentre l'uomo si allontanava, ritornando verso il parcheggio in cui un secondo uomo lo aspettava a bordo di una Golf, la donna sentì un brivido correrle lungo la schiena; si precipitò al primo piano.

Una volta entrata in casa chiamò a gran voce la figlia. Il soggiorno era perfettamente ordinato, le stoviglie pulite al loro posto nel lavello.

Dopo aver attraversato di corsa il corridoio la donna spalancò la porta della camera.

Michela se ne stava di fronte al computer, con lo sguardo scuro e le cuffie dell'iPod infilate nelle orecchie.

Quando vide la madre alzò il viso e disse: «Ciao mamma, notizie di papà?»

La donna sorrise, scosse la testa, le fece una carezza sulla guancia e se ne tornò in cucina. Dopo aver messo un po' di olio in una pentola vi vuotò dentro una busta di Quattro Salti in Padella.

Quando la tensione cedette di colpo, iniziò a piangere.

Fuori, dalla finestra, arrivava lo sciabordio lento delle acque del lago.

Autostrada A4, luglio 2013

Quando le volanti della polizia arrivano sul luogo dell'agguato, a poche centinaia di metri dal casello, gli agenti stentano a credere ai propri occhi.

Il furgone portavalori è completamente distrutto, le fiancate crivellate da colpi di arma da fuoco. Un camion e due automobili in fiamme, in mezzo alla strada, bloccano il traffico.

Il commando, raccontano i testimoni, era formato da almeno dodici uomini che indossavano pettorine della polizia.

Armati di kalashnikov e muniti di tre auto, un camion e due moto, hanno bloccato l'autostrada dando fuoco al camion, poi hanno speronato il furgone portavalori. È seguita una violenta sparatoria. Le guardie giurate non hanno potuto fare altro che scendere dal furgone a mani alzate. A quel punto gli assalitori lo hanno svaligiato. Prima di fuggire i banditi hanno fermato due auto, fatto scendere gli occupanti e dato fuoco alle vetture.

Le guardie giurate, ancora sotto shock, raccontano di centinaia di colpi sparati in pochi minuti.

«È stato un miracolo se non c'è scappato il morto» ha aggiunto uno di loro.

I banditi si sono dileguati a bordo di tre auto, ritrovate

poi a qualche chilometro di distanza. Uno degli assalitori è fuggito in moto.

Il bottino messo a segno dal commando è di oltre un milione di euro, tra banconote e lingotti d'oro. Secondo le prime indiscrezioni si tratterebbe di una banda costituita da soli italiani.

9

La sezione distaccata della polizia Scientifica era situata al primo piano di una palazzina anni Settanta nella zona dietro alla stazione delle Ferrovie Nord. Pochi passi e poi l'inizio del lungolago.

Stefania arrivò a bordo dell'auto di servizio e parcheggiò all'interno del cortile. L'edificio dimostrava più della propria età e ogni dettaglio, a partire dalla facciata scrostata e dall'umidità che si poteva intravedere in alcuni punti, stava lì a simboleggiare il degrado in cui versava lo stabile e con esso la provvisorietà di quella sede pensata anni prima.

Fece la rampa di scale e incrociò un paio di colleghi che conosceva solo di vista. Una volta arrivata al primo piano intravide Selvini in mezzo al gruppo.

Lo conosceva da anni, e non c'era pratica, negli uffici della divisione Scientifica, che non passasse dalla sua scrivania. Un pazzo furioso, secondo alcuni. Una specie di genio, a detta di Stefania.

«Commissario, non pensavo di vederla così presto» disse aggiustandosi i lunghi capelli ricci.

«Il tempo non basta mai, Selvini.»

L'uomo l'accompagnò nel suo studio e indicò il plico che Giulio Allevi aveva lasciato.

«È per quell'incidente al Pizzo di Cernobbio?» domandò.

Stefania annuì.

«Ho letto sul giornale. Una brutta storia» disse l'uomo.

I giornali locali avevano continuato a dare grande risalto alla notizia. La vicenda era finita sul telegiornale locale e nell'edizione regionale del tg3.

Stefania afferrò la busta. Era pesante e sbirciando all'interno aveva notato due faldoni voluminosi. Il fascicolo processuale e tutti gli atti legati alla carriera criminale del Vallesi.

Presero un caffè dalla macchinetta, parlarono del più e del meno fino a quando Selvini non venne richiamato da un collega.

«Un'altra rogna» disse.

A quel punto Stefania scappò.

Intendeva leggere subito la documentazione. E per farlo aveva bisogno del suo ufficio.

Era sempre stato così. Prima un formicolio che saliva dalla pancia fino allo stomaco. E poi il desiderio di buttarsi a capofitto nel lavoro.

Quella sensazione la conosceva bene. Adrenalina.

Il motivo per cui, nonostante tutto, continuava ad amare il suo mestiere.

Ammesso che si trattasse di una cassetta di sicurezza, adesso iniziavano i problemi.

Lucchesi era pensieroso.

In quale istituto cominciare la ricerca? E con quale ordine? E quante filiali avrebbero dovuto interpellare?

Il poliziotto aveva consultato le pagine gialle, poi una veloce ricerca su Google. C'era da impazzire. Senza un minimo indizio non avrebbe saputo da dove partire.

Fece un giro di telefonate, poi inviò una mail con una foto che ritraeva la chiave.

Mezz'ora più tardi un collega di Chiasso lo chiamò per informarlo che si trattava senza dubbio della chiave di una cassetta di sicurezza. «Di quelle che usano anche in Svizzera» disse, «mi è capitato di vederne parecchie.» L'uomo rise. Lucchesi lo ringraziò.

Decise di informare il commissario. Piras, intanto, sbuffò qualcosa a proposito di un suo cugino che faceva il frontaliere.

«Puoi ripetere?» chiese Lucchesi, rimettendo giù la cornetta del telefono.

«Stavo dicendo che se avessi un sacco di soldi anch'io andrei a nasconderli in Svizzera.»

«E perché?»

«Perché le condizioni sono migliori e perché in Svizzera il fisco è diverso rispetto a noi. E poi c'è il segreto bancario.»

«Si chiama evasione fiscale, Giovanni. Ed è un reato.»

Piras fece un segno con la mano, come a dire che nel suo caso il collega stava esagerando.

In quel momento Lucchesi pensò al Vallesi, al fatto che la compagna abitasse a pochi chilometri dal confine. Due strade gli avevano suggerito la stessa direzione.

«E se prima di contattare tutte le banche italiane non provassimo con una svizzera?»

Piras rimase in silenzio.

Un istante dopo, Lucchesi stava componendo il numero di un suo zio che per anni aveva lavorato in banca.

Monte dei Paschi, ovviamente. Perché in Toscana, da Massa a Firenze, erano soliti dire che il cambio e il credito moderno lo avevano inventato loro. Altro che gli svizzeri. Quelli, al massimo, avevano inventato la cioccolata.

Beatrice Mandelli aveva passato le prime due ore del mattino nel bar con il telefono in mano. Ogni volta che si era trovata sul punto di comporre il numero della questura, qualcosa l'aveva trattenuta.

Quando alle dieci e mezzo Michela era scesa per avvertirla che sarebbe andata a Menaggio con un'amica, l'aveva osservata.

Sua figlia cresceva. Di lì a poco sarebbe diventata una donna. Presto sarebbe arrivato il tempo, anche per lei, di staccarsi dalla famiglia. Di iniziare a camminare da sola. E per quanto quel pensiero le procurasse una specie di fitta, un fastidio invisibile e latente, Beatrice sapeva che prima o poi la ragazza avrebbe varcato quel confine e a lei non rimaneva che farsi trovare pronta.

Si erano salutate con un bacio.

Michela aveva oltrepassato la porta del bar e Beatrice l'aveva vista andarsene insieme all'amica.

A quel punto aveva rotto gli indugi. Michela veniva prima di tutto.

Digitò il numero del Sant'Anna, si fece passare la caposala e chiese notizie di Angelo Vallesi.

«La situazione rimane stabile» aveva risposto l'infermiera. «Ma la presenza dei familiari non può che essere d'aiuto» aveva aggiunto.

Beatrice era rimasta qualche minuto a pensare.

Clienti non è che ce ne fossero molti.

I soliti pendolari che al mattino andavano verso la frontiera, qualche cliente occasionale e gli anziani del posto.

I magri affari potevano pur aspettare qualche ora.

Decise che avrebbe chiuso il bar intorno all'una e che sarebbe andata in ospedale. Sulla via del ritorno avrebbe fatto un salto in questura.

Doveva assolutamente parlare con il commissario Valenti e riferirle quanto era successo la sera prima.

Il 28 dicembre del 1992 Angelo Vallesi aveva ucciso con un colpo di pistola Ruggero D'Ambrosio, di sessantacinque anni.

Il delitto era avvenuto a Milano in via Mauro Macchi, a poca distanza dalla stazione Centrale. L'ora del delitto non era stata stabilita con certezza ma doveva trattarsi di un orario compreso tra le dieci e mezzanotte.

Il cadavere del D'Ambrosio era stato ritrovato all'interno dell'androne del palazzo in cui abitava la vittima. Una morte immediata. Un solo colpo al petto, frontale.

Così preciso che il pubblico ministero, nella sua requisitoria, aveva più volte utilizzato il termine "giustiziato".

Una volta commesso il delitto, il Vallesi si era dato alla fuga. Non si era lasciato dietro testimoni e il suo nome era apparso sui giornali solo al momento dell'arresto.

Era stato catturato tre settimane dopo l'omicidio quando, di ritorno dal confine svizzero, era stato fermato per un normale controllo alla dogana di Ponte Chiasso.

Nell'auto del Vallesi, al momento del fermo, era stata ritrovata anche una discreta quantità di cocaina. «Per uso personale» avevano scritto sul fascicolo.

Secondo il pubblico ministero che aveva condotto l'indagine, al momento dell'arresto il Vallesi era sotto l'effetto degli stupefacenti.

Era seguita una piena confessione da parte dell'imputato, circostanza che aveva facilitato l'iter processuale. Condannato in via definitiva a ventisei anni di carcere per omicidio volontario, il Vallesi aveva scontato gran parte della propria pena nel penitenziario di San Vittore a Milano.

Nel 20** era stato prima affidato ai servizi sociali e poi scarcerato definitivamente per buona condotta.

In tutti gli anni di permanenza in carcere l'unica persona che era andato a visitarlo era stata la madre.

Per tutta la vita Ruggero D'Ambrosio aveva lavorato per la polizia di stato.

Lo "zio Lorenzo" era stato una miniera di informazioni.

Lucchesi aveva preso appunti e una volta terminata la telefonata aveva provato a fare un riassunto a Piras.

«Per avere una cassetta di sicurezza in una banca svizzera è necessario avere un conto intestato. Come succede in Italia, del resto. I conti possono essere anche cointestati a due o più persone. E possono esserci dei procuratori. Esiste la possibilità, ad esempio, che il conto sia intestato a me, che sono un cittadino svizzero, e che alla cassetta di sicurezza possa accedere anche tu, che sei italiano, ma sei cointestatario del conto. Le cassette di sicurezza hanno due chiavi: una, della banca, che non esce mai dalla sede, e una a disposizione del cliente. Raramente la chiave del cliente viene portata fuori dalla banca. Una questione di comodità, innanzitutto. È raro, se non impossibile, che un cliente italiano si porti via la chiavetta di una cassetta di sicurezza svizzera.»

«Perché?» domandò Piras.

«Perché se durante una perquisizione alla frontiera te la dovessero trovare addosso significa che hai un conto corrente in Svizzera.»

«Quindi dei soldi o dei valori sottratti al fisco italiano.»

«Esattamente. Ma c'è di più.»

«E sarebbe?»

«In Svizzera esiste la possibilità di avere dei conti cifrati. Conti correnti e cassette di sicurezza che risultano del tutto sicuri.»

«Come nei film?»

«Nei film esagerano sempre, nel senso che non è possibile aprire conti anonimi. Ma il conto cifrato è di per sé una garanzia.»

«Se avessi qualcosa da nascondere, insomma, qualcosa di importante, mi consiglieresti una cassetta di sicurezza in una banca svizzera?»

«Penso proprio di sì» rispose Lucchesi. «E chissà che anche il nostro Vallesi non abbia fatto lo stesso ragionamento.»

Il sole se n'era andato. Fuori cominciava a tirare vento. Lungo il viale dietro alla questura le foglie ingiallite iniziavano a riempire i marciapiedi.

Sì, è tutto chiaro, omicidio volontario e confessione, pensava Stefania. Ma perché il Vallesi aveva deciso di ammazzare un alto funzionario della polizia di stato?

Cosa nascondeva quell'uomo apparentemente insospettabile che per molti anni aveva fatto il barista, almeno a quanto diceva il fascicolo del processo?

Nulla, nel passato dell'uomo, lasciava pensare a qualcosa di poco chiaro. Una vita apparentemente normale, una casa acquistata con un mutuo, nessuna denuncia, fedina penale immacolata.

Il fascicolo processuale, da quel punto di vista, non aggiungeva molto. Si limitava a dire che il D'Ambrosio frequentava, anni prima, un locale notturno di proprietà del Vallesi, che stava proprio nelle vicinanze della stazione Centrale.

Il Metropolis.

A Stefania quel nome ricordava qualcosa.

Decise che era arrivato il momento di fare due chiacchiere con Beatrice Mandelli ma quando chiese a Piras di convocare la donna, l'ufficiale, alla cornetta, rimase di stucco.

«Ma non è la persona che è qui nella sala d'attesa? Ha chiesto di lei e aspettavo che si liberasse per...»

Stefania mise giù la cornetta, aprì la porta, percorse il corridoio e quando arrivò nell'atrio vide Beatrice Mandelli seduta nella sala d'attesa. Stava sfogliando nervosamente una rivista.

«Come posso esserle utile?» domandò Stefania.

La donna sorrise e si accomodarono nell'ufficio.

A Stefania tornarono in mente le parole della ragazza del pronto intervento.

Doveva assolutamente domandarglielo. E poi c'era la faccenda della chiave. Era arrivato il momento di giocarsi anche quella carta?

«Lei mi sta dicendo che un uomo si è presentato davanti a casa e le ha rivolto delle minacce?»

«Quello che mi ha sconvolto è il fatto che conoscesse il nome di mia figlia, commissario.»

Stefania aveva ascoltato con attenzione il resoconto della donna. L'aveva interrotta di tanto in tanto per verificare alcuni dettagli. La cosa si stava facendo preoccupante. E nella situazione in cui si trovava, con il Vallesi in coma e scarsi indizi in mano, sentiva di avere poche opzioni.

«Ha già visto quell'uomo?» domandò.

«Sì, deve essere stato quattro mesi fa, poco prima che Angelo venisse scarcerato. Lui e un altro tizio si erano sistemati nella saletta del bar. Avevano ordinato qualcosa ed erano rimasti seduti per una buona mezz'ora. Allora non ci avevo fatto caso. Non più di tanto. Ma quando me lo sono trovato accanto l'altra sera l'ho riconosciuto per via di quella cicatrice sotto l'occhio destro. E mi creda, commissario, quello ha uno sguardo che non si dimentica facilmente.»

«Secondo lei cosa stanno cercando i due?»

«Non ne ho la più pallida idea ma deve essere qualcosa legato agli... affari di Angelo.»

«Quali affari?» domandò Stefania.

Stefania era certa che gli aggressori del Vallesi stessero cercando proprio la chiave. Decise di tenere nascosta la sua carta. Non era ancora arrivato il momento di giocarsi il tutto per tutto.

Beatrice Mandelli era rimasta in silenzio. Se la donna stava fingendo poteva avere un futuro come attrice. In caso contrario, e Stefania propendeva per questa seconda ipotesi, non aveva capito cosa stessero cercando i due uomini e in che modo fossero da ricondurre ad Angelo Vallesi.

«Di cosa si occupava il suo compagno?» chiese allora Stefania.

«È una storia lunga, commissario, cominciata più di venti anni fa, poco dopo che io e Angelo ci eravamo conosciuti.»

«Ho tutto il tempo che vuole» disse Stefania, appoggiandosi allo schienale della poltrona.

10

La Solaris era una società di intermediazione finanziaria con sede a Lugano.

Gli uffici, all'ultimo piano di una palazzina di viale Carlo Cattaneo, coprivano una superficie di oltre quattrocento metri quadrati. Di fronte alla sede il parco Ciani, poco oltre l'inizio di corso Enrico Pestalozzi, e nelle traverse i caratteristici negozi e le boutique di lusso. E poi banche, gioiellerie, gallerie d'arte. Il centro storico della cittadina, famoso per i portici e le vie dello shopping.

Dalla terrazza della Solaris si poteva ammirare il profilo della città, dal lungolago al monte San Salvatore.

In quel tardo pomeriggio di inizio autunno un uomo passeggiava nervosamente sulla terrazza.

Quando il cellulare squillò l'uomo lo estrasse dalla giacca, osservò il display e rispose.

A giudicare dal tono concitato e dai gesti, era di pessimo umore. La conversazione non fece altro che innervosirlo ancora di più.

«Dobbiamo vederci. Stasera al casinò, dopo le undici» concluse prima di riagganciare.

A quel punto prese una Gitanes, l'accese, e rimase a osservare il panorama.

Dall'imbarcadero centrale stava per partire un battello

carico di turisti. Il lungolago era affollato. Di lì a poco nella strada sottostante ci sarebbero state le auto dirette verso il confine italiano.

L'uomo, un italiano che aveva fatto fortuna oltre confine, si chiamava Renato Cavallero.

Lucchesi aveva preparato un elenco di tutte le banche sparse tra il confine italiano e Lugano.

Da Balerna al capoluogo del Canton Ticino c'erano al massimo una trentina di chilometri. Eppure il numero di filiali in quel territorio era pressoché infinito. E le sigle che si era appuntato erano numerose: Credit Suisse, Hsbc, Finter Bank Zürich, Bâloise, Bsi, Banca Arner e altre ancora.

Ammesso che qualcuno, pubblico ministero o chi per lui, fosse stato in grado di fargli avere un'autorizzazione, cosa impensabile visto che si trattava di un paese straniero che aveva fondato gran parte delle proprie fortune sulla segretezza bancaria, non sarebbe stato ipotizzabile arrivare a una conclusione in tempi brevi.

Sconsolato, compose l'interno del commissario.

La voce di Stefania Valenti e lo sbrigativo «ne parliamo più tardi» con cui era stato liquidato, gli lasciò intendere che nell'ufficio del commissario il colloquio con Beatrice Mandelli non si era ancora concluso.

A quel punto mise via la documentazione e tornò a concentrarsi sul verbale che riportava la testimonianza del custode del cimitero.

Non stava a lui tirare le conclusioni ma era chiaro che quell'uomo era nei guai fino al collo.

Angelo e Beatrice si erano conosciuti nel 1982, quando lei aveva ventun anni.

Lui, terminate le scuole medie a Milano, era andato a

lavorare in una ditta della Brianza. Aveva fatto l'apprendista e poi il garzone in un mobilificio di Mariano Comense. Una volta raggiunta la maggiore età, era tornato a Milano in cerca di fortuna. Non era uno che si accontentava, il giovane Angelo. Era cresciuto in una famiglia umile, suo padre era operaio e sua madre casalinga, e l'adolescenza in periferia gli aveva messo addosso una gran voglia di farsi strada nella vita. Era uno che aveva fame.

Aveva cominciato come cameriere in uno dei ristoranti intorno a piazza Duomo e poi, nel 1978, era saltato fuori un posto da barista in quel nuovo locale a pochi passi dalla stazione Centrale.

Il Metropolis.

Aperto solo due anni prima e gestito da tre soci, all'inizio era un normalissimo bar, frequentato dai pendolari, dai passeggeri in transito verso la stazione e da un nutrito gruppo di anziani che giocavano a carte nel pomeriggio. Il giro d'affari era modesto, la clientela anonima.

In quell'ambiente Angelo aveva mosso i suoi primi passi. Entrato come barista, in un paio d'anni ne era diventato il gestore.

Ma Angelo aveva fiuto. Aveva intravisto una prospettiva. E quando l'occasione si era presentata, si era fatto trovare pronto.

Nel 1981, con i primi risparmi e un mutuo concessogli dalla banca, lo aveva rilevato. I vecchi soci del bar si erano trovati d'accordo nell'accettare la sfida che quel giovane intraprendente aveva lanciato. Era un tipo in gamba, quell'Angelo. E meritava una chance.

In fondo Milano a quei tempi era una città che offriva a tutti un'opportunità. Bastava avere un'idea buona e tanta determinazione. Il resto lo avrebbe fatto la felice congiuntura economica della prima metà degli anni Ottanta.

Sotto la guida di Angelo, nei primi anni della sua gestione, il Metropolis aveva cambiato pelle.

Angelo aveva trasformato un locale sconosciuto in uno dei locali più ambiti dalla Milano notturna.

Nel giro di un paio d'anni l'anonimo bar era diventato uno dei locali più eccentrici della città, una tappa obbligata per coloro che cercavano emozioni forti. Luci soffuse, cocktail dal nome americaneggiante, tre salette sul retro. E poi c'erano le donne.

Il Metropolis era frequentato dalle donne più belle di Milano. Aspiranti modelle, prostitute d'alto bordo, giovani donne in carriera. Apriva alle sei del pomeriggio e chiudeva a mattino inoltrato. Al Metropolis ci andavano un po' tutti. Tra gli avventori, oltre ad avvocati, agli architetti e agli squali della finanza, c'erano anche malavitosi, uomini d'affari dalla dubbia reputazione e giocatori d'azzardo.

E poi ex calciatori, attori ormai finiti, celebrità locali delle nascenti tv private. Ma capitava di vedere, di tanto in tanto, anche qualche pezzo grosso della politica milanese, e lì, tra un aperitivo e uno spettacolo di cabaret, in mezzo alle bottiglie di champagne e agli spogliarelli, aveva cominciato a girare anche la droga.

Quella vera. L'eroina che in quegli anni già mieteva vittime in tutta la città.

Nelle sale sul retro si giocava a poker.

Angelo, in breve, aveva fatto del Metropolis una tappa obbligata per tutti coloro che volevano contare qualcosa. E per tutti quelli che sognavano ancora di diventare qualcuno. Regalare sogni a buon mercato, questo era stato il pensiero fisso di Angelo. E il Metropolis incarnava alla perfezione quel pensiero. Chiunque, per una sera, poteva sentirsi importante.

Poi, nel 1982, Angelo aveva conosciuto Beatrice. Gliel'aveva raccomandata uno dei suoi clienti più affezionati. Un certo Buscaglia, che a quei tempi si occupava di pubbliche relazioni tra Milano e la Svizzera. Beatrice era una studentessa. Parlava bene l'inglese. Viveva in un appartamento in condivisione con due amiche. Cercava un lavoretto per mantenersi agli studi. E così si era proposta come barista.

«Questa è un vero schianto» gli aveva detto l'amico. Angelo non aveva perso tempo. Si erano conosciuti prima delle feste di Natale. Lei era originaria di un paesino che stava a poca distanza dal confine svizzero. Dopo il colloquio lui le aveva detto che l'avrebbe presa in prova. Lei aveva voluto cominciare quella sera stessa.

Un paio di settimane dopo Angelo l'aveva assunta. E dopo qualche tempo avevano iniziato a uscire insieme.

Un colpo di fulmine, come disse lui.

Nel 1985 erano andati a vivere insieme, in un appartamento che Angelo aveva acquistato dalle parti di parco Sempione. Con il passare del tempo e con l'avvicinarsi della laurea, lei aveva preferito lasciare il lavoro. Angelo aveva approvato la scelta.

Intanto, con il benessere e i primi soldi facili, la fame di Angelo non si era placata.

Voleva di più. Voleva tutto. Si era messo in testa di conquistare la città, di fare del suo locale uno dei luoghi di culto della magnifica Milano.

E aveva incontrato qualcuno che gli aveva fatto intravedere una nuova possibilità.

Angelo, di fronte alle sfide, era uno che non si tirava mai indietro.

Il casinò di Campione d'Italia era nato nel 1917 allo scopo di mascherare una serie di attività legate allo spionaggio internazionale tra le maggiori forze politiche europee del tempo.

Gli alti papaveri di mezzo pianeta si davano convegno in quella residenza d'altri tempi collocata in prossimità del lago Ceresio, a pochi chilometri da Lugano. L'atmosfera da belle époque trionfava nei lussuosi arredi e nelle decorazioni interne.

Meta di politici, banchieri, star della moda e del cinema e intellettuali, divenne presto un luogo privilegiato per gli incontri mondani. Nel corso del XX secolo il casinò divenne la principale azienda di Campione d'Italia, l'exclave italiana nel Canton Ticino.

Di proprietà del governo italiano e gestito dal comune, il casinò offriva le principali attrazioni delle grandi sale da gioco internazionali: roulette, chemin de fer, blackjack, poker e slot machine.

L'avveniristica nuova sede del casinò di Campione d'Italia, progettata dall'architetto svizzero Mario Botta, inaugurata qualche anno prima, era costata quattordici milioni di franchi svizzeri. La struttura, costruita accanto al vecchio casinò, svettava ben visibile su tutto il lago di Lugano.

In quella sera d'estate, seduto a uno dei tavoli da gioco, Antonello Caruso, abito grigio e camicia bianca aperta al primo bottone, aspettava il proprio turno.

Accanto, la terrazza del ristorante e la sala interna erano affollate, come accadeva sempre in quella stagione. Un viavai di camerieri e sommelier si muoveva indaffarato intorno ai tavoli. MENU PROVENZALE, recitava un cartello. *Bouillabaisse*, calamari farciti e la caratteristica *soupe de rougets*, una zuppa di triglie e pomodori. A completare le portate principali, un favoloso merluzzo in salsa d'avocado.

In disparte enormi carrelli portavivande con ratatouille alla nizzarda, tartine con pomodori e mozzarella, minestra di fagioli e pan bagnato. E poi salse, di ogni tipo e adatte a ogni palato: dalla classica bernese alla sofisticata aioli, passando per la salsa ai carciofi e una deliziosa crema di funghi e limone.

Il direttore generale del casinò sedeva con la schiena rivolta verso la vetrata.

Alla sua destra, elegantissima in un abito blu, una donna di trent'anni.

La partita languiva, il caldo era soffocante. Quando Caruso si girò in direzione del bar vide apparire la persona che gli aveva dato appuntamento. Terminò la mano e si congedò, scusandosi con i presenti. Aveva una cosa urgente da sbrigare.

Quando Renato Cavallero chiamava era meglio farsi trovare pronti.

«Lei mi sta dicendo che il suo compagno era finito in un brutto giro?» domandò a quel punto Stefania.

Beatrice Mandelli, seduta di fronte alla scrivania, chiese un bicchiere d'acqua.

Stefania si alzò, uscì nell'atrio e tornò con due bicchieri e una bottiglia.

«Brutto giro, commissario, non è l'espressione più adatta. Milano era già allora uno dei centri nevralgici dell'Europa finanziaria, il punto di approdo di trattative internazionali. Chiunque volesse contare qualcosa a Milano doveva frequentare certi giri. E Angelo era uno che voleva essere al centro dell'attenzione.»

«Ma stiamo parlando di un locale alla moda.»

«Per capire come funzionava quel mondo è necessario pensare al clima di quegli anni. Lei ricorda cosa rappresentasse il Partito socialista a Milano a quell'epoca? Si ricorda il ministro che amava le discoteche? Era un altro mondo. Diverso. Allora un piccolo imprenditore scaltro e avveduto poteva diventare, nel giro di un paio d'anni, uno degli uomini più influenti della città.»

«Lei si sta riferendo a...?»

«No, guardi, nemmeno lontanamente. La persona a cui lei sta pensando non è che la punta dell'iceberg di un sistema ben più vasto che riguardava tutti. Politici, amministratori locali, sindacati, forze armate, alta finanza e dirigenti di banca. E poi non deve trascurare un dettaglio.»

«Quale?»

«Il Metropolis aveva anche un altro tipo di clientela.»

«Malavita milanese?» domandò Stefania in tono sarcastico.

«No, intermediari.»

«A cosa si riferisce?»

«Con il passare degli anni era diventato un luogo in cui si davano appuntamento anche uomini che avevano a che fare con i servizi segreti.»

«Servizi segreti? Mi perdonerà, signora Mandelli, ma non riesco più a seguirla.»

«Cosa me ne faccio delle chiavi della macchina?» domandò Cavallero.

Caruso rimase in silenzio.

«Se non ne entriamo in possesso ora, per noi si mette male.»

Caruso fece una smorfia, poi portò il bicchiere alle labbra. Si voltò verso il tavolo da gioco.

«La donna sa il fatto suo. L'abbiamo spaventata ma non credo che sappia dov'è nascosta la chiave.»

«Da qualche parte deve pur essere!» esclamò Renato Cavallero.

«Abbiamo guardato dappertutto, nell'auto, in ospedale, persino nell'armadietto della palestra che aveva iniziato a frequentare.»

«Lo sai che se non la troviamo l'assessore è capace di tutto?»

«Quello ha paura anche della propria ombra. Non mi dirai che ti spaventa un politicante?»

«Non è lui a farmi paura, ma quelli dietro a lui.»

«Cosa ti hanno detto?»

«Che se non gli facciamo avere il materiale richiesto faranno saltare gli ultimi appalti.»

«Ma cosa diavolo gli è venuto in mente? Abbiamo investito quasi tutto ciò che avevamo in questo affare. E senza quelle aree non potremo completare la Cittadella.»

«A loro non interessa. Ci hanno dato tre settimane per sbrigare la faccenda. Dopodiché l'appalto verrà assegnato a un altro.»

«Ma così saremo rovinati.»

«Appunto. Direi che è arrivato il momento di passare alle maniere forti.»

«La ragazza?»

«Sì. Se la donna non parla la ragazza dovrà farsi una vacanza.»

Caruso accese una sigaretta, tirò una boccata e poi disse: «Parlo domani mattina con Barone. Lui è in grado di convincere chiunque.»

Angelo Vallesi, stando al racconto della compagna, era diventato un nodo importante della fitta rete di informatori della Milano notturna.

Stefania aveva preso nota di nomi e cognomi, e vie, locali, politici corrotti e faccendieri che dopo il crollo del Muro avevano fatto il doppio salto mortale, andandosi a riparare nell'anonimato quando era scoppiato lo scandalo Mani pulite, per poi ricomparire sulla scena politica italiana quando i nuovi equilibri erano andati consolidandosi.

Ma la cosa che più aveva colpito Stefania era stato l'accenno al ruolo avuto dai servizi segreti.

Stando alle parole della Mandelli, che aveva snocciolato fatti, circostanze e dettagli così precisi da farle ritenere che, per quanto improbabile, la vicenda non fosse solo frutto di fantasia, i guai in cui era andato a mettersi il Vallesi verso la fine degli anni Ottanta, appena dopo il crollo del muro di Berlino e la dissoluzione degli stati che gravitavano nell'orbita del patto di Varsavia, avevano a che vedere con il quadro di incertezza che aveva pervaso la Milano di quegli anni; di lì a poco ci sarebbe stata la stagione di Mani pulite. Il caos era generalizzato e regnava ai più alti livelli, e la parola d'ordine era una sola: sparire, per poi tornare superato il momento d'incertezza e riprendersi il paese.

E poi c'era la questione di tutti coloro che, tra il crollo del sistema sovietico e la fine della Guerra fredda, si erano ritrovati di colpo senza quello che per anni aveva garantito loro un posto nel mondo. Una collocazione. Un lavoro.

Quanti erano? Migliaia, decine di migliaia? Per un attimo Stefania sentì un brivido lungo la schiena.

Che fine avevano fatto tutti coloro che all'epoca dei due blocchi contrapposti avevano vissuto grazie all'indotto generato da quello stato di cose?

Dove erano andati a finire, improvvisamente, gli informatori, le spie, gli agenti segreti, i consulenti che avevano tratto profitti dal vecchio sistema?

E quali contraccolpi aveva subito, al termine di quella fase, tutto il settore che quello stato di cose aveva contribuito ad alimentare?

Le venne il capogiro.

Il loro incontro stava per terminare. Beatrice Mandelli si era alzata per uscire dall'ufficio.

Solo a quel punto Stefania si ricordò della faccenda che aveva volutamente lasciato in sospeso.

«Ancora una cosa, signora Mandelli...»

«Mi dica, commissario.»

«Lei e Angelo eravate sposati?»

«Certo che no. Ma perché me lo domanda, se posso permettermi? Non ha letto la documentazione processuale? Lì vengo addirittura indicata come una conoscente di Angelo.»

«Certo» rispose Stefania.

Beatrice Mandelli era rimasta ferma accanto alla porta.

Stefania non insistette.

«C'è qualcosa che vorrebbe chiedermi?»

Stefania rispose che per il momento era sufficiente.

Dopo aver congedato la donna era rimasta chiusa nel suo ufficio a riflettere sulle parole di Giulio Allevi.

Il suo collega aveva ragione.

Il Vallesi non era proprio un pesce piccolo.

A quanto pare l'ex barista sapeva un sacco di cose. E si trattava di un gioco pericoloso.

Lucchesi le raccontò quello che aveva scoperto. Come al solito aveva fatto un ottimo lavoro.

Forse Angelo Vallesi custodiva qualche segreto in una cassetta di sicurezza collocata tra la Lombardia e il Canton Ticino.

Di sicuro si trattava di qualcosa di grosso.

Il pm non avrebbe mai acconsentito ad aprire una rogatoria internazionale per una questione del genere.

Prese con sé il fascicolo. Quella sera, dopo aver cenato, avrebbe lavorato fino a tardi.

Milano, settembre 1985

Angelo è raggiante.

Una serata splendida, il solito incasso da capogiro. Ha appena finito di distribuire le mance tra i baristi e i camerieri. È solo all'interno del locale. L'ultimo cliente è uscito.

La lancetta segna le quattro e mezzo.

È ora di tirare giù la serranda e andarsene a dormire.

Prima però farà un salto dalle parti di piazza Duomo.

Gli piace starsene lì ad ammirare la piazza deserta, la cattedrale sullo sfondo, l'Arengario sulla destra e poi Palazzo Reale, i portici sulla sinistra che conducono alla Rinascente. E poi gli piacciono le insegne luminose. Quelle scritte gli mettono i brividi.

Candy, Cinzano, Banca popolare di Milano, Technics. E la sua preferita, quella con scritto Campari, proprio all'ingresso della Galleria.

Milano è la sua città, la sua fortuna.

Per lui è tutto.

Fa un ultimo giro all'interno del locale. Il suo locale. Quello che tutti gli invidiano.

La sua creatura.

Osserva uno dei quadri appesi alle pareti.

Da dietro la clèr abbassata sente dei passi. Poi una voce.

Sta per uscire quando vede due mani che afferrano la serranda e la sollevano. Quel poco che basta per entrare.

Sono in due. Per un attimo teme che si tratti di una rapina, poi li riconosce.

Li vede ogni tanto dentro al suo locale.

«Un ultimo giro di Martini?»

Angelo sorride. Per qualche istante ha temuto il peggio. Invece sono due amici.

Fa cenno con le mani di accomodarsi e poi torna dietro al banco.

I due si siedono accanto a un tavolino. Angelo li raggiunge portando con sé la bottiglia di Martini e tre bicchieri.

«Questo lo offre la casa» dice, appoggiando il vassoio sul tavolino.

Sta per tornare dietro al banco, ha dimenticato le olive, quando sente una mano che lo afferra.

Angelo si volta e vede che dal volto dei due tizi è sparito il sorriso.

«Che c'è?» domanda.

«Dobbiamo parlare di affari, Vallesi.»

Angelo sorride, si siede.

«Se c'è da guadagnare io ci sono» dice.

«Non mi riferivo a una trattativa» risponde il secondo uomo.

Angelo rimane in silenzio.

L'espressione sul volto di quello non gli piace.

«E allora di cosa si tratta?»

«Diciamo che è un investimento» dice l'uomo con la sigaretta tra le labbra.

«Un investimento? Vorrete mica vendermi una polizza?» domanda lui sghignazzando.

«Bisogna pensare anche al futuro, Vallesi» ribatte l'altro.

«E che tipo di investimento volevate propormi?» chiede Angelo, che è tornato a farsi serio.

«Diciamo che vorremmo investire su queste quattro mura» dice l'uomo.

«Queste mura? Il mio locale intendete? Non lo venderei nemmeno se mi offriste cinque miliardi.»

I due si scambiano un'occhiata. Poi tornano a sorridere. L'uomo che ha spento la sigaretta si versa un po' di Martini.

«Non ci siamo spiegati, Vallesi. Vorremmo investire su quello che succede all'interno del suo locale.»

11

Si era addormentata sul divano.

Quando Stefania si svegliò erano le cinque e mezzo del mattino. Troppo tardi per andare a letto e troppo presto per prepararsi al lavoro.

Aveva passato buona parte della serata a rileggere il fascicolo processuale del Vallesi. E a un certo punto era crollata.

Si trascinò fino in cucina e mise su il caffè. Guardò verso il tavolo del soggiorno dove aveva sistemato tutti i documenti riguardanti l'indagine.

Quando accese la prima sigaretta iniziò a ragionare sui dubbi che l'avevano assalita la sera prima.

Cosa custodiva la misteriosa cassetta di sicurezza di cui il Vallesi possedeva una chiave?

Perché l'uomo aveva ammazzato un alto dirigente della polizia di stato?

E in che misura il proprietario di un locale alla moda poteva essere stato coinvolto in faccende che riguardavano la politica internazionale?

Che ruolo aveva in tutta quella vicenda Beatrice Mandelli?

Spense il mozzicone e tornò a sedersi. Il pc era rimasto in stand-by. Lo riattivò e in quel momento ricordò l'ultima cosa che aveva fatto prima di addormentarsi.

La pagina di YouTube era ancora aperta su un vecchio

filmato che ritraeva, all'interno di un palasport gremito, il quarantatreesimo congresso del Partito socialista. La folla che rumoreggia, gli striscioni, le prime file occupate da star della moda e della tv. Qualche volto noto e tanti illustri sconosciuti. Dietro al palco l'immagine di Garibaldi, quella di Turati. Ovunque il logo del garofano rosso.

Poi arriva Craxi. Prima un brusio, poi gli applausi, infine la gente in piedi che scandisce il nome del leader: «Bettino, Bettino.» Quando il segretario del partito saluta alzando il braccio, la folla esplode in un boato. Dietro di lui un enorme cartello luminoso con scritto UNA DEMOCRAZIA GOVERNANTE. Accanto a lui il delfino Martelli. E più tardi, dopo l'arrivo di Berlinguer salutato dai fischi, Craxi prende il microfono e arringa la folla: «Se i fischi (pausa) erano (pausa) un segnale politico che manifestava contro questa politica (pausa) io non mi posso unire a questi fischi (pausa) solo perché non so fischiare.»

Stefania non ricordava nemmeno come fosse arrivata a quel filmato. Chiuse la finestra di Windows e ricominciò a leggere.

Giulio Allevi non era sempre stato un dirigente nel settore Risorse umane.

Prima di arrivare a quel livello aveva fatto la sua brillante carriera da ufficiale.

Prima a Brescia, fino al 1982, e poi a Milano.

Quando la "Milano da vivere, da sognare, da godere" era diventata il simbolo dell'Italia che lavorava e che voleva misurarsi allo stesso livello degli altri paesi europei, Giulio lavorava nel commissariato di Lambrate.

E in periferia ne aveva viste così tante, in quegli anni, che aveva imparato a non stupirsi più di nulla.

Il distaccamento di Como era stato pensato molti anni

prima come un nuovo polo per la formazione del personale più qualificato. Con il passare degli anni e un cambiamento ai vertici della sezione Risorse umane, con relativo cambio di strategia al fine di ottimizzare le risorse – che tradotto significava tagli in vista per le strutture ritenute non indispensabili – era divenuto evidente a tutti che il polo di Como presto o tardi avrebbe chiuso i battenti.

Per cui nel giro di un paio d'anni Giulio avrebbe dovuto dire addio alle sue giornate di cattività comasca.

All'indomani della richiesta di Stefania, aveva mosso un paio di conoscenze per avere copia del fascicolo processuale di quell'Angelo Vallesi.

L'aveva recapitato lui stesso a Como, dove era solito salire un paio di volte alla settimana per incontri sulla formazione delle nuove reclute.

Quando la sera precedente aveva risposto alla chiamata proveniente da un numero sconosciuto, non aveva subito messo in relazione le due cose.

Dall'altro capo della cornetta aveva sentito dapprima solo un semplice: «Giulio Allevi?»

Poi, quando la persona si era qualificata, aveva riconosciuto la voce.

Erano anni che non la sentiva.

E dopo tutto quel tempo riusciva ancora a incutergli timore.

Mentre poco alla volta la città si svegliava, e con essa la moltitudine di impiegati, commercianti e artigiani che affollavano le vie, Stefania osservava i suoi appunti.

La cosa più singolare del fascicolo era la sua consistenza. Tre gradi di giudizio racchiusi in un paio di faldoni. Strano, non le era mai capitato. E poi le informazioni riguardanti la vittima, Ruggero D'Ambrosio.

L'età, la residenza, la professione. Dalle carte del processo non emergeva granché. E l'unico collegamento con il Vallesi era la frequentazione del locale che l'omicida aveva gestito per anni.

Il Metropolis.

Anche in questo caso le incongruenze erano evidenti. Del Vallesi si diceva solo che era un barista, talvolta veniva definito "gestore del bar". Da nessuna parte, nemmeno nella memoria difensiva, veniva qualificato come un imprenditore. Stando agli atti ufficiali, ci si riferiva a lui come a un personaggio di basso profilo.

L'iter processuale era stato abbastanza lineare. E le prove a carico del Vallesi erano apparse, fin dal momento dell'arresto, schiaccianti.

La pistola con cui il Vallesi aveva sparato era stata ritrovata su precisa indicazione dell'imputato. L'orario del delitto corrispondeva con i movimenti che l'uomo aveva citato nella sua deposizione. Un paio di testimoni lo avevano notato nella zona dell'omicidio fin dalle dieci di quella sera. Persino un clochard era stato ammesso in qualità di testimone.

Quanto alla droga, il pubblico ministero si era limitato a chiedere l'incriminazione per detenzione, risparmiando all'uomo l'aggravante dello spaccio.

Il Vallesi aveva rilasciato una confessione che aveva tolto di mezzo anche i residui dubbi sulla dinamica dell'agguato.

Si era preso trent'anni in primo grado, ridotti a ventisei in appello, poi confermati dalla Cassazione.

Quanto alle motivazioni del gesto, l'imputato si era sempre trincerato dietro a una frase di circostanza: «Se lo meritava.»

Qualcuno aveva provato a ipotizzare che dietro all'omicidio vi fosse stata una storia di droga. E che il D'Ambrosio avesse prima frequentato il locale del Vallesi per poi smascherarlo fornendo informazioni a dei colleghi.

Altri avevano suggerito la pista della ritorsione, dopo che il Vallesi, all'inizio degli anni Novanta, si era prima visto ritirare il permesso di agibilità del locale, e poi sequestrare lo stesso quando non era più riuscito a pagare i debiti.

Di sicuro, insomma, c'era solo che Angelo Vallesi la notte del 28 dicembre 1992 aveva atteso sotto casa il D'Ambrosio e poi lo aveva freddato con un colpo di pistola in pieno petto.

Stefania appoggiò gli occhiali, alzò lo sguardo e si mise a riflettere. Qualcosa non le tornava.

Sull'autore del delitto non ci potevano essere dubbi. Il fascicolo parlava chiaro. Ma di tutto quello che Beatrice Mandelli le aveva raccontato lì dentro non c'era traccia.

Non riusciva a togliersi dalla testa due cose.

Cosa intendeva dire il Vallesi quando affermava che il D'Ambrosio si era meritato di essere ammazzato?

E a cosa si riferiva la Mandelli quando le aveva detto che le cose non erano andate come era stato detto durante il processo?

Doveva assolutamente approfondire quell'aspetto.

Ci avrebbe pensato una volta arrivata in questura. Spense la luce e andò a farsi una doccia.

Beatrice Mandelli non aveva dormito.

I pensieri non le avevano concesso tregua tutta la notte e il suono della sveglia, al mattino, era stata una liberazione.

Michela dormiva tranquilla nella stanza accanto.

Giù in strada le auto dei frontalieri procedevano in coda verso il confine svizzero. Il rumore di un clacson, una portiera sbattuta, poi di nuovo quella quiete che sapeva di cose quotidiane.

Le condizioni di Angelo non accennavano a migliorare.

«Arrivati a questo punto è difficile dire se il suo compagno si risveglierà» le aveva detto il primario del reparto.

La donna non aveva fatto altre domande.

La cosa più assurda in quella situazione era che i medici non avrebbero potuto nemmeno darle informazioni, visto che, per lo stato italiano, lei e il Vallesi erano due perfetti sconosciuti. Non si erano mai sposati e per la legge tutti gli anni che avevano condiviso non contavano nulla. Le fornivano aggiornamenti solo perché Angelo non aveva altri parenti che lo venissero a trovare. Dopo la morte della madre ad Angelo non era rimasto in pratica più nessuno.

Aveva ripensato alla strana domanda che il commissario le aveva fatto il giorno prima, se fossero sposati o meno. Certo che le cose non sempre appaiono per quelle che sono, aveva pensato.

Non avevano contratto alcun vincolo, è vero. Non si erano mai sposati, niente abito bianco o cerimonia in chiesa, con codazzo di parenti e pranzo nuziale. Eppure lei sentiva di averlo amato, per tutto quel tempo, e il fatto che si fossero sposati o meno che importanza aveva, adesso, con Angelo in quelle condizioni?

Eppure c'era stata una volta in cui avevano parlato di matrimonio, e Beatrice lo ricordava bene, quel giorno.

Si erano scritti per tutta la durata della detenzione. Lettere che lei consegnava alla madre di Angelo e risposte che la donna, una volta al mese, passava a ritirare a Milano, nella casa dell'anziana.

Quello era stato il loro patto al momento dell'arresto.

«Sei in pericolo. Nessuno deve sapere che ci vediamo ancora. Non devi venire in carcere. Ci scriveremo attraverso mia madre.»

E così era stato per tutti quegli anni. Così Angelo aveva deciso.

Poi, una volta scarcerato, si erano visti.

A Griante, di fronte all'imbarcadero, confusi tra i turisti, perché tutta la loro storia era legata in maniera inscindibile sia a Milano sia al lago. Vedersi in un posto affollato era il modo migliore per non destare sospetti, nessuno lì li avrebbe riconosciuti.

Il traghetto si era riempito, le auto avevano invaso il ponte del Lario, e loro si erano sistemati fuori, in uno di quegli angoli tra i sedili all'aperto e il ponte laterale.

Quando la motonave si era staccata dal pontile, Beatrice l'aveva osservato. Non era più l'uomo che aveva amato, la persona a cui aveva dedicato la sua vita.

All'inizio aveva fatto fatica persino a riconoscerlo. Il carcere aveva cambiato Angelo anche nell'aspetto. Dell'uomo che negli anni Ottanta attirava le attenzioni delle donne non era rimasta traccia.

Smagrito, molti capelli in meno.

Angelo aveva rotto il ghiaccio, aveva provato a farla ridere, un tempo Beatrice rideva per ogni sua battuta. Lei si era stretta nelle spalle, aveva chiuso gli occhi e aveva lasciato che il vento le accarezzasse i capelli. Era l'unico modo che le era venuto in mente per non piangere.

Angelo aveva preteso che i loro incontri rimanessero segreti. Insisteva nel dire che era meglio stare lontani. C'era in ballo qualcosa di grosso, le aveva ripetuto. E lei aveva dovuto accettare quelle condizioni.

Quella che era uscita dal carcere era una persona che aveva smesso di fare progetti.

L'Angelo Vallesi del 20** era un uomo finito, disilluso, che ormai non chiedeva più niente alla vita.

Nulla se non rimettere insieme i cocci della sua vita precedente e garantire un futuro sereno alla compagna e a sua figlia.

La figlia, già.

Perché Michela, che era nata quando lui era già in carcere, non l'aveva mai vista. Beatrice gli aveva spedito, negli anni, delle foto. Angelo l'aveva vista crescere attraverso le istantanee che la madre gli recapitava ogni mese a San Vittore.

Una bambina con gli occhi chiari e il viso sorridente. Lo stesso sguardo di Beatrice e un ciuffo di capelli castani.

Chissà cosa pensava di suo padre, Michela. Quel padre che non aveva mai conosciuto. E che aveva insistito per poter vedere almeno una volta.

Beatrice alla fine aveva ceduto e il giorno dopo l'incidente, appresa la notizia, l'aveva portata con sé.

Michela Mandelli aveva visto per la prima volta suo padre a sedici anni, quando l'uomo che l'aveva messa al mondo stava disteso su un letto d'ospedale.

Con le località turistiche in clima da fine estate e un buon numero di comaschi ancora in giro a godersi le ferie, Como diventava la città più vivibile del mondo.

Senza il traffico e le code, trovare parcheggio risultava facile. Peccato che di lì a poco le cose sarebbero tornate alla normalità.

Stefania si era data appuntamento con Luca a Porta Torre. Lui era arrivato in anticipo, si erano salutati e avevano percorso via Cesare Cantù osservando i ragazzi in attesa davanti al liceo Volta. Erano arrivati in piazza San Fedele.

Lì, seduti a uno dei tavolini all'aperto, avevano ordinato due cappuccini.

«Sembriamo due tedeschi» disse Luca.

E Stefania sorrise.

Luca Valli era un geometra apprezzato. Realizzava piccoli progetti, si occupava di pratiche catastali e compravendite, portava avanti la sua attività in un piccolo studio alle porte del centro storico che condivideva con un collega.

Quando era stato il momento di pensare a una risistemazione della casa, Stefania aveva pensato a lui.

Con Camilla nel bel mezzo dell'adolescenza si era reso necessario ricavare una camera più grande per la figlia. Centodieci metri quadrati distribuiti su tre livelli erano una specie di follia architettonica. Forse era quello il motivo per cui Stefania aveva amato quella casa fin dalla prima volta in cui l'aveva vista. Adesso si trattava di ottimizzare gli spazi.

Da alcuni mesi Luca le sottoponeva soluzioni, inventando soppalchi, cabine armadio e soluzioni d'arredo su misura. Stefania si era sempre limitata ad approvare e suggerire modifiche. Quel giorno, invece, cambiò strategia.

«E se andassimo a vivere insieme?» disse dopo aver acceso una sigaretta.

Luca fece ondeggiare pericolosamente la tazzina.

«Be', se ti fa quest'effetto ritiro subito la proposta.»

«Intendi tu, io e Camilla?»

«Non dimenticarti che c'è anche Ron.»

Lui rimase in silenzio per un istante e poi disse: «Ma in tre non ci staremo mai in quella casa.»

«Non ho detto che dobbiamo rimanere in quella casa.»

«Hai intenzione di cambiare?»

«L'esperto di cose immobiliari qui sei tu.»

Si congedarono con un bacio. Lei tornò verso l'auto. Lui prese una strada laterale e andò a recuperare la moto.

Sembra ancora estate, pensò Stefania alzando gli occhi, mentre un aliante attraversava quel tratto di cielo.

Il commissario Carboni la voleva nel suo studio.

Così le aveva riferito Piras.

Stefania ebbe la sensazione che ci fossero guai in arrivo.

Una volta nello studio del suo superiore si sedette e disse: «Mi hanno detto che voleva parlarmi.»

«Vede, Valenti» iniziò Carboni con un'aria che non prometteva nulla di buono, «siamo quasi a fine mese. Tra una quindicina di giorni andrò in ferie.»

Stefania si stava chiedendo a cosa servisse quel giro di parole.

«Mi chiedevo se non fosse possibile chiudere l'indagine relativa a quel furto nel cimitero entro la prossima settimana. Il sostituto mi ha detto che gli elementi ormai sono gravi, precisi e concordanti.»

Stefania non capiva. Quella manfrina per una faccenda di poco conto in cui il custode del cimitero aveva già reso una piena confessione.

«Nessun problema, commissario» rispose. «Ma la conosco da troppo tempo per sapere che se mi ha convocato nel suo ufficio non è per parlarmi di una cosa del genere.»

Carboni annuì. Aveva un'aria pensierosa.

Poi si alzò, andò verso la finestra e disse lentamente: «Giulio Allevi mi ha chiamato questa mattina alle sette e mezzo. Dice di avere una cosa importante da dirle. Non ha aggiunto altro.»

Stefania rimase di stucco.

Giulio Allevi doveva dirle qualcosa. Perché non aveva chiamato direttamente lei? E cosa poteva essere di così importante se si era preso la briga di telefonare al commissario capo?

Carboni aggiunse: «Mi ha detto di riferirle che l'aspetta alla sezione Scientifica per le dieci e mezzo.»

«D'accordo» rispose Stefania alzandosi dalla sedia.

Mentre stava per uscire dall'ufficio Carboni le disse ancora: «Si tratta di una cosa della massima urgenza.»

Alle dieci e mezzo Stefania era seduta nell'ufficio di Selvini al primo piano della sezione Scientifica.

Aveva passato un'ora a fare il punto della situazione. Poi non aveva più resistito. Era passata da Piras e Lucchesi per sapere quali novità ci fossero a proposito della cassetta di sicurezza e quando i colleghi le avevano risposto che non avevano scoperto altro, era uscita.

Stava aspettando da cinque minuti. Giulio era in ritardo. Era la prima volta, da quando lo conosceva, che si comportava in quel modo.

Lo vide entrare scuro in volto.

Si salutarono. Lui si sedette dietro la scrivania e poi attaccò.

«Stefania, ti sei ficcata in un bel guaio.»

Stefania lo lasciò proseguire.

«Si tratta del Vallesi.»

«Lo immaginavo.»

«Quando l'altro giorno mi hai chiesto una copia del fascicolo processuale ho chiesto a un paio di colleghi di provvedere. Solo che...»

«Solo che?» domandò Stefania irritata.

«Solo che non avevo la minima idea della faccenda in cui eri andata a ficcare il naso.»

«Giulio, ma ti senti bene? Stiamo parlando di un piccolo imprenditore che a un certo punto, quando ha capito di aver perso quasi tutto, ha ammazzato uno di coloro che, probabilmente, lo hanno ridotto in miseria.»

«Le cose non sono così semplici» disse Giulio.

«Mi vuoi spiegare di cosa parli e perché, anziché chiamarmi come fai di solito, hai telefonato a Carboni?»

«È proprio questo il punto, Stefania. Quello che sto per dirti non deve uscire da questo ufficio. Intesi?»

Stefania disse di sì.

«Tu sai chi era in realtà Ruggero D'Ambrosio?» domandò Giulio Allevi.

Quando Giulio ebbe terminato di raccontarle la storia del D'Ambrosio, a Stefania girava la testa.

Ruggero D'Ambrosio, la persona che il Vallesi aveva ucciso il 28 dicembre del 1992, al momento dell'omicidio era a capo di una divisione investigativa del ministero dell'Interno.

La divisione aveva il compito di vigilare su tutti gli aspetti di intelligence legati all'infiltrazione di agenti segreti stranieri nel Nord Italia. In particolare a Milano e dintorni.

Nel decennio compreso tra la fine degli "anni di piombo" e il crollo dell'Unione Sovietica, la divisione guidata da D'Ambrosio aveva messo a segno depistaggi, rapimenti, bonifiche. Una specie di forza armata parallela a quelle ufficiali e agli stessi apparati del Servizio. Dotata di ampi, pericolosi margini di manovra, si era sempre mossa liberamente, facendo riferimento a una grigia e silenziosa macchina operativa manovrata da pochissimi alti funzionari dello stato.

Laureato in giurisprudenza, con un passato da diplomatico a Trieste e poi in Jugoslavia, D'Ambrosio era il prototipo dell'uomo di potere che non aveva alcun tipo di ambizione al di fuori di quella per cui veniva pagato: decidere.

Un tipo silenzioso, secondo alcuni. Di poche parole. Ma

dotato di una determinazione e di una volontà fuori dal comune. Aveva scalato le gerarchie dei Servizi in pochi anni e quando, al culmine della carriera, era stata decisa la creazione della nuova divisione investigativa, la sua candidatura era stata approvata all'unanimità.

Che dietro alle stragi di stato ci potesse essere stata la mano dei Servizi era ormai una tesi accettata anche dall'opinione pubblica italiana. Ma che a metà degli anni Ottanta vi fosse stata una divisione investigativa pressoché segreta, che si era presa il compito e insieme l'obiettivo di vigilare sulla vita e sui notabili della più importante città del Nord, era una novità anche per lei.

Servitore fedele, esecutore implacabile e zelante uomo d'ordine, D'Ambrosio aveva condotto per anni un'esistenza anonima. Una vita appartata, lontana dai riflettori. Della sua vita privata non si sapeva nulla. Non si era mai sposato, non aveva avuto figli.

Ma anche l'inflessibile servitore dello stato aveva un vizio, a quanto pare.

«L'unico difetto che aveva» aveva concluso Giulio, «era il gioco. D'Ambrosio era un accanito giocatore di poker, al punto che alcuni lo avevano soprannominato Il Giocatore.»

E proprio sotto la copertura della sua passione per il poker aveva preso a frequentare, nella prima parte degli anni Ottanta, quel locale di cui tutti, a Milano, parlavano.

Il Metropolis.

Quando Giulio le chiese se avesse delle domande da fare, Stefania cercò di raccogliere le idee. Avrebbe desiderato qualche momento per riflettere. Le prime domande che le vennero in mente furono: cosa accadeva davvero all'interno del Metropolis? Che tipo di rapporto aveva legato il Vallesi al D'Ambrosio?

Era sul punto di rivolgerle a Giulio quando sentì squillare il telefono.

«Commissario, sono Beatrice Mandelli, deve venire qui subito. Mia figlia è sparita.»

Milano, dicembre 1985

Quell'anno, a differenza di quanto accaduto in passato, il Metropolis avrebbe chiuso per le festività natalizie.

Angelo aveva prenotato una vacanza per due.

Quindici giorni in Costa Azzurra, un albergo a quattro stelle, il Principato di Monaco da visitare e forse una puntata a Marsiglia.

Una roba da ricchi, insomma.

Perché Angelo ricco lo era diventato per davvero.

Aveva investito bene i primi guadagni e adesso era arrivato il momento di fare un salto di qualità. Lui non era un tipo qualsiasi. Possedeva quella capacità di affascinare le persone che gli stavano intorno, di catalizzare l'attenzione su di sé. Aveva carisma. Sul lavoro cercava sempre di dare il massimo. E ora pretendeva il massimo per tutti coloro che gli stavano attorno.

A cominciare da Beatrice.

«In Costa Azzurra?» gli aveva chiesto.

«I Caraibi sono roba per arricchiti» aveva detto lui.

«Noi invece siamo signori» aveva risposto lei, «e vogliamo un posto di classe.»

Angelo sapeva stupire le persone.

Fatti i preparativi, erano partiti pochi giorni prima di

Natale. Per l'occasione Angelo si era presentato con l'auto nuova, una Maserati biturbo, una due posti.

Il giorno prima della partenza aveva lasciato le chiavi del locale al titolare di un'impresa di pittura e vernici.

Il Metropolis aveva bisogno di una sistemata.

Di quei quindici giorni in Provenza Beatrice conservava un ricordo nitido.

La camera in un albergo di Mentone. La strada che conduceva a Roquebrune-Cap-Martin. La volta in cui si erano fatti a piedi tutto quel tratto di strada, l'intera promenade du Soleil, per poi lasciarsi alle spalle la città, percorrendo route du Val de Gorbio fino all'estremità della salita.

E poi quella casa sulla sommità della collina, circondata da un enorme parco disseminato di pini marittimi, con la facciata bianca e le persiane azzurre.

«Ti piace?» le aveva chiesto lui.

«È bellissima.»

«Ti piacerebbe vivere qui?»

«Sarebbe un sogno.»

«Tra non molto ce la potremo permettere.»

Lei aveva sorriso. E lui pensava che avrebbe fatto di tutto per realizzare quel desiderio.

Avevano percorso quel tratto di strada decine di volte. Beatrice si era innamorata di quei luoghi e Angelo tutte le sere, dopo essere risalito fino a La Palmosa, scendeva lentamente verso l'abitato di Mentone, mostrandole lo straordinario panorama oltre il finestrino.

In quel punto la montagna scendeva a picco verso il mare, le rocce erano ricoperte di vegetazione. La strada era una serie ininterrotta di curve con brevi rettilinei, e con alcune insenature nella roccia realizzate per agevolare il passaggio dei bus e dei mezzi pesanti. Il panorama sullo sfondo, un sapiente contrasto di luci e colori in cui l'azzurro del mare in alcuni punti assumeva tonalità turchesi, per diventare blu o smeraldo a poca distanza, era splendido. Il verde della vegetazione mediterranea a fare da contraltare ai colori più caldi della terra bruciata dal sole al margine della strada, un effetto ottico che si moltiplicava grazie ai cespugli disseminati lungo la parete rocciosa, dove in alcuni punti le chiome degli alberi, gli arbusti e le piante, diventavano di un verde più intenso.

L'abitato di Mentone, visto da lassù, era poco più di un puntino all'orizzonte, un succedersi di case bianche strette le une alle altre, con le persiane celesti e verdi.

Alle finestre o sui muri sfatti, il rigoglio di fiori e piante che caratterizzava le abitazioni, con rampicanti, lavanda, gerani, limoni a dominare facciate, pareti, ringhiere e ballatoi. Era inverno, ma sembrava primavera.

Ampie terrazze che davano sul litorale, e quell'aria di vacanza che hanno sempre le località di mare. Viuzze tortuose, acciottolate, in forte pendenza e quasi sempre in ombra, separavano gruppi di case da quelle vicine.

Una serie di vie sempre più strette e poi una chiesetta. Accanto, il bistrot affacciato sul mare in cui erano soliti fare colazione.

Pastis per Angelo e tè per lei, con tartine di acciughe fresche marinate al limone di Mentone.

Una volta erano finiti a Nizza.

Una serata splendida, con il cielo limpido, il cielo di Provenza che anche d'inverno toglieva il respiro.

L'autoradio mandava un pezzo di Coltrane.

Arrivati a Roquebrune-Cap-Martin avevano imboccato la Grande Corniche. Nei pressi di La Turbie avevano intravisto il profilo di Montecarlo, i grattacieli, il lungomare e la rocca con il castello.

Si erano lasciati alle spalle il belvedere di Èze, il golfo di Villefranche-sur-Mer e avevano puntato dritti verso Nizza.

«Mi porti in un posto dove possiamo ballare fino all'alba?» aveva chiesto Beatrice.

Angelo aveva risposto di sì.

Fin da ragazzo, a Milano, aveva frequentato un locale in cui si suonava jazz fino a tarda notte. Angelo non aveva dimenticato la città di qualche anno prima. La vita chiassosa annusata qua e là per anni lungo le strade dimesse della periferia. Il lento cantilenare di sua madre che proveniva dalla cucina. Il cortile della casa di via Padova. Le donne affacciate ai ballatoi, il pianto dei bambini, la casa di ringhiera come cornice di quegli anni. Perché Milano, quella vera, brulicava di vita e per respirarla era necessario viverla oltre le facciate dei palazzi, dentro gli androni, all'interno di quelle vecchie corti di cui pochi conoscevano l'esistenza. Aveva imparato più cose sui tram e nei bar, o in quei negozi che lentamente erano spariti, che non in dieci anni di scuola dell'obbligo. La sua era stata un'infanzia povera. Ma Angelo ripeteva sempre che non l'avrebbe mai sostituita con un'altra.

Angelo amava guidare lungo le strade tortuose della Costa Azzurra e nei suoi occhi Beatrice vedeva quello che lui immaginava, un futuro per entrambi. Il piacere di spingere il pedale sull'acceleratore dell'auto nuova quel tanto che bastava per avere il mare a portata di sguardo.

Si era convinta, negli anni, che Angelo fosse invincibile e che la sua stella non sarebbe mai tramontata. Gli aveva visto fare cose che solo qualche anno prima sarebbero state impensabili. C'era qualcosa in lui, una determinazione, una volontà, che gli consentivano di superare ogni ostacolo. Non che i problemi fossero mancati. Ma Angelo aveva dimostrato di avere una marcia in più, di essere uno che sapeva affrontare ogni cosa.

Lui le raccontava i suoi progetti e lei rimaneva incantata ad ascoltarlo.

«Qual è il tuo segreto?» gli aveva domandato una volta.

«Il mio segreto sei tu. Se non ti avessi al mio fianco non so dove troverei la forza per sopportare i mesi che mi aspettano.»

Lui l'aveva baciata.

Lei aveva restituito il bacio.

Un bacio lieve, e poi un altro. Baci e carezze, presi a sorsi brevi.

Poi lei si era girata verso il finestrino. Aveva osservato la città, oltre la serie di curve, e il mare, in lontananza, con il profilo incantato di Mentone alla luce del tramonto.

Il tavolo prenotato all'interno del Chantecler possedeva una vista invidiabile sulla promenade des Anglais. La baie des Anges era sfiorata da un piacevole alito di vento.

Angelo la osservava. Beatrice, seduta di fronte a lui, avvolta in uno splendido abito da sera grigio, sorrideva.

Fino all'arrivo in tavola della *pissaladière*, Angelo aveva scherzato. Aveva ordinato una bottiglia di Domaine de Terrebrune, il rosato ideale per accompagnare la *bourride*.

Poi, all'improvviso, dalla vetrata che dava sulla baia aveva notato quel volto. Gli era bastata una frazione di secondo. Il tempo necessario per intravederlo al di là del vetro, in fondo alla passeggiata, e l'uomo era scomparso oltre il profilo dei sontuosi arredi del ristorante.

Non poteva trattarsi di una coincidenza. Qualcuno li aveva seguiti lungo la Corniche.

12

C'erano volute più di due ore per arrivare a Valsolda.

Un incidente nei pressi della strettoia di Ossuccio e il traffico aveva mandato in tilt la strada Regina.

Sul lago succedeva sempre così.

Stefania era rimasta ferma in coda per un'ora buona, e quando le auto avevano ripreso a muoversi lentamente si era già fatto pomeriggio.

Si fermò in prossimità del campanile di Ospedaletto, nel parcheggio che dava sui giardini. Il tempo era mite, la Breva aveva spazzato via le nuvole. L'isola Comacina, di fronte a lei, splendeva più bella che mai.

Il tempo di sentire Lucchesi per gli ultimi aggiornamenti e poi, quando ormai era arrivata alle porte di Menaggio, una nuova telefonata di Beatrice Mandelli.

«Michela è tornata, commissario, mi deve scusare» aveva detto la donna. «Un malinteso, aveva dimenticato il cellulare a casa.»

Stefania tirò un sospiro di sollievo. Poi pensò che a quel punto tanto valeva proseguire. In fondo fare due chiacchiere con la donna poteva essere utile. La richiamò e decisero di trovarsi al bar intorno alle tre.

Arrivò a Porlezza in poco più di mezz'ora e visto che era in anticipo, fece una sosta e prese un tè sul lungolago.

Porlezza rappresentava il centro più importante di quella zona a cavallo del confine. Cinquemila abitanti, collocata al termine della val Menaggio, era situata in una zona strategica, un crocevia ideale tra il lago di Como, la Svizzera e la val d'Intelvi.

Un centro storico suggestivo, con un'arteria principale e tante stradine che andavano a comporre un dedalo fittissimo. I negozi di una volta, le mercerie, il salone del barbiere e la macelleria. E poi il tabacchi, il fruttivendolo, altri negozi tra cui quello di abbigliamento, la vetrina con chincaglierie e oggetti d'antiquariato e una libreria.

Controllò l'orologio e si sedette a un tavolino fuori dalla pasticceria.

Una galleria lungo la statale segnava la fine dell'abitato e l'inizio della strada che portava alla frazione successiva, Cima. Di fronte a lei il lungolago Matteotti e lo spettacolo del lago di Lugano. Alla sua sinistra le montagne della val d'Intelvi, con quei nomi che aveva imparato ad amare, Claino con Osteno, Laino, Pellio.

Ordinò un tè e una pasta alla frutta e quando ebbe terminato decise che era arrivato il momento di raggiungere Beatrice Mandelli.

Michela era uscita con Chiara, l'amica del cuore, e avevano usato il solito metodo per scendere a Menaggio in due.

Arrivate a San Mamete, poco prima di entrare in paese, si erano fermate nei pressi del parcheggio e avevano fatto l'autostop.

Solo che il tale che si era fermato e le aveva caricate quel pomeriggio aveva qualcosa di strano.

Michela lo aveva notato subito, mentre Chiara parlava con quell'uomo dalla voce brusca, con una strana inflessione. Il passaggio era durato pochi chilometri.

Una volta arrivate al bivio per Menaggio, l'uomo le aveva fatte scendere.

«Io vado dall'altra parte» aveva aggiunto prima di dileguarsi.

Le ragazze erano scese fino alla cittadina e lì avevano trascorso qualche ora, dando un'occhiata alle vetrine dei negozi e fermandosi a uno dei tavolini all'aperto del bar del Pess.

Un giro dal porticciolo fino al lungolago e poi da lì verso il Lido, con una sosta di fronte al minigolf dove i turisti stranieri erano alle prese con mazze e buche. Michela aveva osservato una motonave attraversare lo specchio d'acqua di fronte a loro e raggiungere Bellagio.

Prendendo un gelato avevano stretto amicizia con due ragazzi francesi. Il tempo di fare due passi sul lungolago, e di scambiarsi il numero di cellulare, e il giro era terminato.

Rientrata a casa, Michela aveva raccontato quello che era successo alla madre e quando Beatrice Mandelli le aveva chiesto se avesse notato qualcosa di strano nell'uomo che aveva dato loro il passaggio, la ragazza aveva risposto: «Be', in realtà una cicatrice sotto l'occhio destro. E poi dovresti conoscerlo...»

«Come sarebbe a dire?» aveva domandato la donna.

«Ha detto di salutare te e papà.»

La donna aveva sentito lo stesso brivido provato qualche giorno prima.

Quando Stefania entrò nel bar, Beatrice Mandelli l'accolse con un largo sorriso. Quella donna le aveva ispirato fiducia fin dal loro primo incontro.

«Ci avevi detto di recuperare le chiavi, e noi lo abbiamo fatto» disse l'uomo portandosi una sigaretta alle labbra. «Poi di spaventare la donna, e anche questo l'abbiamo fatto. Adesso fuori il resto dei soldi e ognuno per la sua strada.»

La fiamma illuminò il viso, lasciando intravedere la cicatrice proprio sotto l'occhio destro.

«Adesso si tratta di cambiare strategia, Barone. Il lavoro non è ancora finito.»

«Rapire la ragazza è una fesseria.»

«Non sei pagato per pensare ma per eseguire degli ordini. Non si tratta di un rapimento ma solo di tenerla in custodia qualche ora. Giusto il tempo di far ragionare la madre.»

«I rischi sono troppo grossi e la cifra che abbiamo stabilito non basta. Per organizzare un rapimento servono tempo, e persone, è necessario studiare tutto nei dettagli.»

Caruso era nervoso.

Una bionda gli si avvicinò e chiese: «Mi offri da bere?»

Caruso fece di sì con la testa, la ragazza ordinò un Cuba libre, lui appoggiò sul bancone venti franchi.

«Aggiungine ottanta e saliamo di sopra» disse lei.

«Non mi interessa.»

La bionda afferrò il bicchiere e se ne tornò verso la saletta. Fuori faceva caldo, mentre dentro l'aria condizionata era a una temperatura quasi insopportabile.

Caruso estrasse il cellulare, lo guardò, poi lo infilò di nuovo nella tasca interna.

Barone lo osservava in silenzio.

Il locale si chiamava Circe, stava a metà strada tra Capolago e Melide, ed era frequentato da frontalieri alla ricerca di sesso a pagamento a buon mercato. Una lunga fila di auto nel parcheggio e, poco distante, un benzinaio. Dentro, luci livide e musica latinoamericana come sottofondo.

Con cento franchi le ragazze del locale, perlopiù rumene o bulgare, intrattenevano i clienti al piano superiore. Per tutti gli altri c'era il banco bar. Barone lo conoscevano tutti. Era rispettato.

Caruso non ci era mai stato. Non si sentiva a proprio agio. Camicia e cravatta non erano troppo azzeccati per un posto come quello.

Sentì il telefono squillare di nuovo. Uscì dal locale.

«Adesso?» domandò.

«Sì, mi è venuta in mente una cosa.»

«Ma non possiamo fare domattina?»

«Da quando sei tu a decidere?» domandò Renato Cavallero prima di riattaccare.

Caruso chiuse la telefonata e poi iniziò a imprecare.

Barone lo osservò con una specie di ghigno.

«Immobiliarista, ti ho lasciato un Negroni pagato» disse allontanandosi. «Quando avete deciso, fammi sapere» aggiunse.

Si diresse verso il parcheggio, salì sulla sua Golf e se ne andò.

Nonostante le sorridesse Beatrice Mandelli aveva il viso contratto e pallido.

Oltre le occhiaie, però, lasciava intravedere quello che in gioventù doveva essere stata: una ragazza bellissima, con gli occhi celesti e un fisico mozzafiato.

Stefania ascoltò il racconto della donna, e prima di replicare prese qualche istante per riflettere.

Poi disse: «Non le nascondo che la faccenda comincia a preoccuparmi, signora Mandelli. Sarebbe utile procedere a un'identificazione di quest'uomo con la cicatrice. Ho già avvisato il mio collega che sarà a sua disposizione per cercare di tracciare un identikit. In questo momento quello che possiamo fare è provare a metterci nei panni delle persone che hanno aggredito Angelo.»

«In che senso?» domandò la donna.

«Ragionare come loro» rispose Stefania. «Questo può aiutarci a capire, e se siamo fortunate, anche a prevedere quelle che potranno essere le loro mosse.»

«Ho capito, ma da dove cominciamo?»

«Dall'inizio. Proviamo a fare il punto della situazione, a partire dalle cose certe.»

Stefania fece una pausa, cercò di raccogliere le idee e poi disse: «La prima cosa certa è che gli aggressori hanno inseguito Angelo non perché volessero ucciderlo, ma perché volevano qualcosa da lui. La dinamica dell'incidente, le testimonianze e l'episodio del furto in ospedale confermano questa tesi. In secondo luogo, sappiamo con certezza che quello che Angelo cercava di nascondere non l'hanno ancora trovato, altrimenti non si spiegherebbe perché sono venuti a infastidirla. Forse ha a che vedere con ciò che accadeva nel giro di persone che frequentavano il suo locale.

«Terzo: deve esserci un collegamento, che per adesso ancora mi sfugge, tra l'omicidio di Ruggero D'Ambrosio e quello che succedeva all'interno del Metropolis. Non credo, come è stato detto da qualcuno all'epoca dei fatti, che si tratti solo di una questione personale o di una vicenda di droga o di gioco. E per finire: la cosa che gli aggressori stanno ancora cercando potrebbe essere questa.»

Stefania tolse dalla borsa la chiave della cassetta di sicurezza e la mostrò a Beatrice.

La donna rimase in silenzio a osservarla. Poi disse con tono di sorpresa: «Una chiave?»

«Sì, probabilmente di una cassetta di sicurezza.»

«E come fa a collegarla a Angelo?»

«L'aveva addosso al momento dell'incidente.»
«E perché non me l'ha detto prima?»
«Dovevo scoprire quanto sapeva. Angelo voleva che venisse consegnata proprio a lei.»
«A me?»
«Sì, Beatrice. È quello che ha detto alla ragazza del pronto intervento prima di perdere conoscenza: "La consegni a mia moglie."»
«Ma io non ne so nulla, commissario. Glielo giuro.»
Ci fu un attimo di silenzio. La donna rimase a guardare la chiave. Stefania cercò di arrivare a una conclusione. Poi disse: «L'idea che mi sono fatta è che gli aggressori siano alla ricerca della chiave perché sanno che all'interno della cassetta di sicurezza, probabilmente di una banca svizzera, è custodito qualcosa di cui a loro preme entrare in possesso. Questo spiegherebbe tutto ciò che è successo nelle ultime settimane. Di qualunque cosa si tratti, qualunque cosa Angelo abbia nascosto per tutti questi anni, è un segreto pericoloso per qualcuno.»
«E lei pensa che io ne sia al corrente.»
«No, Beatrice. Credo che lei sia all'oscuro di tutto. Ma continuo a domandarmi come mai Angelo, quando ha capito che stava per perdere i sensi, ha chiesto di consegnarla proprio a lei.»
«E a che scopo? Mi creda commissario, non ne so nulla.»
«Le credo, Beatrice, ed è proprio per questo che dobbiamo capire cosa c'entri questa chiave con il giorno del suo matrimonio.»
«Il giorno del mio matrimonio?» Beatrice aveva un'espressione sempre più sconcertata.
Le donne rimasero in silenzio.
Stefania allora raccontò quello che la ragazza del pronto intervento le aveva riferito. La catenina al collo, la preghie-

ra di consegnare la chiave a Beatrice e poi le frasi che apparivano senza senso: «Il giorno del nostro matrimonio... Cerca la donna che morì due volte.»

«Beatrice, lei sa cosa possano voler dire queste parole?»

La donna scosse il capo con aria smarrita.

Rimaneva anche un altro nodo da sciogliere. Stefania disse: «L'unica cosa che ci resta da fare è trovare questa benedetta banca. Ha un'idea di dove dobbiamo iniziare a cercare?»

Lungo la cantonale Caruso aveva ripensato alla telefonata.

Cavallero gli aveva detto di raggiungerlo a Lugano.

L'uomo aveva spinto sull'acceleratore, aveva oltrepassato la zona di Paradiso osservando il monte Brè dall'altra parte e poi tutto il lungolago. Sistemata l'auto in un parcheggio non lontano dal casinò, a piedi era arrivato fino al palazzo che ospitava gli uffici della Solaris.

Era entrato, si era fatto il corridoio osservandosi in una parete a vetri e aveva chiamato l'ascensore. Aveva premuto il pulsante 4. Quando le porte dell'ascensore si erano aperte si era trovato davanti la porta della sede. Quarto piano, l'ultimo.

Aveva suonato il campanello e una delle segretarie gli aveva aperto.

«Vuoi un caffè?»

«No, grazie. Renato mi aspetta nel suo ufficio.»

«L'ho già avvisato. Ha detto di attendere qui dieci minuti.»

Si era seduto nella sala d'aspetto e aveva iniziato a sfogliare una rivista di design. Intorno a lui le impiegate passavano da una scrivania all'altra. Nella prima stanza sulla destra si stava concludendo un trasferimento di proprietà.

Vide scorrergli davanti un noto uomo d'affari e un giovane broker. Sentì suonare il campanello e quando la segretaria andò ad aprire riconobbe un avvocato di Lugano che accompagnava quattro persone. Gli acquirenti e i venditori, evidentemente.

Cavallero, nel frattempo, si era liberato. Caruso entrò senza bussare e non appena ebbe varcato la porta, lo vide appoggiato alla poltrona dietro alla scrivania.

Salutò. Cavallero gli sorrise facendo girare la poltrona.

«Mi puoi dire perché non avete perquisito l'unico posto dove bisognava cercare?» domandò.

Caruso rimase immobile.

«Di cosa stai parlando?»

Cavallero sorrise di nuovo, lo guardò dritto negli occhi e si accese una Gitanes.

Terminato l'incontro con la Mandelli, Stefania aveva proseguito verso il confine, si era fermata a fare benzina nel primo distributore dopo la frontiera, ed era rientrata in Italia attraversando la nuovissima galleria che consentiva di evitare le frazioni di Valsolda.

La casa di Ossuccio, al suo arrivo, era in perfetto ordine.

Camilla l'aveva accolta saltandole in braccio, sua madre le aveva detto qualcosa a proposito di un vicino.

«Chi era, mamma?»

Sua madre si era scordata il nome della persona che era andata a farle visita. Non era la prima volta.

Povera mamma, pensò Stefania.

Cenarono presto e intorno alle nove la casa era già silenziosa.

Luca aveva chiamato, avevano parlato qualche minuto e si erano dati appuntamento per il giorno dopo.

Alle nove e mezzo sua madre dormiva mentre Camilla,

come le capitava sempre più di rado, si era addormentata nel lettone.

Fuori, la quiete del paese, le case dei vicini illuminate e un profumo di olea fragrans che faceva pensare all'autunno in arrivo.

Lugano, giugno 1985

Angelo aveva lasciato l'auto in un parcheggio nella zona di Paradiso, dietro l'Hotel Eden.

Tenendo Beatrice per mano si era avviato verso la funicolare. Avevano fatto la coda in mezzo a turisti chiassosi, poi erano saliti. Dalla cabina rossa, piena in ogni ordine di posti, avevano visto la città farsi sempre più piccola davanti ai loro occhi.

A metà percorso c'era stato il cambio di vettura. Nel tratto finale la pendenza metteva qualche brivido. In un quarto d'ora si erano ritrovati in cima al monte, a un'altezza di novecento metri.

Appena fuori dalla stazione si erano avviati verso il bar con il ristorante affacciato sul belvedere. La vista sul lago era magnifica.

Beatrice si era fermata di fronte a un cartello.

> SI DEVE ESSERE STATI QUASSÙ PERSONALMENTE, SE CI SI VUOLE FARE UN'IDEA DI TUTTA LA SUA GRANDIOSITÀ E MAGNIFICENZA, E ALLORA SI ANNOVERERÀ QUESTO MOMENTO FRA I PIÙ BELLI E INDIMENTICABILI DELLA PROPRIA VITA.
>
> C.C. LORENZ HIRSCHFELD

Il tempo per prendersi qualcosa di fresco e poi di nuovo in cammino. Il sentiero che saliva verso la cima della montagna si biforcava: da una parte un enorme ripetitore e dall'altra la vetta. Un cartello indicava che da lì era possibile raggiungere in escursione varie località: Carna, Melide, Figino, Morcote, Pazzallo e Paradiso. Proseguendo verso l'alto, in cinque minuti di buon passo erano arrivati sulla vetta del monte San Salvatore.

Un altro belvedere, alcune panchine, turisti che osservavano il panorama e gente intenta a improvvisare pic-nic.

«Ti piace qui?» aveva domandato Angelo.

«È bellissimo» aveva risposto Beatrice.

«Quella è la città» aveva proseguito l'uomo, «guarda come si vedono bene i dettagli. Il monte Brè, il lungolago, le frazioni e la strada che porta a Gandria. Quelle sullo sfondo sono le montagne della Svizzera.»

Beatrice si era voltata. Dietro di lei, nel punto più alto del monte, c'era una piccola chiesa. Alcuni turisti si erano spinti fin sopra il tetto della chiesa e da lì osservavano il panorama con dei binocoli o scattavano fotografie.

Si erano avvicinati.

«Ti va se diamo un'occhiata?» aveva domandato la ragazza indicando la chiesa.

«Prima andiamo su» aveva risposto Angelo.

Girando attorno alla chiesa avevano trovato l'ingresso laterale che dava sulla scala. Avevano percorso i primi due piani, poi si erano fermati sul pianerottolo per far passare due tedeschi. Poi erano usciti a percorrere lo stretto corridoio che portava sul tetto della chiesa.

«Hai paura?» aveva domandato Angelo.

«Forse ho le vertigini.»

Dalla sommità della chiesa lo scenario mutava. Da quella posizione era possibile ammirare non solo la città di Lugano e la zona nord, ma anche una vista mozzafiato su tutto il lago Ceresio, trecentosessanta gradi di pendii, alture, lago e città.

«Quello è il ponte di Melide» disse Angelo voltandosi.

«E quello deve essere il casinò di Campione» aggiunse Beatrice.

Si affacciarono. Una coppia con bambini stava scattando una foto ricordo. Beatrice si avvicinò alla balaustra.

«Guarda!» disse Angelo, indicando una tavola rettangolare davanti a loro.

Pro Lugano. Tavola Nord, 1902. Cima dell'uomo, mt 2338. Poi una serie di numeri, a indicare vette e altezze in quella direzione.

Dall'altra parte, in maniera speculare, una seconda tavola indicava alcune montagne della zona sud. *Monte San Giorgio, mt 1094*.

Beatrice estrasse dalla borsa una macchina fotografica. Qualche scorcio, poi una serie di vedute.

Angelo era rimasto a osservare il panorama. Lei lo inquadrò, mise a fuoco e scattò una foto.

Lui si voltò e rise. «Vieni qui» le disse.

Beatrice si avvicinò.

«Hai visto che una giornata lontano dalla città ti fa bene?» disse la ragazza.

«Avevi ragione. Ma io amo la città.»

«No, tu ami me.»

Si scambiarono un bacio. Rimasero abbracciati per qualche istante. Poi lui indicò un punto davanti a loro.

«Sai cos'è quello?»

«Il lungolago di Lugano, scemo.»

«No, quello è il posto dove esiste la più alta concentrazione di banche del pianeta. Soldi, denaro, potere. Solo Zurigo può competere con Lugano.»

«Soldi? Non ti facevo così romantico.»

«Non c'è nulla di più romantico del denaro» disse Angelo.

«E perché?»

«Perché il denaro è il mezzo con cui uno può realizzare i propri sogni.»

«E quali sono i tuoi sogni?»

«Vivere. Vivere per sempre. Lasciare qualcosa che rimarrà. E qual è il tuo?»

«A me basta poco. Essere felice, per esempio.»

«Ti sembra poco?» rispose Angelo.

Rimasero in silenzio. Poi lui disse: «Stavo giusto pensando che con i risparmi che ho messo da parte potremmo pensare a qualcosa per noi.»

«Un viaggio?» chiese la ragazza.

«Qualcosa di più grande.»

Beatrice rimase in silenzio qualche istante.

Poi Angelo le prese la mano, le accarezzò il viso e disse: «Beatrice Mandelli, vuoi sposarmi?»

Dietro di loro, la città risplendeva di luce e di colori, il verde delle montagne andava a specchiarsi nell'azzurro del lago e il profilo di Valsolda, in lontananza, era un'immagine sfuocata.

13

Le stagioni che passano, lo scorrere del tempo e con esso la chiara sensazione che il tempo a disposizione si accorci. Poi basta scorgere un ragazzo di ritorno dal paese o vedere la propria figlia alle prese con pastelli e carta da disegno e tutto torna indietro, alla propria infanzia, quando bastava il profumo dei quaderni nuovi a dare un senso alle proprie giornate.

Stefania rimane immobile, un altro pensiero sta per sfilarle accanto nella giostra senza fine delle cose da fare e da programmare, cerca di fissare per un attimo quella che non saprebbe definire con precisione ma che ha i contorni di una sensazione, forse una parvenza di déjà vu, e che non riesce a tenere distinta dall'altra sensazione, questa sì concreta, tangibile: il profumo dell'olea fragrans, che dal giardino inebria tutta la casa. Ci sono momenti in cui la vita sembra sfuggirle di mano, e con quelli ha imparato a convivere. Ma ci sono altri momenti in cui, se ne fosse capace, se solo conoscesse la ricetta adatta, vorrebbe provare a dare una direzione al corso degli eventi.

Il pensiero di Luca la sfiora, come una carezza. Cosa ne sarà di noi, e di questa cosa che all'inizio sembrava impossibile, che a tutti sembrava impossibile, perché non li ha dimenticati i gesti, gli sguardi, le parole dei colleghi quando si vedevano le prime volte. E ha immaginato i commenti: potrebbe essere suo figlio, chissà cosa le è preso, è destinata a non durare. E invece eccoli lì, un anno dopo, e le difficoltà iniziali sembrano essere passate.

E se Camilla un giorno... Ma chi sono io per imporre a Camilla un adulto che non è suo padre? Ecco il viso stringersi in una smorfia, e gli occhi osservare il lago lontano, e pensare a quella nenia che sua madre le recitava quand'era bambina.

Stefania uscì di casa al mattino presto, prese la macchina e guidò lentamente fino ad Argegno. Aveva voglia di godersi quel momento di pace e di fare le cose con calma. Per correre ci sarebbe stato il resto della giornata, senza dimenticare che nel fine settimana sarebbe dovuta ripassare da Ossuccio a riprendere Camilla, perché il lunedì successivo ricominciava la scuola. Aveva voglia di una delle paste alla fragola della pasticceria di fronte al ristorante Barchetta. Ne ordinò una insieme a un caffè, poi inforcò gli occhiali e diede un'occhiata alla *Provincia*.

Il solito consiglio comunale in cui maggioranza e opposizione se le erano date di santa ragione, un incidente sul lavoro in cui il dipendente se l'era cavata per miracolo, la presentazione ufficiale della stagione sportiva con il Como e la pallacanestro Cantù che si mettevano in mostra e poi una polemica sul muro costruito davanti al lungolago.

Finì il caffè, salutò la barista e se ne andò verso il parcheggio. Quattro ragazzini scesero dalla corriera proveniente dalla val d'Intelvi. Di lì a qualche minuto sarebbe arrivato il bus che li avrebbe portati a Como.

Stefania ripensò a quante volte aveva fatto quel tragitto da ragazza, quando andava al liceo. Ricordava la sveglia alle sei e il caffellatte che sua madre le preparava.

Dall'altra parte della strada l'imbarcadero era quasi deserto. Sulla cima del San Primo era apparsa un po' di luce. Il lago era placido, mosso solo da una leggera brezza che arrivava dalla montagna.

Piras era pimpante.

Quando Stefania arrivò in ufficio lo trovò in piedi di fronte alla scrivania mentre leggeva una serie di fogli.

«Buongiorno, Giovanni, ci sono novità?»

Piras si girò, la salutò e poi disse: «È arrivato il mandato di perquisizione disposto dal pubblico ministero, commissario.»

«La casa del Vallesi?»

«Sì, commissario. Abbiamo finalmente l'autorizzazione.»

«Bene, chissà che da quella casa non salti fuori finalmente qualcosa. Hai già sentito i colleghi di Milano?»

«Certamente. Hanno detto che ci accompagneranno loro sul posto.»

«E cosa stiamo aspettando, allora?»

Piras rimase in silenzio con aria mortificata. Stefania capì che il senso delle sue parole era stato frainteso. A quel punto aggiunse: «Intendevo dire che devi passare al setaccio tutta la casa, Giovanni, senza tralasciare alcun dettaglio che possa risultare utile alle indagini. Portati Lucchesi e, mi raccomando, non trascurare nulla, nemmeno la cosa più insignificante. Mi fido di voi, ragazzi.»

«Sarà fatto, commissario» rispose l'agente.

In realtà non si faceva illusioni: probabilmente in casa della madre del Vallesi non avrebbero trovato nulla. E tuttavia aveva cercato di assicurarsi che i suoi uomini facessero del proprio meglio.

Si diresse verso il proprio ufficio.

Ripensava al racconto di Beatrice Mandelli, la volta in cui

lei e il Vallesi erano saliti fino al monte San Salvatore, e per quanto il fatto le fosse sembrato assolutamente ordinario, non riusciva a togliersi dalla mente quella sensazione.

L'uomo aveva accennato alle banche di Lugano. E forse, proprio in quel momento, aveva avuto l'idea di aprire un conto in Svizzera. O forse ce lo aveva già, in un posto che solo lui conosceva. Sì, ma da dove cominciare la ricerca? Nella sola città cantonale c'erano almeno una cinquantina di banche se non di più. E non avrebbero potuto controllarle una a una.

Le era sfuggito qualcosa, questo lo percepiva, ma ancora non riusciva a capire di cosa si trattava.

Cavallero era arrivato alla conclusione che se l'assessore aveva deciso di muoversi in prima persona, allora doveva trattarsi di qualcosa di grosso.

Non era uno che amava mettersi in mostra, il suo amico. Si conoscevano da tempo, ma in tutti quegli anni si erano visti al massimo quattro o cinque volte. E in una di quelle occasioni era saltata fuori l'idea del Progetto. Se la ricordava bene, quella giornata.

Qualche settimana prima era stata resa nota la notizia che Milano avrebbe ospitato l'Expo del 2015 e in molti, c'era da aspettarselo, avrebbero voluto essere della partita.

Perché l'esposizione universale sarebbe stata un biglietto da visita per la città e per tutto il paese. E al di là delle questioni politiche e organizzative, una cosa era stata chiara fin dal primo momento: l'evento avrebbe fatto girare un mucchio di quattrini. In maniera diretta, per le attività collegate alla manifestazione, a cui avrebbero preso parte tutti i paesi più importanti e in maniera indiretta, per l'indotto generato dall'afflusso di operatori e turisti.

Cavallero ricordava di avere ricevuto l'invito a cena e di essere rimasto sorpreso. La settimana successiva si erano visti nella cornice del Lago Maggiore, nella villa con vista sulle Isole Borromee che l'assessore aveva acquistato quindici anni prima tra Baveno e Stresa. Alla cena c'erano un paio di notai, una mezza dozzina di avvocati, alcuni amministratori locali e un monsignore. Solo verso la fine della serata l'assessore si era avvicinato. Gli aveva detto di trattenersi fino a quando non sarebbero rimasti soli.

E così, verso la una di quella serata, l'assessore e Cavallero avevano parlato per la prima volta dell'idea. Il nome Progetto era venuto fuori quasi subito. Si trattava, in poche parole, di immaginare una delle zone residenziali più esclusive di tutto il paese, una specie di cittadella con grattacieli e giardini a pochi passi dalla zona in cui sarebbe sorto il cantiere dell'Expo. Un investimento iniziale importante, che però avrebbe mosso cifre ancora più importanti, con margini di guadagno notevoli. Per tutti. A condizione che il favore venisse lautamente ripagato.

Cavallero aveva capito le potenzialità dell'affare. Nei giorni successivi aveva riunito i suoi collaboratori più stretti. Una volta ricevuto il parere di fattibilità dai suoi tecnici aveva deciso di scommettere sul Progetto. E di coinvolgere alcuni dei suoi clienti più facoltosi.

Si trattava di battere sul tempo la concorrenza, di aggirare gli ostacoli, di avere dalla propria parte tutti coloro che contavano. E per fare questo era necessario un mucchio di soldi.

Stefania era pensierosa.

Si era seduta nel suo ufficio, aveva preso dei fogli bianchi e una penna.

Si trattava di ricomporre un mosaico, di rimettere le tessere al proprio posto. Scrisse VALLESI al centro del foglio, poi il nome di D'Ambrosio a fianco.

Rimase in silenzio a osservare. Poi inserì la parola METROPOLIS. La cerchiò.

Passarono un paio di minuti.

Inserì il nome di Beatrice Mandelli accanto a quello del Vallesi, la data dell'omicidio del '92, quella della scarcerazione del Vallesi e il giorno dell'agguato di fronte a Villa Pizzo.

I due motociclisti non avevano ancora un nome. Dalla lista delle targhe delle moto rubate non era emerso nulla. Ma per trovare un collegamento tra l'aggressione subita dal Vallesi e la misteriosa chiave della cassetta di sicurezza era necessario andare a rovistare nel passato dell'uomo. Cosa succedeva davvero all'interno del suo locale? Era stato coinvolto in questioni di droga o di prostituzione? Si trattava di gioco d'azzardo, forse? Dopotutto il D'Ambrosio era un giocatore di poker. Ma nulla di tutto questo giustificava l'omicidio del dirigente di polizia e l'aggressione subita dal Vallesi a qualche settimana di distanza dalla sua scarcerazione.

Stefania sentiva che ci doveva essere in gioco qualcosa di diverso.

Le tornarono in mente le parole di Beatrice Mandelli, quegli accenni al clima da Guerra fredda che si respirava a Milano a metà degli anni Ottanta; collegò quelle parole con le cose che aveva appreso da Giulio Allevi qualche giorno prima.

Si accese una sigaretta. Scrisse una mail a Giulio.

«Cosa ne dici se ci vediamo la prossima volta che scendi a Como?»

Premette il tasto invio e uscì a prendere dell'acqua.

Dopo l'incontro con Stefania, Beatrice aveva pensato a tutto quello che Angelo le aveva raccontato la prima volta in cui si erano visti dopo la scarcerazione.

Di quel pomeriggio in traghetto e poi a Bellagio la donna conservava un ricordo nitido.

Una passeggiata per le viuzze del centro, la scalinata di salita Mella, lo sguardo che si era posato sulle vetrine, una sosta di fronte al Grand Hotel Villa Serbelloni.

Si erano seduti a uno dei tavolini del caffè Rossi e lì avevano preso un caffè. Potevano sembrare due turisti, una coppia qualsiasi. Ma Beatrice di quel pomeriggio d'estate ricordava lo sguardo di Angelo: assente, provato, come di una persona che aveva smesso di sorridere per sempre. E non riusciva a togliersi dalla mente ciò che si erano detti.

«Ascoltami, Beatrice. C'è una cosa che non ti ho mai detto ed è arrivato il momento di raccontarti tutto.»

La donna era rimasta in silenzio, aveva osservato le mani dell'uomo che un tempo era stato il suo compagno muoversi in maniera nervosa, e aveva trattenuto a stento le parole che in realtà avrebbe voluto dire.

«Dimmi, Angelo, ti ascolto.»

Angelo aveva ordinato un altro caffè, aveva osservato il lungolago, poi lo sguardo era tornato verso di lei.

«Ti ricordi cosa ti ho raccontato a proposito del Metropolis, dell'accordo che avevo fatto con quei tizi, di come le cose sono precipitate all'improvviso?»

La donna aveva annuito.

«Be', quello che in realtà non ho mai raccontato, nemmeno al processo, è che a un certo punto le cose mi sono sfuggite di mano. Mi seguivano sempre. Monitoravano ogni mio spostamento.»

«Ricordo ogni cosa, Angelo. Ma vorrei chiederti di non proseguire. Sono passati tanti anni. Abbiamo sofferto fin troppo. Ho pregato che questa storia finisse per sempre. Però se è questo che vuoi, vai avanti, ti ascolto.»

«Una volta ti raccontai del sistema di videosorveglianza che era stato allestito all'interno del locale.»

«Le telecamere che filmavano tutto? Certo che me lo ricordo.»

«Be', a me non è che interessasse granché cosa intendevano fare con quel materiale. Mi avevano fatto una proposta, mi avevano dato dei soldi, una cifra enorme per l'epoca. E non dovevo fare quasi nulla: solo cambiare delle videocassette quando finivano i nastri, una o al massimo due volte per sera. Poi, ogni settimana, in genere di martedì, dopo l'orario di chiusura, uno dei tizi passava, andava nel magazzino e prelevava due borse di videocassette usate, lasciandomene di nuove. Mi sono sempre stupito che nessuno notasse quell'andirivieni. Non avevo idea di quanto fosse complicato il gioco.»

«E registravate tutto quello che succedeva nel locale?»

«Sì, perlomeno nelle ore e nelle sale... interessanti. Per un po' le cose sono filate lisce. I due si limitavano a ritirare e sostituire le cassette. Ogni due mesi versavano la cifra che avevamo pattuito.»

«Poi cos'è successo?»

«A un certo punto qualcosa, o meglio qualcuno, deve aver attirato la loro attenzione. Mi facevano anche domande, dopo aver guardato i video. Si informavano su quello che succedeva nelle sale sul retro.»

«Quelle del poker?»

«Certo.»

«Girava droga?»

«Se dovessi farti l'elenco degli insospettabili che ne facevano uso, non mi basterebbe una giornata. No, non si tratta di quello.»

«Non capisco, Angelo. A cosa ti riferisci?»

«Agli incontri che si svolgevano lì dietro. Ai motivi per cui si incontravano persone che non avrebbero dovuto incontrarsi. A ciò che si dicevano.»

«Mazzette?»

«Questo e altro. Accordi sottobanco per appalti naturalmente: tangenti. E poi droga, traffico di prostitute.»

«Avevano trovato una piccola miniera di informazioni.»

«Sì, e le informazioni servivano per ricattare le persone coinvolte. Nell'immediato si limitavano ad accumulare materiale. Ma sapevano già come lo avrebbero usato, a chi lo avrebbero venduto.»

«E chi erano i "registrati"?»

«Gente che si stava facendo strada nel mondo degli affari e della politica.»

«D'Ambrosio che ruolo ha avuto in tutta questa faccenda?»

«Non l'ho mai capito veramente. All'inizio pensavo fosse un cliente come gli altri. Durante il processo ho iniziato a pensare che fosse lui il collegamento tra il mondo degli affari, quello della politica e i Servizi.»

«Quindi era lui in un certo senso a dirigere il traffico?»

«Certamente è quello che hanno voluto farmi credere. Ora so che mi hanno ingannato, mi hanno usato, Beatrice, capisci? Un giorno mi hanno detto che quella del poker era solo una copertura. Gli serviva per frequentare il locale. Essere particolarmente bravo lo aiutava. Lo chiamavano Il Giocatore.»

«Questo me lo ricordo. Ma non capisco la tua logica. D'Ambrosio inizia a frequentare il locale. Familiarizza con l'ambiente. Si presenta come un cliente con il vizio del gioco. Poi un giorno ti dicono che in realtà è lui che organizza la raccolta delle informazioni sui tuoi clienti importanti, costruisce dossier su di loro e forse li ricatta. Poi quando tutto è saltato in aria e tu hai perso il locale, il processo ti conferma che era lui il mandante di quella farsa. Cos'è che "hanno voluto farti credere"? Cosa non quadra, secondo te?»

«Che c'è dell'altro. Fino a poco tempo fa non l'avevo capito. Si tratta di una messinscena, Beatrice. Una montatura. D'Ambrosio si fa venire la bella idea di mettere sotto sorveglianza il locale. Lui lavora per i Servizi, ma è per i Servizi che frequenta il Metropolis? Lo credevo, ma ora non più. Stabilisce contatti, parla con alcune persone, contribuisce ad alimentare la fama del locale in cui si possono fare incontri importanti. Allarga la rete. Finché nella rete arriva un pesce più grosso degli altri.»

«Quanto più grosso?»

«Uno dei più pericolosi. Quelli che non stanno sotto i riflettori. Che sembrano pesci piccoli ma sono in grado di muovere le leve di diversi poteri.»

«Un politico?»

«Anche. Ma non è il ruolo a contare in questi casi. Sono le relazioni.»

«Di chi si tratta?»

«Di uno così bravo a muoversi in quella palude che ancora oggi, dopo aver fatto il triplo salto mortale, ed essere passato da sinistra a destra almeno tre volte e viceversa, è ancora sulla breccia.»

«Di chi si tratta?»

«Non te lo posso dire. Mentre ero in carcere ho capito. Adesso so chi è. E so che D'Ambrosio non era un pezzo grosso che lavorava per "facilitare" gli affari tra politici e imprenditori. D'Ambrosio era una mela marcia che andava tolta di mezzo.»

«E sei stato tu a farlo.»

«Sono stato un ingenuo. Ma ora volevo dirti che l'ho visto. *Lui*, ancora sulla cresta dell'onda, come sempre pronto ad approfittare dell'affare del secolo. Volevo incontrarlo di nuovo. Volevo provare a incrociare il suo sguardo. Volevo fargli capire che è arrivato il momento di pagare. E volevo che lui fosse terrorizzato almeno quanto lo sono stato io in tutti questi anni.»

«E lui ti ha riconosciuto?»

«Sì.»

Beatrice era rimasta immobile. Non aveva capito sino in fondo quello che aveva detto Angelo. Lo aveva osservato mentre continuava a guardarsi attorno, a girarsi di continuo, anche se non c'erano molte persone. Lo sguardo dell'uomo era strano: febbricitante, come in preda a un delirio.

La donna non voleva sapere né capire di più. Non voleva ripensare al processo, al carcere, alla solitudine di quegli anni. Voleva solo dimenticare.

Il suo sguardo si era perso lontano. Aveva osservato il lago, e le bandiere dell'albergo mosse dal vento. Poi aveva provato a sorridere. Ma quando aveva incrociato gli occhi di Angelo, quello che aveva visto l'aveva spaventata.

«Perché tutto questo, Angelo? Perché non lasci stare, non dimentichi tutto e provi a rifarti una vita? Perché aggiungere altro dolore?»

«Perché non ho nulla da perdere. Sono uno che ha perso tutto. E quando uno ha perso tutto è completamente fuori controllo. Una mina vagante. Nessuno mi ridarà indietro questi anni, Beatrice, nessuno mi potrà mai restituire quello che mi è stato tolto. L'unica cosa che mi rimane è quello che mi sono tenuto dentro per tutti questi anni. Se sono sopravvissuto lo devo alla speranza che ho coltivato giorno per giorno, l'unica che abbia davvero un senso per me oggi.»

«La vendetta?»

«Sì. Deve essere una cosa lenta e straziante, come lo è stato per me. Voglio fargliela pagare. E voglio cominciare da quell'uomo. Per questo ho voluto vederlo in faccia. Perché lui sapesse che io sono ancora vivo. E che ho intenzione di rovinarlo. E che spenderò i miei ultimi giorni e tutte le mie forze per questo obiettivo.»

«Non hai pensato che potrebbero decidere di ammazzarti?»

«Non lo farebbero mai.»

«Perché?»

«Perché se mi ammazzassero non avrebbero la certezza di poter recuperare quello che io possiedo e che a loro interessa. Perché loro sanno che io ho ancora una carta da giocare.»

«Di cosa stiamo parlando?»

«Prove.»

«Prove? Ma stiamo parlando di cose accadute quasi vent'anni fa. Non verrebbero ammesse in nessuna aula di tribunale.»

«Dimentichi che esiste un tribunale che non ammette prescrizioni e indulto.»

«E quale sarebbe?»

«L'opinione pubblica.»

La giornata non aveva riservato grandi novità sul fronte delle indagini. Verso le cinque Stefania decise che era ora di tornare a casa.

Aveva sentito Luca e si erano dati appuntamento per il giorno dopo.

Avrebbe avuto tutto il tempo di dare una sistemata alla casa e, per una sera, di concedersi un po' di relax. E poi c'erano quei porcini che un collega le aveva regalato.

«Un regalo da parte di mio padre» aveva detto Strada.

Prima di uscire controllò la casella della posta. Giulio non aveva risposto. Strano, non era da lui, probabilmente non aveva ancora letto il messaggio.

Sulle scale incrociò Piras e Lucchesi. Sembravano delusi.

«Com'è andata?»

«Nulla di fatto, commissario. Abbiamo passato al setaccio tutta la casa ma non abbiamo trovato nulla di interessante.»

«A parte...» intervenne il toscano.

«A parte?» domandò Stefania.

I due uomini si guardarono. Prima che il commissario riprendesse la parola Piras disse: «A parte il fatto che non siamo stati i primi a perquisire la casa della madre del Vallesi.»

«Che significa?» domandò Stefania.

«Qualcuno ci ha pensato prima di noi, commissario. Quando siamo entrati abbiamo trovato l'appartamento sottosopra. Gli armadi, i mobili, i cassetti. Persino i cuscini del divano erano stati rivoltati. Qualcuno ha frugato dappertutto.»

«Questo significa che i nostri amici stanno ancora cercando qualcosa che a loro interessa in modo particolare.»

«Esatto, commissario» disse Piras. «Qualcosa di importante.»

14

Aveva passato una serata tranquilla.

Dopo aver scambiato qualche sms con Luca, aveva telefonato a Camilla e preparato la cena. Il risotto con i porcini era una delle sue specialità, e per una volta si era concessa il lusso di cucinare solo per sé.

Il segreto stava tutto nel tagliare i funghi a striscioline sottili e disporli su un panno. Un soffritto leggero, allungato di tanto in tanto con il vino bianco. Poi aveva versato il riso, aggiungendo del brodo ancora caldo. Quaranta minuti e il piatto era in tavola.

Aveva letto molti romanzi in cui i protagonisti, investigatori privati o commissari, si dilettavano in cucina e per quanto la cosa potesse apparirle ormai come una moda, doveva riconoscere che cucinare, e quindi tenere la mente impegnata, la aiutava a rilassarsi.

Alle indagini avrebbe pensato il giorno successivo. Pensò a Giulio. Erano giorni che non lo sentiva e, per la prima volta dopo tanto tempo, era costretta ad ammetterlo: un po' le mancava.

Ripensò alle cose da fare in vista del fine settimana, poi si guardò attorno. In quella casa non c'era davvero spazio per tre persone, un gatto e un cane. Luca aveva ragione.

Pensò che le sarebbe piaciuto avere tra le mani un dépliant

Cambiocasa. Forse più tardi avrebbe potuto guardare qualche sito specializzato in offerte immobiliari. Fantasticare non le costava nulla.

Si sdraiò sul divano, mise la testa sotto il plaid e chiuse gli occhi.

Fuori cominciava a fare fresco.

Un paio di settimane e non si potrà più stare con le finestre aperte, pensò.

Cavallero era preoccupato.

La Solaris operava nel settore dell'intermediazione finanziaria da una ventina d'anni. Si era occupata anche di grossi capitali, aveva investito e guadagnato su tutti i mercati mondiali. Ma non aveva mai perso di vista il settore immobiliare, che era sempre stato prodigo di grandi soddisfazioni.

Negli anni avevano gestito cantieri e investimenti, e tra il Nord Italia e il Canton Ticino avevano portato a termine una grande quantità di progetti ambiziosi.

Ma non si erano mai esposti così tanto. Non per cifre del genere. Nell'affare aveva coinvolto alcuni dei suoi clienti migliori.

E quando era stato il momento di decidere, quando quella possibilità si era tramutata in un affare degno della massima attenzione, si era mosso con grande decisione.

Come società aveva acquistato un cospicuo numero di aree nella zona attorno ai futuri cantieri della Cittadella dell'Expo. Altre ne aveva fatte acquisire da società collegate alla Solaris. Aveva battuto sul tempo i competitor, sbaragliato le altre cordate. Una squadra di broker e agenti immobiliari si era data da fare e in breve un'immensa area compresa tra la zona nord-ovest di Milano e il centro città era entrata nelle sue disponibilità.

Non avevano badato a spese né fatto differenza tra proprietà grandi o piccole, tra terreni e capannoni industriali dismessi, tra zone residenziali e zone agricole. La parola dell'assessore era stata una garanzia.

Laddove le trattative erano diventate complicate o nei casi in cui i proprietari avevano preferito temporeggiare, era bastato sollecitare. Un paio di telefonate e i problemi erano stati risolti.

Denaro investito bene.

I progetti erano stati affidati ad alcuni professionisti di fama. I cantieri erano partiti anche se non tutte le autorizzazioni erano ancora arrivate.

«Così si fa in Italia» si era sentito dire. Come se stare a Lugano gli avesse fatto dimenticare come funzionavano i grandi appalti in Italia.

Conosceva il mercato immobiliare italiano, la lentezza della burocrazia e le difficoltà che le pratiche amministrative spesso comportavano. E in tutti quegli anni si era circondato di una fitta rete di intermediari e persone di fiducia che conoscevano alla perfezione i meccanismi della giungla amministrativa. Con la certezza che l'unico lubrificante in grado di oliare quei meccanismi arrugginiti fosse sempre lo stesso: moneta sonante.

Alcuni le chiamavano tangenti, altri bustarelle. Per Cavallero era solo il modo più veloce per arrivare all'obiettivo. Non ricordava più il numero di amministratori che aveva dovuto corrompere, i professionisti che aveva dovuto ingolosire, i tecnici che era stato necessario sollecitare. Era diventata un'abitudine, al punto che all'interno dei budget e dei bilanci di previsione aveva fatto inserire una voce in più, «compensi extra». Mazzette, innanzitutto. Ma anche benefit, viaggi premio, vacanze ed escort di lusso. Gli veniva da ridere ripensando a quell'amministratore locale che si era venduto in cambio di una serie di incontri a luci rosse. Il suo braccio destro, Caruso, si era occupato di accomodare le situazioni più difficili. E si era preoccupato di tenere la Solaris lontana da quei maneggi, facendo ricorso a un conto cifrato intestato a una società anonima presso una banca di Lugano.

«Cosa abbiamo di nuovo?» domandò Stefania nella riunione del mattino.

Lucchesi si era appuntato tutto. Il toscano cominciò: «La casa era completamente sottosopra, commissario. Quelli che sono arrivati prima di noi hanno fatto un lavoro di fino, sono andati a vedere dappertutto, comprese le piastrelle del bagno. Abbiamo controllato vestiti, posate e frigorifero. Nulla di nulla. È rimasto qualcosa della madre, ma quel Vallesi sembra essere davvero un fantasma. Questo è tutto quello che ci siamo portati appresso, commissario, e ci rendiamo conto che...»

Stefania osservò la busta trasparente che il collega aveva posato sulla scrivania.

«Di cosa si tratta?» domandò.

«Un paio di cornici con fotografie che ritraggono la madre del Vallesi, dei giornali, un paio di riviste, un album di famiglia, alcuni fogli con degli appunti trovati nel cestino della spazzatura, un calendario di Frate Indovino e delle ricevute.»

«Qualcosa di interessante a vostro giudizio?»

Piras prese la parola.

«Nulla di che, commissario. A parte le ricevute, che stanno a testimoniare come il Vallesi fosse spesso in giro. Abbiamo trovato scontrini di caffè in autogrill e acquisti fatti un po' dappertutto, da Milano a Como passando per Varese e Malpensa.»

«Malpensa? E cosa diavolo ci faceva il nostro uomo in aeroporto?»

«Forse sperava di darsi alla fuga» disse Piras.

«Ci penseremo. C'è altro?»

Lucchesi disse: «Sul calendario ho notato che sono appuntati dei nomi e dei numeri di telefono accanto a una serie di scadenze relative al pagamento di bollette e cose del genere.»

«Fammi vedere.»

L'ufficiale estrasse dal sacchetto il calendario, lo mise sulla scrivania e iniziò a sfogliarlo.

Sulla seconda pagina si poteva leggere GIOVANNA, seguito da un numero di telefono. Su quella successiva RAG. SELVA, CAF e poi MICHELA P., seguiti da numeri di telefono, quasi sempre numeri fissi.

Sfogliando il calendario Stefania notò altri nomi e scadenze: BOLLETTA GAS, BERNASCHINA, TOSI, UNICO 20**, DENTISTA, REVISIONE AUTO, RINALDIN GOMME e così via.

Sbuffò, in fondo non si aspettava altro. Guardò i suoi uomini, che sembravano più delusi di lei. Le venne in mente una domanda, poi decise che per il momento poteva bastare.

«Bravi, ragazzi, avete fatto un ottimo lavoro. Lucchesi, prova a chiamare i numeri di telefono indicati sul calendario e cerca di sapere vita, morte e miracoli di tutti. Cerca di capire se qualcuno conosceva non solo la madre ma anche il Vallesi. E tu, Piras, prova a ragionare sugli spostamenti del nostro uomo a partire dagli scontrini e prova a vedere se ci vedi una logica. Qualsiasi indizio è importante, mi raccomando.»

I due agenti si alzarono e tornarono nel loro ufficio.

«Questo lo tengo io» disse Stefania trattenendo lo scontrino che il collega le aveva mostrato. Un caffè preso all'aeroporto di Milano Malpensa qualche settimana prima.

Chissà cosa diavolo era passato per la testa del Vallesi.

Giulio aveva infine risposto con due righe e le aveva dato appuntamento per la una in un bar della città murata.

Nella mail non aveva aggiunto altro. Nessuna battuta delle sue, nessuna allusione.

Era davvero insolito, e Stefania non riuscì a non pensare al loro ultimo incontro, al tono preoccupato del collega, ai suoi racconti dei retroscena del caso Vallesi.

Le era chiaro che molte cose ancora non quadravano e che in quella vicenda erano in molti a non dire la verità, ma come sempre quando era in difficoltà o semplicemente aveva bisogno di un consiglio o di confrontarsi, non poteva fare a meno di pensare a lui, l'amico di una vita, quello che per tanti anni l'aveva corteggiata a distanza.

Se in alcune occasioni la cosa aveva preso una piega che non desiderava, doveva ammettere che le attenzioni di Giulio, adesso, le mancavano.

Cos'era dunque il loro rapporto? A cosa si riduceva quel loro modo di vedersi fatto di sottintesi che andava avanti da anni e che non era mai arrivato a oltrepassare il confine che c'era tra ciò che uno vorrebbe dire e ciò che uno deve dire? Che cosa li legava, seppure a distanza?

Sentì squillare il telefono. Era Luca.

«Ci vediamo alle otto?»

«Per me va bene anche un po' prima, sono una ragazzina in vacanza ancora per qualche giorno.»

«Ho pensato a quella cosa che mi hai detto qualche giorno fa?»

«A cosa ti riferisci?»

Luca rimase in silenzio. Solo qualche istante, ma a Stefania non sfuggì.

«La casa. Un mio amico è passato di qui un paio di giorni fa. Ha deciso di vendere la casa dei suoi genitori. Un quattro locali più doppi servizi nella zona di via Torno. Ti andrebbe di andare a dargli un'occhiata?»

Stefania sentì un sussulto, poi rispose: «Sì, quando si potrebbe fare?»

«Stasera, domani, quando ti va. Mi ha lasciato le chiavi.»

Si accordarono per vedersi alle sette e mezzo. Lui sarebbe passato a prenderla.

Stefania chiuse la chiamata, controllò la posta elettronica, scambiò quattro chiacchiere con Carboni e poi si avviò verso le scale.

Giulio l'aspettava in piazza San Fedele.

Cavallero passeggiava per l'ufficio.

Dalla finestra che dava sul terrazzo poteva ammirare il panorama di Lugano.

Davanti a lui il lungolago, con l'imbarcadero centrale affollato come capitava in ogni stagione. Poco oltre, piazza Manzoni, dove iniziava il centro storico, un dedalo di vie con negozi, uffici, caffè e centri direzionali. Ricordava l'impatto che aveva avuto con la città più di vent'anni prima, quel misto di sgomento e stupore nell'affrontare un mondo che non era il suo. Ricordava le vetrine, la folla, le insegne delle banche che lo avevano colpito fin dal primo momento, quei nomi che suonavano misteriosi e sconosciuti: Credit Suisse, Finter Bank Zürich, Hsbc, Banque de la Suisse italienne. E poi Banca del Gottardo, Bâloise, Arner. Dalla piazza attraverso via Luvini, e nelle vie laterali, via della Posta e via Nassa, si potevano contare decine di banche. Più di quante ne avesse mai viste in tutta la vita.

Allora era solo un giovane agente immobiliare che aveva mosso i primi passi nel mondo delle compravendite. Qualche anno dopo sarebbe diventato uno importante.

Si accese una Gitane e uscì sul terrazzo. La giornata era limpida, il lago calmo. Osservò il monte San Salvatore sullo sfondo.

Spinse lo sguardo oltre. Le terrazze degli alberghi erano ancora affollate. Qualche giorno prima aveva preso la moto e si era fatto un giro fino a Paradiso. In quegli anni la città era cambiata, ma nulla di quanto era stato aggiunto ne aveva intaccato il fascino. Il profilo di un edificio moderno come Palazzo Mantegazza si integrava alla perfezione con gli alberghi che dominavano il lungolago da più di un secolo: il Bellevue, il Victoria, l'Eden.

E persino le insegne, quelle delle griffe più importanti, non stonavano affatto a fianco degli edifici storici.

Osservò le persone che passeggiavano e cercò di rilassarsi.

Le ultime giornate erano state difficili. La questione di quel tizio, il Vallesi, della sua compagna e della ricerca della chiave, era stata gestita in maniera superficiale. Aveva preferito delegare, si era fidato del socio e aveva sbagliato. Caruso non aveva il pelo sullo stomaco, per affari di quel tipo. E Barone era uno che andava messo in riga. Avevano quasi ammazzato il Vallesi e non ne avevano ricavato altro che uno stupido portachiavi. Imbecilli. Solo al pensiero si sentì ribollire di rabbia. Ma ora che le cose si erano messe male, doveva riprendere il controllo della situazione. Così voleva l'assessore. Altrimenti sarebbero stati guai. Non aveva altra scelta. L'uomo politico era troppo potente. E gli aveva fatto capire che lo avrebbe tenuto per le palle fino a quando quella vicenda non si fosse conclusa nel modo che lui desiderava. Costi quel che costi, quella maledetta chiave doveva saltare fuori.

Il cameriere aveva preso le ordinazioni.

Giulio l'aveva salutata alzandosi e poi era tornato silenzioso.

Stefania decise di rompere il ghiaccio.

«Giulio, ci conosciamo da vent'anni ma non ti avevo mai visto così. Mi dici cosa sta succedendo?»

Il collega si guardò attorno. Piazza San Fedele, quel giorno, ospitava un mercatino. Le bancarelle erano disposte intorno alla piazza, di fronte all'ingresso della basilica. Un gruppo di ragazzi animava il pomeriggio con musica sudamericana.

Giulio Allevi non rispose, ma attese il suo caffè parlando del più e del meno. Quando il cameriere si allontanò, cambiò tono e rispose finalmente alla domanda iniziale.

«Non è la prima volta che chiedi il mio parere su una questione lavorativa, Stefania. Anche in passato lo hai fatto e io mi sono sempre dimostrato disponibile. Quello che non capisci, o che non vuoi capire, è che ci sono delle situazioni in cui sarebbe opportuno tirare un po' il freno. Non si può andare sempre al massimo, non è umanamente possibile.»

Stefania, che non capiva dove Giulio volesse andare a parare, decise di non replicare.

L'uomo continuò: «Nel caso in questione, l'affare Vallesi, ho fatto quello che mi hai chiesto di fare. Ma non avrei mai immaginato che chiedendo una copia del fascicolo processuale sarebbe successo quello che è successo.»

Stefania lo guardò con aria interrogativa.

«Qui non si tratta di decidere se proseguire l'indagine o fermarsi. Non è in gioco il tuo prestigio personale o il rispetto delle regole deontologiche. L'unica raccomandazione che ti ho fatto, vorrei che questo fosse chiaro, è di stare in guardia. È evidente che il nome del Vallesi è legato a qualcosa di poco chiaro. Qualcosa che ha origini lontane, probabilmente legate all'epoca in cui ha commesso l'omicidio. Trattandosi di D'Ambrosio, poi, è chiaro che c'è puzza di servizi segreti. Tu stessa me lo hai detto quando mi hai spiegato tutte le strane coincidenze che hai rilevato all'interno del fascicolo processuale. Adesso tu vorresti da me un parere sulla questione, immagino. Vorresti parlarmi delle indagini e di quello che hai scoperto. Lo capisco, è normale. Ma non questa volta, Stefania. Ti chiedo, e lo faccio per l'ultima volta, di non coinvolgermi in questa vicenda. Lasciami fuori. E, per quanto ti è possibile, stai attenta. Cerca di non pestare i piedi, muoviti con circospezione. Questa volta non sarò io a tirarti fuori dai guai.»

Stefania sorrise e abbassò lo sguardo sul suo succo di frutta.

«E così Giulio Allevi, quello che non ha paura di nulla, se la fa sotto per una questione del genere? Perché ha sentito puzza di servizi segreti? Perché preferisce non andare a impelagarsi in una vicenda che ha irritato qualcuno nelle alte sfere? Perché non mi dici piuttosto che quello che ti crea dei problemi, la cosa che più ti sta veramente a cuore, non è la mia salute o i rischi che posso correre in questa indagine, ma la tua fottutissima carriera?» Giulio fece per ribattere, ma Stefania era inarrestabile. «Di questo si tratta, Giulio, non pensare che non l'abbia capito. Tu hai fatto la richiesta di accesso al fascicolo processuale e questo deve averti procurato, diciamo così, dei fastidi. Nel momento in cui hai capito che stavo andando a rovistare in una questione che toccava i poteri forti, hai preferito prendere le distanze. Già, perché quando le cose si fanno difficili o rischiose ognuno pensa sempre al proprio orticello. Al diavolo l'amicizia, Giulio. Questo da te non me lo sarei mai aspettato. Sei solo un piccolo burocrate come tanti altri.»

Lo guardò dritto in faccia. Giulio distolse lo sguardo e non replicò.

«Non credo che abbiamo altro da dirci» disse lei.

«Bene» rispose lui.

Stefania si alzò e se ne andò.

Giulio rimase seduto a osservarla mentre si allontanava verso la piazza.

Dopo aver percorso qualche metro, Stefania tornò sui propri passi e frugando nella borsetta fece ritorno verso il tavolo.

«Questi perché poi tu non debba dirmi, un giorno, che ti devo un succo di frutta.»

Mise i soldi sul tavolo e se ne andò.

Giulio si limitò a guardare in direzione dei ragazzi che, al centro della piazza, avevano iniziato ad accompagnare la musica con delle danze.

L'atrio del reparto è sgombro. Beatrice ha aspettato un'ora in sala d'attesa. Poi non ce l'ha più fatta. L'orario delle visite non coincide sempre con quello che vorrebbe. Un'infermiera le ha fatto cenno di passare.

«Basta che non dica in giro che ci siamo viste.»

La camera è di medie dimensioni. Una tenda tirata da cui passa solo un filo di luce.

Angelo dorme, almeno così le sembra. La donna osserva la mascherina dell'ossigeno, i tubi collegati alle macchine, quelle curve e quei segni tracciati sullo schermo. Il cuore di Angelo batte, non ha mai smesso di farlo. Ma lui non si è più risvegliato.

Beatrice prende una sedia, si sistema accanto al letto. Si leva il soprabito, appoggia la borsa. Adesso Angelo è di fianco a lei.

Il viso è immobile, il respiro tranquillo. Il corpo dell'uomo giace disteso, con le mani lungo i fianchi.

Beatrice lo osserva.

Non vuole dirlo, perché se lo facesse passerebbe per pazza, ma le sembra di vedere sul volto di Angelo una specie di sorriso.

La donna allunga una mano. La avvicina a quella dell'uomo.

La sfiora, la accarezza, la stringe. Chissà se Angelo riesce a sentire il suo tocco.

Beatrice rimane ferma, non dice una parola. Di tanto in tanto butta l'occhio verso la porta. Non dovrebbe trovarsi lì.

E io non sono nessuno, si dice, non sono nemmeno una parente. Sono una perfetta sconosciuta. Una che lo ha amato per tutta la vita e che adesso, nel momento in cui lui ha bisogno di me, non ha nemmeno il diritto di stare in una stanza d'ospedale a stringergli la mano.

Perché Beatrice lo sa. Lo sa fin dal primo momento. Lo sa che l'uomo non si risveglierà, lo sa che Angelo non tornerà più indietro. È la strada che si è scelto, quella che lo ha portato fino alla rovina. Gli è bastata una scelta sbagliata perché tutto precipitasse. Una sola scelta sbagliata nell'arco di una vita e tutto quello per cui aveva vissuto e combattuto è crollato all'improvviso.

Quello che può fare è starsene lì e tenergli compagnia. Stargli vicino, fargli sentire che lei c'è ancora, che gli è accanto. Perché di quello che i medici le hanno detto e continuano a ripeterle, che Angelo non si è più ripreso e probabilmente non riprenderà più conoscenza, a Beatrice non importa.

Lei sa.

Lei lo percepisce.

Lei è sicura che Angelo, da qualunque parte si trovi, la sente.

«Novità?» domandò Stefania dopo essere rientrata in questura.

La discussione con Giulio l'aveva scossa. Dopo essere arrivata fino a piazza Duomo era tornata indietro. E per non rischiare di incontrarlo di nuovo aveva cambiato strada. Oltrepassato il centro storico, aveva tirato dritto fino ai parchetti che costeggiavano viale Varese.

Una volta superata la rabbia del momento si era vergognata. Non le capitava spesso di comportarsi in quel modo. Anzi, non le era mai successo.

Qualcosa le era scattato dentro e aveva perso il controllo. Difficile dire se si trattasse solo di una questione lavorativa, ma ormai il danno era fatto e tanto valeva non pensarci. Non nell'immediato.

Era rientrata in questura a piedi, godendosi quell'ultimo scorcio di estate. Alla fine di viale Varese aveva incrociato un ambulante intento a smontare la bancarella. Erano ormai le due e il mercato per quel giorno poteva dirsi concluso.

Lucchesi iniziò a snocciolare nomi e circostanze, ma la sua testa era da un'altra parte.

«Quindi cosa ci rimane?» chiese Stefania.

«Poco, commissario. Giovanna è la persona che aiutava la donna nelle faccende domestiche, il ragionier Selva si occupava della dichiarazione dei redditi al patronato. Michela era la parrucchiera, da cui la donna andava una volta ogni due mesi. Con Tosi, poi, ho fatto una figuraccia...»

«In che senso?»

«Nel senso che era una conoscente della Zocchetti. Solo che un paio di mesi fa è morta e la figlia si è messa a piangere.»

«Mi dispiace, ma non potevamo saperlo. E gli altri?»

«Niente, commissario. Tutte persone legate in qualche

modo alla vedova Vallesi. Gente che veniva a fare delle riparazioni, un tecnico del gas. C'era anche il numero di telefono del dentista. Nulla di rilevante.»

Stefania sbuffò.

Chiamò Piras nel proprio ufficio. Dagli scontrini non emergeva nulla al di fuori di una serie di spostamenti che avevano visto il Vallesi muoversi tra la zona del milanese e il comasco per il mese di agosto.

«Però c'è una novità per quello che riguarda uno dei nostri galantuomini, dottoressa.»

«Galantuomini?» domandò Stefania.

«Confrontando l'identikit che ci è appena stato fornito da quelli della Scientifica è emerso che l'uomo che ha minacciato la signora Mandelli, quello con la cicatrice sotto l'occhio destro per intenderci, assomiglia molto a una vecchia conoscenza della polizia di Chiasso.»

«E sarebbe?»

«Eccolo, il nostro uomo» disse Piras mostrandole la foto segnaletica e l'identikit.

Stefania lesse le generalità.

Salvatore Barone, anni cinquantaquattro, di Grandola. Precedenti per minacce e lesioni, oltre a un paio di furti commessi quando aveva trent'anni.

«Ottimo lavoro, Giovanni. Mostriamo la foto alla signora Mandelli e cerchiamo di saperne di più su questo Barone.»

Milano, primavera 1992

Angelo si aggira per la città come un fantasma.

Sono settimane che vaga senza meta da un locale all'altro, da una bisca a dei bar di infimo livello.

È così stanco che si trascina e il suo aspetto non è più quello di una volta.

Non dorme, solo qualche ora quando la stanchezza prende il sopravvento, ma nulla più.

È disperato. Gli amici di un tempo non ci sono più, le donne che gli giravano attorno nemmeno. Anche Beatrice se ne è andata, ma quella è una fortuna. Angelo non poteva più sopportare la sua presenza. Il suo modo di stargli vicino.

Ora è solo.

Ripensa al Metropolis, alla sua creatura, agli anni che ha dedicato a costruire la fama del locale. Ripensa alle serate, alla gente che si accalcava di fronte all'ingresso. Non è rimasto nulla.

È bastato un attimo e tutto quello per cui aveva faticato è svanito nel nulla.

Angelo ha smesso da tempo di pensare ai perché.

Gli è bastato scorgere negli occhi degli amici quella sfumatura del sorriso, quell'accenno di comprensione per le cose che iniziavano a mettersi male, per capire che era finita.

Angelo è uno che capisce alla svelta le situazioni.

La sua stella è tramontata.

Quando le cose vanno bene ci si sente onnipotenti, pensa. Si crede che andranno sempre meglio. Ci si circonda di amici, persone che hanno voglia di condividere quello stato di grazia.

È strano, pensa. La forza di quello che proiettiamo negli altri. L'entusiasmo è una miscela potentissima, capace di alimentare altro entusiasmo. Quando ti senti un vincente sai che nulla e nessuno ti può fermare. E questa cosa è contagiosa. Gli altri la percepiscono. Il successo è una droga che si autoalimenta, che consente a chi ne è investito di moltiplicare la propria capacità d'attrazione.

Poi succede qualcosa. Una pausa, un intoppo, un semplice contrattempo. E tutto si inceppa.

In pochi mesi Angelo si è trasformato da un imprenditore di successo in una specie di re Mida al contrario.

E la gente lo sa.

La gente lo ha fiutato. La gente lo ha percepito.

Non è più immortale. Angelo è un uomo come tutti gli altri. Il suo corpo porta le stimmate del perdente.

Perché quando non sei più un vincente non ti vuole più nessuno.

In fondo è normale, pensa Angelo. Quando un Dio cade, gli altri non possono che gioirne. È consolatorio. Contribuisce a rendere accettabili le proprie miserie.

I primi ad abbandonarlo sono stati loro, i due tizi. Hanno cominciato a farsi vedere sempre di meno. Poi sono spariti del tutto. Hanno smantellato il sistema di videosorveglianza, quello che accadeva all'interno del locale, evidentemente, non era più così interessante.

Il mondo è cambiato e lui non se n'è accorto.

La gente, là fuori, ha iniziato a ragionare in modo diverso. All'inizio non ci ha fatto caso. Poi sono iniziati i problemi, uno dopo l'altro.

Una sera è arrivata la polizia.

Come la droga fosse finita nel bagno se l'è chiesto migliaia di volte. Chi ce l'ha messa e perché.

Qualche mese dopo una retata.

La fama del locale ha resistito per poco. Poi sono cominciate le minacce.

Prima le lettere anonime. Poi un esposto di un anonimo cittadino. In quel locale si fa troppo chiasso. La fama del quartiere è penalizzata da quella presenza. Un locale malfamato. Strane voci. In quel posto gira la droga.

Le donne hanno smesso di frequentare il Metropolis. I vecchi clienti, quelli più in vista, hanno iniziato a frequentare altri locali. Della vecchia clientela è rimasta solo qualche mezza tacca.

Al Metropolis adesso ci vanno i vecchi e qualche studente.

Perché quando non sei più nessuno tutti ti scansano.

Poi è stata un'escalation.

Prima l'ispettorato del lavoro, come se non lo sapessero tutti che la metà dei baristi lavora in nero. Poi un'ispezione della guardia di finanza. Hanno controllato tutti gli scontrini, le licenze, i libri contabili. Angelo ha fornito il nome del proprio commercialista. Quelli hanno fatto le verifiche e gli hanno comminato una multa di quaranta milioni.

Angelo si è rivolto alla banca, aveva bisogno di un prestito. La banca gli ha risposto che doveva fornire delle garanzie. Angelo ha ipotecato la casa, ma la cifra che la banca gli ha fornito è servita solo a tamponare l'emorragia.

Lo hanno costretto a cambiare gli orari del locale. A quel punto il Metropolis è diventato un bar per pensionati.

Alla fine gli hanno revocato anche la licenza.

In un anno e mezzo Angelo ha perso tutto. Gli amici, i clienti, il locale.

I debiti lo hanno sommerso.

La banca si è presa anche la casa.

Angelo è uno che è stanco di vivere.

L'uomo che si trascina da un bar all'altro non ha più nulla da perdere.

Vive in un appartamento di Lambrate preso in affitto.

Beve.

Fuma quaranta sigarette al giorno.

Non frequenta più nessuno.

Passa la notte fuori e dorme per il resto del giorno.

Quando riesce a dormire.

Perché dormire gli fa bene.

È l'unica cosa che gli riesce bene ultimamente.

Angelo prende degli antidepressivi.

Si sfonda lo stomaco di medicine.

Perché quando dorme, Angelo, lo fa con una speranza. Quella di non svegliarsi più la mattina successiva.

Per farla finita ci vorrebbe coraggio.

E a lui quel coraggio manca.

Come se non avesse pensato migliaia di volte a togliersi la vita.

Ma c'è qualcosa che lo trattiene.

Qualcuno.

Un pensiero che talvolta si fa strada nella sua testa e che gli consente di tirare avanti.

Angelo vuole capire.

Angelo sente che se troverà la forza per farla pagare a quelli che lo hanno ridotto in quello stato, allora potrà farcela.

E quando una mattina i due tizi che lo avevano avvicinato al locale si rifanno vivi, Angelo pensa che il suo momento è arrivato.

Chi mi ha fatto questo? Perché? Chi ha messo la droga?

I due tizi sono seduti al tavolo del suo appartamento. Angelo inveisce, strepita. I due lo ascoltano. Capiscono. Sono gentili con lui.

Come Vallesi, non ci sei ancora arrivato? L'uomo che ti ha tradito era quello che stava sempre nel tuo locale. Uno dei clienti più in vista. Era lui a far girare tutta la baracca. Quello che fumava il sigaro e che in realtà faceva il doppio gioco. Quello che vinceva sempre.

Il Giocatore.

15

Luca era passato a prenderla alle sette e mezzo.

Insieme erano arrivati fino al parcheggio accanto alla stazione delle Ferrovie Nord e si erano fatti a piedi il tratto di strada fino alla funicolare. Poi erano saliti per una strada stretta. In dieci minuti erano arrivati in via Torno, una delle più panoramiche della città.

A quell'ora si stava bene in giro. Luca indossava una giacca leggera, Stefania si era portata un golf. Tenendosi per mano si incamminarono verso il punto in cui la via saliva.

Da quell'altezza e da quella visuale, Como era bellissima. Stefania osservò il molo, poi il suo sguardo percorse il lungolago. Quel maledetto muro era davvero un'assurdità. Si voltò. Un vento leggero le scompigliava i capelli. Luca indicò la via. Si fermarono davanti a un cancello.

«È questa?» domandò Stefania.

Luca annuì.

Una volta entrati, scesero alcuni gradini.

Dal cancello alla porta d'ingresso c'erano cinque o sei metri, poi iniziava la proprietà.

«È un po' vecchia» disse Luca facendo ruotare la chiave nella serratura, «ma è molto grande. Qualche lavoretto ed è come nuova.»

L'appartamento era di oltre centoventi metri quadrati. Era molto luminoso, libero su tre lati. Due piani, tre camere da letto... La casa per una famiglia.

«Non è male. È molto luminosa e davanti ha una vista splendida» disse Stefania una volta all'esterno. La zona giorno dava su un piccolo giardino.

Provò per un attimo a immaginare come sarebbe stato vivere in quella casa. A Camilla sarebbe piaciuta.

Forse.

Chissà.

«Pavimenti e serramenti mi sembrano in buono stato. Ci sono i bagni da rifare, e forse bisognerebbe dare una lamata al parquet delle camere» disse Luca.

Stefania ascoltava in maniera distratta. Dal piccolo giardino riusciva a intravedere la zona compresa tra il tempio Voltiano e Villa Olmo.

«Quanto costa?»

«Duecentoventimila euro.»

«Non poco. Trattabili?»

«Il prezzo è sempre trattabile» rispose Luca.

Fecero il giro della casa una seconda volta. Luca le mostrò il resto dell'edificio, si dilungò sugli aspetti più tecnici, e poi uscirono verso la strada.

«Lo sai che mi sembri un agente immobiliare?»

«Questa cosa mi spaventa un po'.»

«Il fatto di cercare una casa insieme?»

«No, il pensiero di andare a vivere tutti insieme.»

«Con Camilla, intendi?»

«Non credo che riuscirà mai ad accettarmi.»

Fecero qualche metro e poi Stefania si fermò, lo guardò negli occhi e gli diede un bacio.

«Grazie. So che non è facile e prenderemo le cose con calma. Dove mi porti adesso?»

«Conosci Molina di Faggeto? Non è lontano da qui, c'è un posto niente male.»

Scesero di nuovo, un dedalo di viuzze fino alla stazione degli autobus, dove presero la macchina.

Il traffico, attorno a loro, stava aumentando. Stefania si girò. Una casa vista lago, pensò.

Giulio Allevi si era trattenuto in città fino a tardi.

Dopo che Stefania lo aveva lasciato al tavolino del bar di piazza San Fedele era tornato a piedi verso il duomo e da lì aveva raggiunto la sede della sezione Scientifica.

Aveva trascorso il resto della giornata nell'aula del terzo piano: quel pomeriggio aveva intrattenuto una decina di ispettori. Il seminario verteva sulle tecniche d'investigazione.

Il corso era terminato alle diciassette e trenta. Dopo aver salutato i colleghi, Giulio aveva chiamato a casa.

«Ho finito tardi. Mi fermo qui a dormire. Sì, l'albergo messo a disposizione dalla polizia. Ci sentiamo domani, salutami Alessandro.»

Quello dei ritardi era ormai un copione già sperimentato. E poi alla sua ex moglie non è che importasse più di tanto.

Fin tanto che le passo gli alimenti, pensò Giulio.

L'amica con cui aveva deciso di passare la serata era una vecchia conoscenza. Una che lavorava per un tour operator. Sei mesi sul Mar Rosso e sei mesi alle Canarie. Di tanto in tanto tornava in città e in quelle rare occasioni si vedevano.

Si erano incontrati alle sei in un bar davanti al Broletto. Un aperitivo, il consueto racconto di quello che era accaduto nelle rispettive vite negli ultimi sei mesi e poi la cena.

Era sempre andata così, e in fondo faceva comodo a entrambi.

Giulio non desiderava storie serie, non in quella fase della sua vita. E Marina non aveva mai avanzato obiezioni.

Anche quella sera le cose sarebbero andate nel solito modo e alla fine lui si sarebbe fermato da lei.

Quando fu il momento di decidere il ristorante in cui trascorrere la serata, Giulio suggerì uno di quelli di viale Geno, in una zona tranquilla della città.

Si avviarono a piedi e attraversarono piazza Cavour, dove un grande tendone ospitava una rassegna organizzata dai librai della città. Tirarono dritto osservando il profilo del Metropole Suisse e svoltarono all'altezza del caffè Monti.

Si lasciarono alle spalle l'ingresso del Palace Hotel, e mentre attraversavano la strada Giulio la vide.

Era Stefania.

Accanto a lei, mano nella mano, Luca Valli. Lo aveva visto un paio di volte ma sempre di sfuggita. Adesso li vedeva insieme per la prima volta.

Scosse la testa e si girò dall'altra parte.

L'appuntamento era stato fissato per le nove e mezzo.

Il ristorante si trovava sulla collina di Paradiso, in località Pazzallo.

Il Cap San Martin era uno dei ristoranti più esclusivi della zona. Cucina raffinatissima, arredi sontuosi, personale ossequioso, vista mozzafiato sul lago di Lugano.

Un tavolo prenotato nella veranda e il casinò di Campione di fronte.

Quando Cavallero fece il suo ingresso nel ristorante, Caruso e Barone lo aspettavano già seduti. Accanto a loro un quarto uomo, sui quaranta, il viso abbronzato e la mascella prominente.

Cavallero salutò e si sedette.

«Questa è la persona di cui ti ho parlato» disse Caruso, che indossava un abito di lino chiaro e una camicia scura.

Il quarto commensale fece un cenno con la testa.

«Eccoci subito al dunque» disse Cavallero dopo aver scelto un Dézaley L'Arbalète per accompagnare l'antipasto di pesce. «Salterò i preamboli. Dobbiamo entrare in possesso della chiave. E dobbiamo farlo al più presto.»

Il cameriere si avvicinò al tavolo con la bottiglia, estrasse un cavatappi dal grembiule e servì il bicchiere di Cavallero.

«Va bene, grazie» disse l'uomo d'affari.

«L'unica persona che può sapere dove si trova quell'oggetto è la Mandelli. Bisogna farla parlare.»

Caruso rimase in silenzio e riempì i bicchieri di Barone e dell'altro uomo.

Cavallero frugò nella tasca della giacca ed estrasse un piccolo oggetto metallico.

«Dovrebbe trattarsi di una chiave simile a questa. Avete carta bianca: quello che ci interessa è il risultato finale. Scegliete voi il modo che preferite.»

Il cameriere tornò con gli antipasti.

Caruso prese la forchetta, assaggiò. Stava per dire qualcosa quando fu interrotto dalla voce del quarto uomo.

«Quanto?» disse costui senza aggiungere altro.

«Sessantamila. Metà adesso e metà alla consegna.»

«Affare fatto, ci occuperemo noi di tutto» fu la risposta.

Cavallero fece scivolare una copia del *Corriere del Ticino* sul tavolo.

L'uomo l'afferrò, fece scivolare la busta verso il basso e la infilò nella tasca interna della giacca.

«Allora ci conto» disse Cavallero, fissando negli occhi Barone e Caruso.

«Adesso possiamo brindare» rispose Caruso.

Nessuno mosse un dito.

L'indomani mattina Stefania uscì di casa presto e si diresse verso Cernobbio.

Lasciò l'auto nel parcheggio di fronte alla banca, appena sopra l'Hotel Regina Olga.

La passeggiata era ancora deserta e non lontano dall'Harry's Bar notò un paio di persone che facevano jogging. Un anziano era a passeggio con il cane mentre accanto a lei una coppia faceva colazione leggendo la *Frankfurter Allgemeine Zeitung*. Vicino all'imbarcadero intravide un uomo con la divisa della Navigazione Lago di Como.

Prese un cappuccino, estrasse il cellulare dalla borsa e controllò la sua agenda.

Ad attenderla c'erano giorni impegnativi, con le questioni lavorative che andavano ad aggiungersi a quelle familiari. Pensò a Luca, alla casa. Avevano trascorso una bella serata. Il ristorante di Molina di Faggeto, che si chiamava con il nome della proprietaria, Da Pippi, era davvero delizioso. Una cena a base di polenta e spezzatino in cui avevano fatto progetti e parlato della casa. Luca le aveva mostrato alcune soluzioni. Lei gli aveva chiesto un parere sulla sua abitazione. Sarebbe stato difficile venderla? Erano tornati verso l'una e Luca si era fermato a dormire da lei.

Il rumore di un battello in avvicinamento ruppe l'incantesimo.

Stefania guardò verso la piazza, dove la cittadina si stava animando.

Per un attimo ebbe la tentazione di inviare un messaggio a Giulio. Poi cambiò idea.

Terminò la colazione e accese la prima sigaretta della giornata.

Appena arrivata in ufficio doveva sentire Beatrice Mandelli.

La telefonata della questura le aveva scombussolato la giornata.

Attorno alle nove e mezzo Beatrice Mandelli stava servendo dei caffè quando sentì la voce di Michela dall'ingresso del bar.

«Mamma, io vado a casa di Chiara. Ci vediamo all'ora di pranzo?»

«Mi hanno chiamato dalla questura. Credo che non sarò a casa prima delle quattro. Però ti lascio il pranzo pronto. Non dimenticarti il cellulare.»

«Okay, mamma, a dopo.»

Beatrice sospirò, guardò la figlia attraversare la strada. Poi decise di preparare un cartello per avvisare che il bar sarebbe rimasto chiuso da mezzogiorno alle quattro.

L'ultima visita in ospedale l'aveva lasciata senza forze. Era tornata a casa e si era addormentata quasi subito. Poi si era svegliata in preda al panico. Era andata a controllare la camera di Michela. La ragazza dormiva. Allora era andata in cucina e aveva preparato un tè. Aveva aperto la finestra: il lago era una macchia nera all'orizzonte interrotta, di tanto in tanto, da qualche luce accesa sull'altra sponda. Aveva bevuto il tè lentamente, osservando quello che succedeva fuori. Solo allora era tornata a letto.

Non riusciva a togliersi dalla mente la faccenda della chiave, le frasi che Angelo aveva pronunciato prima di perdere conoscenza e le minacce subite qualche giorno prima. Voleva dimenticare tutto. Lo doveva a Michela, innanzitutto.

E forse anche ad Angelo.

Si trattava di ricominciare.

Solo che per lei non era la prima volta.

Il pm, sentito il custode del cimitero, aveva deciso di procedere contro l'uomo.

Il commissario Carboni vide Stefania mentre saliva per le scale, ma lei tirò dritta fino al terzo piano.

«Abbiamo convocato la Mandelli?» domandò a Lucchesi.

«Sì, commissario, sarà qui intorno alle due.»

«A che punto siamo con la chiave? Abbiamo trovato qualcosa?»

«Nulla di nuovo» rispose Piras. «Sappiamo che quel tipo di chiave è in uso in gran parte delle banche svizzere, ma per ora non siamo riusciti a sapere molto di più. Stiamo provando a restringere il cerchio a partire dalle aziende che le producono.»

Stefania non riuscì a trattenere un moto di insoddisfazione.

«Nel solo Canton Ticino ci sono centinaia di banche, commissario. Nella città di Lugano ce ne sono più di cento. Senza una traccia, sarà difficile riuscire a individuare quella giusta.»

«Però non abbiamo considerato una cosa» disse Lucchesi. «All'inizio del 2003 vi fu una riforma dell'intero sistema bancario svizzero. Tra le novità introdotte vi fu l'obbligo di chiudere tutti quei conti che risultassero inattivi da più di dieci anni. I conti dormienti.»

«Il Vallesi era in carcere dal 1992» disse Stefania.

«E sicuramente non riceveva la posta della banca in carcere» commentò Piras.

«Anche perché è consuetudine, in Svizzera, che la posta venga ritirata direttamente in banca» continuò Lucchesi.

«Quindi il conto potrebbe non esistere più?» domandò Stefania.

«Non può esserci una cassetta di sicurezza senza un conto» fece Piras.

«Senza contare che il nostro uomo subito dopo essere stato scarcerato non ha fatto altro che recarsi di continuo oltre confine. Questo dicono le ricevute che abbiamo trovato.»

«Ma se il Vallesi è rimasto in carcere per vent'anni, chi si è preoccupato di tenere i rapporti con la banca svizzera?» domandò Piras.

«C'è la possibilità che il conto avesse anche un procuratore» disse Lucchesi.

«O una procuratrice» disse Stefania.

Michela percorse il tratto di strada che da Albogasio conduceva fino a Oria.

Arrivò in una viuzza stretta; in quel punto i tetti delle case quasi si toccavano. Superò l'imbarcadero di Oria. Si addentrò nel paese osservando una scritta sbiadita, forse un vecchio cartello del Touring Club, che indicava GIRO DELLA VALSOLDA.

Percorse il viottolo, osservando un giardino pensile accanto a una casa disabitata. La sua attenzione fu attirata da una terrazza spoglia. Conosceva quel posto, ci era stata tanto tempo prima. Si mise a osservare attraverso il cancello. Riconobbe il portico e poi lo sguardo andò verso il giardino, dove un vecchio gelso le ricordò l'occasione in cui lei e sua madre erano state ospiti lì. Un battesimo, forse, o una prima comunione.

Un sms la distrasse.

Chiara.

Ormai era arrivata.

La sua amica abitava a poche decine di metri, nel borgo, in una casa di sasso ristrutturata.

Non appena fu sulla porta, suonò il campanello.

«Michela, sei tu? Sali» disse la madre di Chiara dopo essersi affacciata alla finestra. «Come sta tua mamma?» domandò poi andandole incontro.

«È al lavoro.»

«Non la vedo più tanto spesso.»

«La mamma è molto presa in questi giorni.»

«Deve essere un momento difficile...»

L'arrivo di Chiara mise fine a quella conversazione.

Dedicarono un'ora ai compiti, quel poco che restava prima della ripresa della scuola. Poi decisero di vedere un film. Tra i tanti dvd, scelsero una serie tv americana.

«Che facciamo stasera?»

Quando Beatrice Mandelli entrò nel suo ufficio, Stefania l'accolse con un sorriso.

La donna appariva più taciturna dell'ultima volta che si erano viste.

Senza perdere tempo in preamboli le mostrò la foto segnaletica.

Beatrice riconobbe il volto dell'uomo.

«È lui. È proprio l'uomo che è stato al bar. Non ho il minimo dubbio.»

«Bene, signora Mandelli. Ho parecchie domande da rivolgerle. Le chiedo di attendermi un attimo e sarò di nuovo da lei.»

Stefania uscì e si avviò verso l'ufficio di Carboni.

Bussò, il commissario capo si alzò per aprire.

«Valenti, quell'espressione la conosco. Mi dica?»

«La signora Mandelli ha riconosciuto l'uomo. Vorrei chiedere al pm di procedere con un mandato di arresto nei confronti di Salvatore Barone. Minacce, tentata estorsione, veda lei. Quell'uomo è pericoloso, Carboni. Dobbiamo fare alla svelta.»

«D'accordo, Valenti. Chiamo subito il magistrato. Nel frattempo sarebbe opportuno che qualcuno tenesse d'occhio la testimone.»

«Okay, commissario. Me ne occupo io.»

«Valenti, per una volta segua un consiglio. Mandi Piras o qualcuno dei suoi e stabilisca una sorveglianza discreta all'esterno del bar e dell'abitazione. Nel caso in cui l'uomo dovesse farsi vivo di nuovo, intendo.»

«Sì, commissario.»

Stefania uscì dall'ufficio di Carboni e quando tornò verso il corridoio intravide la figura di Beatrice Mandelli accanto alla macchinetta del caffè.

La donna sembrava stanca. Per un attimo Stefania pensò che avrebbe potuto rispedirla a casa. Poi si fece coraggio e decise di proseguire.

C'erano parecchie cose da approfondire.

Carboni aveva chiamato il pubblico ministero.

Quelli della segreteria gli avevano risposto che il magistrato era ancora in udienza.

Il commissario capo aveva fatto presente l'urgenza della questione e loro avevano risposto che avrebbero fatto sapere al più presto.

Dopo mezz'ora riprovò. Il telefono squillava libero.

Carboni provò direttamente sul cellulare di Mariani. Non raggiungibile.

Decise di prendersi una pausa e scese verso la portineria.

«Commissario» disse Marino dalla guardiola, «le faccio portare il solito?»

«No, Marino, oggi preferisco fare due passi.»

Il commissario capo uscì dalla questura, attraversò viale Roosevelt e si diresse verso la strada al di là della circonvallazione. Lì, dopo la redazione del giornale locale e dell'emittente tv comasca, c'era una delle sedi del polo universitario.

Carboni osservò i ragazzi al di là dell'ingresso del parco, poi proseguì.

La sagoma di Sant'Abbondio.

Arrivato in cima alla strada svoltò a destra e si trovò di fronte l'ingresso della basilica. Due giapponesi stavano leggendo le informazioni turistiche all'esterno.

Carboni entrò, vide che non c'era nessuno e si sedette su una delle panche vicine all'ingresso. Aveva bisogno di raccogliere le idee e capire in quale guaio si era andata a cacciare Stefania Valenti.

Nutriva stima e considerazione nei confronti di Stefania e di solito le lasciava ampia autonomia. Tuttavia, quella sembrava una faccenda diversa dal solito. Le avrebbe parlato prima di sera o l'indomani mattina.

Si alzò per andarsene. Prima di uscire si voltò verso l'altare e istintivamente, senza nemmeno pensarci, si fece un segno di croce.

E quel gesto, per lui che non era credente e che non metteva piede in una chiesa da più di vent'anni, da quando cioè sua moglie era morta a soli quarant'anni, lo fece sorridere.

Milano, inizio anni Novanta

La stazione Garibaldi, il Passante, una zona lugubre della città, i mezzanini della metropolitana. Poco più avanti c'è quella discoteca, l'Hollywood, ci vanno i calciatori e qualche vip. L'uomo percorre la strada dal parcheggio verso corso Como a piedi, si infila in un sottopasso, scivola attraverso vie che conosce, arriva di fronte a un albergo a tre stelle.

L'amico lo aspetta nell'atrio, l'appuntamento è stato fissato per le nove.

Milano è una città triste anche in primavera, pensa l'uomo prima di varcare la soglia.

Un breve cenno d'intesa, un caffè e poi una sigaretta.

L'amico ha una consegna da fargli. Così gli ha detto al telefono.

L'uomo osserva le pareti del bar, la carta da parati strappata in più punti. Un tizio sta leggendo *La Notte*, un altro compila la schedina del Totocalcio.

«Il Giocatore è diventato troppo ingombrante.»

«Cosa intendi dire?»

«Fa troppe domande. È così preso dalla sua carriera che rischia di diventare un problema. Non vorrei che al momento di concludere l'affare gli venisse qualche scrupolo di coscienza.»

«Cosa proponi?»
«Dobbiamo sbarazzarcene.»
L'uomo solleva lo sguardo, vuole essere sicuro di avere capito bene.
L'amico estrae la scatola dei sigari, la rotella dello Zippo scatta, illuminandogli il viso.
«Non intendo quello. Dobbiamo fare un lavoro pulito. Non deve rimanere alcuna traccia. Se quelli vengono a saperlo l'affare salta e addio soldi. Ricorda che lui è stato il loro primo contatto.»
«L'esperto dei Balcani» aggiunge l'altro sghignazzando.
Passa qualche istante, poi l'uomo riprende la parola.
«Hai un piano?»
«Ho pensato al nostro amico Vallesi, un altro che sarebbe meglio far tacere per sempre.»
«Per il circuito di sorveglianza?»
«Non vorrei che un giorno si prendesse la briga di approfondire quello che succede nel suo locale. E magari di riconoscere la persona sbagliata.»
«D'accordo. Cercheremo di prendere due piccioni con una fava.»
«A me interessa solo che l'affare con i serbi vada in porto. E per essere sicuri che tutto fili liscio dobbiamo togliere di mezzo i testimoni.»
L'amico spegne il sigaro nel posacenere.
«Cosa dice il nostro contatto?»
«È convinto che l'affare si farà. L'Onu ha intenzione di prolungare l'embargo. Mi ha chiesto tempo, vuole avere maggiori rassicurazioni. Nelle prossime settimane ci sarà un incontro importante a Belgrado, poi decideremo come muoverci. Nel frattempo dobbiamo preparare il terreno.»
L'uomo rimane in silenzio. È abituato a eseguire gli ordini, a lui non interessano i ragionamenti. Lo pagano per

quello. Eppure questa volta c'è qualcosa che non lo convince. Ha l'espressione dubbiosa.

Il suo amico controlla l'orologio, poi volta lo sguardo verso la tv.

«Il mondo è cambiato. Diciamo che ci è rimasto poco tempo. Ma noi l'abbiamo capito prima degli altri. Portiamo a termine questo affare e sistemiamo il resto. Tanto vale monetizzare e poi sparire.»

L'altro non aggiunge una parola.

«Cosa devo fare?» domanda.

«Ricordi quei due della finanza, quelli che abbiamo tirato fuori dall'affare delle prostitute?»

«Sì.»

«È arrivato il momento che ci restituiscano il favore.»

«Cosa devo chiedere esattamente?»

«Dovrebbero incominciare a fare le pulci al Vallesi. Qualche fastidio, per cominciare.»

16

La giornata si stava concludendo, i colleghi se ne erano già andati da un pezzo, una telefonata di Camilla l'aveva brevemente distratta.

Rifletteva sul colloquio con Beatrice Mandelli e pensava a quello che le aveva detto Carboni, al fatto cioè che il magistrato non fosse rintracciabile, e che nessun collega aveva voluto assumersi la responsabilità di un caso assegnato a un altro sostituto, e che quindi fino al giorno successivo non avrebbero avuto nessun mandato di arresto. Controllò la posta.

Un paio di mail che attendeva, la versione online del giornale della polizia, l'ufficio del personale che chiedeva di compilare la richiesta per la partecipazione a un corso di aggiornamento e poi, in fondo, una mail di Giulio.

Stefania la aprì, scorse le prime righe e poi, una volta inteso il senso delle parole del collega, fece partire la stampante.

Giulio, non mettertici anche tu.

Per le questioni affettive avrebbe avuto a disposizione tutta la serata. Quello che le premeva in quel momento era verificare se i colleghi avessero preso sul serio l'indicazione del pomeriggio.

Beatrice Mandelli aveva bisogno di protezione. Qualcosa le diceva che Barone e i suoi uomini avrebbero fatto una mossa. E dentro di sé sperava che non avessero deciso di muoversi troppo in fretta.

Spense il computer e scese le scale.

Forse sarebbe stato meglio passare la serata nella casa sul lago. Ossuccio era più vicino alla Valsolda di quanto non fosse Como.

Avrebbe chiamato Luca una volta partita.

Si avviò verso il parcheggio e telefonò a Piras che in quel momento doveva trovarsi di fronte alla casa di Beatrice Mandelli.

«Giovanni, tutto sotto controllo?»

«Sì, commissario. La donna è rientrata intorno alle cinque e per adesso non è successo nulla.»

«Tieni d'occhio il parcheggio. L'uomo si muove con una Golf grigia.»

«Sì, commissario, ho memorizzato tutto.»

«Okay, tienimi informata. Chi viene a darti il cambio?»

«Mi sono messo d'accordo con Strada. Dovrebbe arrivare verso mezzanotte.»

«Assicurati che anche lui abbia tutte le informazioni del caso. Ci sentiamo più tardi.»

«Okay, commissario.»

Michela era rientrata a casa alle sei del pomeriggio ed era passata al bar a salutare la madre.

«Stasera esco. Vado al Lido di Cadenabbia con Chiara. Lei è già a Menaggio, io scendo con il motorino.»

Beatrice aveva sentito salirle l'ansia alla gola.

«Non potresti stare a casa tranquilla per una sera?»

«Dai, mamma, sono gli ultimi momenti di libertà, poi ricomincia la scuola, avrò tutto l'inverno per stare tappata qui.»

Beatrice si era dovuta arrendere. Non avrebbe potuto spiegarle il vero motivo della sua preoccupazione.

Michela era uscita intorno alle otto, subito dopo aver cenato in fretta.

Aveva salutato sua madre e, dopo avere indossato il casco, aveva inforcato il motorino.

L'appuntamento era per le nove.

Le giornate si stavano accorciando, l'aria era fresca e a quell'ora, in giro, non c'erano molte persone.

Poco lontano, all'interno di una vecchia Punto bianca, un uomo stava parlando al telefono. Quando Michela era partita, dall'estremità opposta del parcheggio una moto di grossa cilindrata aveva acceso il motore.

In quello stesso momento un furgone bianco, parcheggiato tra altre auto in una piazzola poco lontano dal bivio per la Caravina, si mise in moto avviandosi verso Porlezza. Alla guida un uomo con un auricolare.

Superata la galleria di Cernobbio, Stefania girò lo sguardo verso destra.

Da quella visuale, oltrepassato il cartello che indicava Moltrasio, si poteva ammirare un panorama mozzafiato.

Sull'altra sponda Torno e Blevio erano illuminate dagli ultimi raggi di sole che andavano a riflettersi nel lago.

Arrivata a Carate Urio, nel punto in cui la strada alta piegava verso nord dopo una serie di curve, chiamò Luca.

«Come stai?»

«Io bene, ma non avevo capito che saresti salita oggi.»

«In effetti non era nei programmi. Ma c'è una cosa che vorrei tenere d'occhio.»

«Il commissario non va mai in vacanza?»

«Lo so, dovrei fregarmene, come fanno tutti. Ma lo sai che mi sono presa a cuore le sorti di quella donna.»

«Cerca di stare attenta. Ci vediamo domani, allora?»

«Sì, però a una condizione. Io e te. Camilla resta a casa.»

Luca non aggiunse nulla.

Si salutarono, dandosi appuntamento per il giorno dopo.

A quel punto Stefania iniziò a ripensare a quello che era successo nel pomeriggio.

Non sapeva da dove partire, per cui si concentrò mentalmente sulle poche cose che poteva dare per certe.

Dalla procura nessuno si era fatto vivo, il che la rafforzava nella sua convinzione: demandare la responsabilità dell'azione penale ai soli magistrati era una fesseria bella e buona. Non per un tema di professionalità, ne conosceva molti e in larga parte si trattava di persone in gamba che lavoravano allo sfinimento, quanto per una questione numerica. Le forze dell'ordine, e nel caso specifico la polizia, cosa ci stavano a fare se dovevano rispondere quasi unicamente alle direttive dei pubblici ministeri che, giocoforza, non potevano prestare attenzione a tutto quello che accadeva in una città di ottantamila abitanti e in una provincia di oltre mezzo milione di persone?

Il fatto che l'incidente di Cernobbio fosse sparito dalle cronache locali in pochi giorni la diceva lunga sull'importanza che era stata attribuita alla vicenda.

E forse non si trattava di un caso. Le tornarono in mente le parole di Giulio e per un attimo, in testa, le balenò un sospetto: e se davvero ci fosse stata la volontà non di insabbiare la vicenda, ma di mantenere quell'episodio in un ambito circoscritto?

Forse il magistrato aveva preso tempo su indicazione di qualcuno. Forse quello che le aveva riferito Carboni non corrispondeva al vero. Forse.

Scosse la testa. No, Stefania, così non va. Non puoi permetterti di mettere in dubbio ogni cosa. E di non avere fiducia nei tuoi superiori.

Scacciò quel pensiero pensando che tanto non l'avrebbe condotta da nessuna parte e che, anche se fosse stato vero, non aveva altra via da percorrere rispetto a quella che aveva già intrapreso: fare luce sulla vicenda nel più breve tempo possibile, cercando di non pestare troppo i piedi a quelli che contavano. Sempre che fosse riuscita a individuare le persone a cui il suo collega aveva fatto riferimento; comunque la prudenza che le aveva raccomandato Giulio, tutto sommato, non guastava.

Se avesse ottenuto prove inoppugnabili nessuno avrebbe potuto opporre resistenze. O meglio, sarebbe stato più difficile.

Doveva riuscire a incastrare quel Barone.

A Laglio osservò il cartello pubblicitario di una nuova residenza di prestigio in costruzione: se il mercato immobiliare attraversava un momento di appannamento, lo stesso non valeva per gli immobili di pregio.

Anche se difficilmente potrò permettermi un immobile di pregio, visto lo stipendio che mi passa il ministero. Sarebbe già tanto riuscire a vendere la casa per acquistarne una nuova senza dover chiedere un altro prestito.

Michela adorava percorrere quel tratto di strada con il motorino.

Tenendosi sul margine della carreggiata attraversò tutta Valsolda osservando il paesaggio: alle spalle il San Salvatore e i monti di Carona e adesso, davanti a lei, San Mamete e poi Cressogno, con le prime indicazioni per il santuario della Madonna della Caravina.

Il colpo d'occhio, a quell'ora della sera, era splendido. Le ville, i parchi, i locali con le insegne, i camping. Si andava verso l'autunno ma sembrava ancora estate.

Arrivata a Porlezza dovette rallentare: il paese era animato quasi come in piena stagione. Gente a piedi sulla passeggiata a lago, auto e motorini in movimento, turisti seduti nei bar all'aperto.

C'era traffico nelle due direzioni. Michela non si era accorta della moto di grossa cilindrata che la stava seguendo a un centinaio di metri di distanza.

Poco fuori dall'abitato, in direzione di Menaggio, il conducente del furgone bianco, con il finestrino aperto e una sigaretta accesa, parlava nell'auricolare.

Michela prese la strada che scendeva verso la val Menaggio, costeggiò il lago del Piano, proseguì verso Grandola.

Alla rotonda di Loveno imboccò la strada per il lago.

Stefania proseguì lungo la strada del lago, osservando il profilo di Brienno. Oltrepassò la galleria e raggiunse Argegno in pochi minuti.

Parcheggiò nella piazzetta, osservò i turisti seduti fuori dal Barchetta e il manifesto appeso di fronte all'imbarcadero: sagra di fine estate. Aveva altro a cui pensare.

Camminò verso la zona che costeggiava la riva del fiume, oltrepassò il ponte e si mise seduta a un tavolo del bar Il Porto. Ordinò un tè.

Beatrice Mandelli era davvero la chiave di tutto?

Se all'inizio aveva avuto l'impressione che la donna fosse stata reticente, dopo il colloquio del pomeriggio non aveva avuto più dubbi.

Stava dicendo la verità.

Riguardo all'esistenza della chiave e della cassetta di sicurezza, Beatrice era in buona fede.

Ma chi si era occupato di tenere i contatti con la banca durante l'assenza forzata del Vallesi nel lungo periodo di detenzione?

Aveva verificato e ricontrollato.

L'unica persona con cui il Vallesi aveva avuto contatti

nel periodo del carcere era stata la madre. Nessun altro era andato a fargli visita; ogni tipo di comunicazione con l'esterno doveva necessariamente essere passata per lo stanzino dei colloqui con i parenti all'interno del carcere di San Vittore.

Così aveva voluto Angelo.

Ma come diavolo fosse riuscito a prendere decisioni circa il proprio conto svizzero rimaneva un mistero.

Possibile che una donna non più giovane come Luigia Zocchetti fosse riuscita per tutto quel tempo a gestire un conto svizzero?

Beatrice le aveva detto che in passato Angelo aveva parlato di un conto svizzero, senza però accennare alla cassetta di sicurezza. La donna era riuscita a risalire indietro con i ricordi e aveva collocato l'episodio alla fine degli anni Ottanta.

Quindi il Vallesi aveva iniziato a intrattenere rapporti con una banca d'oltreconfine ben prima che le cose, per lui, iniziassero a mettersi male. E non ci voleva un esperto di finanza internazionale per capire quali potevano esserne state le motivazioni.

Ma la cosa che più aveva attirato l'attenzione di Stefania era stata una frase di Beatrice: Angelo era stato introdotto in quel mondo da una persona di fiducia. Un ex dirigente di banca o qualcosa del genere. Uno che sapeva il fatto suo e gli aveva dato dei suggerimenti in quella fase della sua vita, un italiano che intorno ai cinquant'anni aveva lasciato il proprio posto in Italia per iniziare a lavorare in una banca svizzera.

Solo che la donna, ammesso che lo avesse mai saputo, non ricordava il suo nome. Perché degli interessi di Angelo, lei non aveva mai voluto occuparsi. Non le piaceva ficcare il naso in questioni di denaro. Si fidava di lui.

Quando Stefania le aveva domandato se ricordasse qualcosa di più, Beatrice era rimasta in silenzio. Non ricordava nulla, tranne il fatto che l'uomo, all'epoca, doveva avere più o meno il doppio dell'età di Angelo.

Stefania arrivò alla conclusione che, chiunque fosse, doveva avere ormai più di settant'anni; quindi era chiaro che, nel caso in cui fosse stato ancora vivo, non lavorava più in banca.

Sarebbe stato impossibile identificarlo, e ammesso che vi fosse riuscita, nulla le avrebbe garantito un risultato. Ogni volta che le sembrava di essersi avvicinata all'obiettivo, qualcosa le sfuggiva. Come se nel destino del Vallesi ci fosse qualcosa che rendeva inafferrabili alcuni dettagli.

Si avviò verso il parcheggio, salì in macchina e avvisò sua madre che sarebbe arrivata entro un'ora. Doveva assolutamente mettere a fuoco la situazione.

Alle sette e mezzo arrivò a Ossuccio. Anziché salire verso il paese tirò dritto, superò Ospedaletto e arrivò a Lenno tenendosi sulla provinciale. Accanto al benzinaio rallentò, poi prese la strada verso il lungolago. Sistemò l'auto nel parcheggio e scese a piedi.

Il golfo di Venere era bellissimo a quell'ora.

Dalla parte opposta osservò il profilo della chiesa con il battistero romanico, e poi la fila di case che si affacciavano sul lungolago, dove i caffè e i ristoranti erano già in piena attività. Più avanti, dove la passeggiata terminava, notò alcune persone che camminavano nella direzione dell'albergo Lenno, e poco più in là l'imbarcadero e l'albergo San Giorgio.

Proseguì. Dall'ingresso del percorso pedonale che portava a Villa Balbianello arrivava una comitiva.

S'incamminò in quella direzione. Aveva bisogno di pensare. Tra tutti gli interrogativi che la assillavano due non le concedevano tregua.

Cosa aveva voluto dire il Vallesi prima di perdere conoscenza?

Perché non aveva detto alla persona che lo aveva soccorso quale fosse il nome della banca?

Certo, Angelo aveva cercato di complicare le cose per essere sicuro che solo Beatrice potesse capire. Solo che si era spinto un po' troppo oltre, al punto che nemmeno la donna era stata in grado di interpretare il suo messaggio cifrato.

E ammesso che fossero riusciti a identificare la banca giusta, chi avrebbe potuto accedere alla cassetta di sicurezza?

Beatrice? E a quale titolo?

Era arrivata quasi in fondo alla strada. Dalla curva intravide il giardino di Villa Balbianello e qualche metro più avanti, dove la biglietteria aveva appena chiuso, fece in tempo a scorgere uno dei custodi che sbarrava il cancello. Diede un ultimo sguardo alla magnifica villa e tornò sui suoi passi.

Verso la fine della galleria Michela notò la sagoma di un furgone bianco.

Mentre si avvicinava le sembrò di scorgere il profilo di un uomo.

Quando fu a una ventina di metri un signore di corporatura robusta, con una paletta in mano, le fece cenno di rallentare. Indossava una pettorina arancione, doveva esserci stato un incidente. A pochi metri di distanza uno scooter era adagiato sul fianco della carreggiata. Un secondo uomo stava sistemando a terra un triangolo.

Michela rallentò.

Quando l'uomo si fece avanti lei chiese: «Ci sono dei feriti?»

Prima che lui potesse rispondere Michela sentì una frenata alle sue spalle. Si voltò. Una Punto bianca e una moto.

A quel punto si sentì afferrare alle spalle.

Il campanile segnava le nove meno un quarto.

Milano, dicembre 1992

Angelo ha pianificato tutto.

Conosce gli orari del Giocatore, i luoghi che frequenta, le sue abitudini. È risalito fino a un locale. Ecco, dove si rifugia ora.

Ha atteso per parecchie ore e poi, quando l'uomo è uscito, lo ha visto salire in macchina. Lo ha seguito fino a casa.

Adesso ha tutto quello che gli serve: conosce l'indirizzo, l'auto, ha visto l'ingresso del palazzo in cui vive.

Prima di mettere in atto il proprio piano, Angelo deve però ancora sistemare un paio di faccende.

Innanzitutto crearsi una via di fuga, per quello che potrà servire. Tanto lo sa che prima o poi lo prenderanno. E allora è meglio prepararsi a ogni evenienza.

Angelo sa di essere al sicuro fino a quando le persone che lo hanno incastrato non avranno la certezza che lui non potrà più nuocere.

E lui sa benissimo che fino a quando le prove saranno al sicuro nessuno torcerà un capello a lui e ai suoi cari.

In giro c'è aria di festa.

Le luminarie natalizie sono dappertutto. Angelo pensa a quando il Natale, per lui, significava assistere al frenetico movimento dei clienti nel locale affollato.

Sembra passato un secolo.

Nella settimana dopo l'Immacolata Angelo ha preso l'auto ed è andato a trovare Beatrice.

Lei, nel frattempo, è tornata a vivere nel paese in cui vivono i genitori. Alla mattina dà una mano al bar, il pomeriggio lo passa a casa, da sola. Di tanto in tanto esce con un'amica.

Ogni volta che Angelo passa a trovarla, Beatrice sembra felice di vederlo. Ma Angelo non riesce a togliersi dalla testa l'idea che lei finga per non ferirlo. Angelo è convinto che anche Beatrice abbia smesso di credere in lui.

Di tanto in tanto escono, Angelo le racconta del suo nuovo lavoro, è tornato a fare il barista lui che per anni ha dato lavoro a una decina di camerieri; lei ascolta, lo incoraggia, gli dice che tutto con il tempo si sistemerà. Ma Angelo non riesce ad accettarlo, non vuole accettarlo. Sentirsi dire «presto le cose si aggiusteranno» è intollerabile per lui.

E poi sa benissimo che non gli basteranno tutti gli anni che ha davanti per coprire i suoi debiti. Angelo lo sa che è un uomo finito.

Un fallito.

Uno che ha perso tutto.

Beatrice sopporta i suoi scatti d'ira, a volte finge di non sentire. Ci sono giorni in cui Angelo impreca per ore. Quando finalmente si addormenta Beatrice ne ascolta il respiro affannoso. Angelo non riesce a dormire se non prende le gocce e quando le medicine fanno il loro effetto, non è più l'uomo che Beatrice ha conosciuto, ma è un ragazzino spaventato che nel sonno pronuncia parole senza senso. Beatrice lo vede soffrire, la fronte sudata, il battito perfettamente regolare anche quando lui si sveglia di soprassalto e dice che no, non può essere, lui lo sente il cuore che batte all'impazzata, forse sta per morire, forse è un infarto e Beatrice gli sussurra che no, si tratta solo di un attacco di panico e allora Angelo afferra il cuscino, chiude gli occhi e si addormenta stringendolo più forte che può.

Il giorno dopo Angelo deve tornare in città.

Si salutano. Lei gli accarezza il viso. Ma nei suoi sorrisi lui vede sorrisi di circostanza.

Quello che Angelo non riesce a sopportare, quello che gli brucia, quello che davvero non può accettare, è quel senso d'impotenza.

Lo hanno messo in una condizione in cui non può reagire. È un animale ferito. L'hanno costretto in un angolo e lui in un angolo non ci sa stare.

Qualcuno gli ha consigliato di farsi da parte, di mantenere un basso profilo, di aspettare che le cose facciano il loro corso. Sa che sarebbe la cosa giusta da fare, razionalmente capisce che in quel momento dovrebbe solo aspettare. Ma deve convivere con un'altra parte di sé che non riesce ad accettare quello che è successo, perché quello che è successo non è giusto. Lui ha commesso degli errori, è disposto a riconoscere che in alcune circostanze si è comportato con leggerezza, ma quello che gli hanno fatto è troppo. Non lo può digerire. E poi, Angelo non è disposto a perdonare la persona che ha deciso deliberatamente di gettarlo in pasto ai creditori.

Perché lui, Angelo Vallesi, in tutti quegli anni ha commesso solo uno sbaglio. Il giorno in cui ha accettato la proposta dei due tizi. Quel maledetto affare del circuito di videosorveglianza. Si è sempre affidato al suo istinto. E il suo istinto non ha mai sbagliato. Le cose sono precipitate quando qualcuno lo ha tradito.

Il motivo per cui si trova in quelle condizioni, la causa di tutto, adesso ha un nome e un cognome: Ruggero D'Ambrosio.

E Angelo ha deciso che quell'uomo deve pagare.

Quando arrivano le festività natalizie il dolore si fa più forte. Diventa subdolo. Entra dalla testa e s'insinua per tutto il corpo.

Perché non esiste dolore più insopportabile di quello: essere costretti a ripensare a quello che sarebbe potuto essere e non è stato.

Angelo trascorre le sue giornate con quel pensiero che non lo abbandona mai. Pensa che stia impazzendo. Non si fa più vedere in giro.

Anche al lavoro le cose cominciano a mettersi male. Dice di essere ammalato, all'inizio. Poi colleziona ritardi. Si prende dei giorni di malattia. Il medico di base, almeno lui, gli concede una settimana di riposo.

Ma quando rientra, Angelo non ce la fa più. Non riesce a sopportare.

Nella settimana prima di Natale si licenzia. Pensa che i soldi della liquidazione gli basteranno per un paio di mesi. Angelo non ha bisogno di altro. Sa che qualche settimana per lui sarà sufficiente.

Ha in mente un piano ed è deciso a portarlo a termine. Non ha più nulla da perdere.

Angelo sa che deve muoversi con prudenza.

Calcolare ogni rischio.

Ha bisogno di tempo.

Comincia a non rispondere più al telefono.

Deve rendersi invisibile.

Qualche giorno dopo ritira due milioni, quasi tutto quello che gli è rimasto.

Ha conosciuto un tizio di Quarto Oggiaro, gli ha spiegato quello che gli serve. L'uomo ha detto che se ha i soldi non ci sono problemi. L'appuntamento è fissato per il giorno dopo.

Angelo si presenta nel luogo che gli è stato indicato. Una serie ininterrotta di palazzi con i mattoncini rossi. Un bar squallido con l'insegna luminosa che fa le bizze.

Bevono una birra, poi escono. Angelo segue l'auto dell'uomo fino a una serie di vecchie palazzine al confine con Monza.

Il quartiere è un agglomerato di casermoni disposti intorno alle uniche due strade.

L'amico scende dall'auto. Chiede i soldi. Angelo consegna una busta.

Un milione e duecentomila. Avevi detto un milione.

Ci sono stati dei problemi.

La trattativa è breve. Angelo dice che va bene. Non intende discutere.

L'uomo dice di aspettare in macchina. Dopo un quarto d'ora ritorna con una busta di plastica. Angelo la prende e l'appoggia sul sedile, poi se ne va.

Mentre guida attraverso le strade della città e osserva i palazzi della periferia, sfiora la busta, poi sente il freddo del metallo.

Ora ha una pistola.

Beatrice gli ha telefonato. È preoccupata.

Angelo dice che ha avuto molto da fare. Sì, passerà a trovarla. Si danno appuntamento per la Vigilia perché il giorno di Natale lo trascorrerà insieme a sua madre.

Angelo sa che saranno i suoi ultimi giorni da uomo libero. Gli resta poco tempo. Forse una settimana, e ha ancora una cosa da fare.

La mattina dopo si mette in viaggio presto.

Da Milano a Como impiega tre quarti d'ora. Prima della dogana di Ponte Chiasso si ferma a prendere un caffè. Dentro al bar la radio passa una canzone di qualche anno prima.

Mentre l'auto percorre il tratto di strada da Mendrisio a Capolago, Angelo fischietta. Il cielo è azzurro. La giornata limpidissima. Quando arriva a Pazzallo, intravede Lugano sullo sfondo. Percorre la riva Paradiso, poi cerca un parcheggio.

La sede della banca è lì, sul lungolago. A pochi passi dall'imbarcadero. Angelo ci è stato non più di tre o quattro volte. Al resto pensava il suo uomo di fiducia.

Quando Angelo entra nella banca per un attimo si sente l'uomo di una volta. Del resto, con un libretto degli assegni e una carta di credito, chiunque può sentirsi importante almeno per un paio d'ore.

Avanza verso lo sportello, mostra i documenti. L'impiegato gli consegna la posta arretrata e gli dice di accomodarsi. Dopo qualche istante arriva un secondo uomo.

«Prego, signor Vallesi» dice, consegnandogli una chiave metallica. E gli fa strada verso l'ascensore. Preme il tasto -2.

L'ascensore scende lentamente. Quando le porte si riaprono, Angelo è all'interno del caveau.

Percorrono il corridoio, poi l'uomo gli dice di aspettare.

Quando arrivano nella zona con le cassette di sicurezza, Angelo estrae la chiave.

«Prego, signor Vallesi. Se ha bisogno mi trova di là.»

Angelo osserva la cassetta di sicurezza.

Per una frazione di secondo non ricorda il motivo per cui si trova lì.

Poi la apre.

Quando risale al piano da cui è arrivato, Angelo dice qualcosa all'uomo allo sportello. Quello lo osserva perplesso, poi lo fa accomodare in un ufficio. Qualche minuto dopo un impiegato è seduto davanti a lui.

«Lei sa che portando con sé la chiave si espone ad alcuni rischi?»

Angelo risponde che conosce la procedura alla perfezione. Aggiunge che non è lì per quello. Poi estrae dalla cartelletta dei documenti. Una delega. Gli estremi di un documento d'identità.

L'impiegato controlla, poi esce per fare delle fotocopie. Quando ritorna, Angelo firma alcuni documenti. Poco dopo esce dalla banca.

È una bella giornata.

Attraversa via della Posta e prosegue. In via Pessina si ferma di fronte a una vetrina, poi svolta verso la piazza, e da lì fino al lungolago.

Osserva il bar accanto all'imbarcadero. Sono le undici.

Lugano è splendida. Il monte San Salvatore, sullo sfondo, gli fa venire in mente una giornata di tanti anni prima.

Angelo infila una mano nella tasca.

Stringe la chiave.

Adesso è davvero tutto pronto.

17

Stefania sentì squillare il telefono nel bel mezzo della notte.

L'orologio segnava la una meno un quarto. Si girò verso Camilla, che dormiva accanto a lei.

«Pronto?»

«Commissario, sono Piras. Scusi l'orario, ma è successo qualcosa di strano.»

Stefania si alzò, andò verso la cucina e poi uscì sul terrazzo.

«Raccontami tutto per filo e per segno.»

«Stavo per dare il cambio a Strada, era circa mezzanotte quando abbiamo notato una Golf grigia passare due volte davanti al bar. Mi sono fermato. L'uomo alla guida ha parcheggiato a un centinaio di metri dal condominio; poi è rimasto dentro l'auto. Lo abbiamo sorvegliato. Per un attimo abbiamo pensato di esserci sbagliati. Ma dieci minuti fa l'uomo è sceso dalla macchina. Non potrei giurarlo, commissario, ma mi è sembrato l'uomo della foto segnaletica.»

«Barone?»

«Esattamente.»

«Cosa sta succedendo adesso?»

«Questa è la cosa strana, commissario. L'uomo è arrivato fino al condominio, ha guardato sul citofono, ha suonato e un attimo dopo la porta si è aperta.»

«Vuoi dire che la Mandelli lo ha fatto entrare in casa a quest'ora?»

«Sì, commissario. E ho l'impressione che quella donna ci abbia tenuto nascosto qualcosa.»

«Piras, arrivo. Ci vorrà mezz'ora. Nel frattempo, qualsiasi cosa succeda, non intervenite. Se l'uomo esce, non muovetevi. Non tentate di fermarlo. Se si allontana seguitelo a distanza. E tienimi aggiornata su quello che succede.»

«D'accordo, commissario. Io e Strada stiamo pronti.»

«Piras, tieni la pistola a portata di mano. È un uomo molto pericoloso.»

Stefania chiuse la comunicazione, si vestì in fretta, prese le chiavi dell'auto e uscì cercando di non fare troppo rumore.

Non riusciva a capire come la Mandelli fosse stata in grado di prendersi gioco di lei per tutto quel tempo.

Salì in macchina, con il cellulare a portata di mano.

Per arrivare a Valsolda avrebbe impiegato almeno quaranta minuti.

L'uomo disse alla ragazza di stare zitta.

«Se non urli e fai quello che ti dico ce la caviamo in pochi minuti.»

La ragazza fece cenno di sì con la testa. Era terrorizzata. Da alcune ore si trovava all'interno del furgone.

«Adesso ascoltami attentamente. Non ti vogliamo fare del male. L'unica cosa che ci interessa è un oggetto che tua madre tiene nascosto. Tra qualche minuto la chiamerò e tu dovrai dirle che stai bene. Intesi?»

La ragazza fece segno che aveva capito.

L'uomo che stava seduto nel retro del furgone insieme a lei le teneva un coltello appoggiato al collo.

«Dovrebbe chiamare adesso» disse quello che stava seduto davanti.

Rapirla era stato un gioco da ragazzi. Il falso incidente, un'auto a presidiare l'imbocco della galleria e due uomini all'interno. Quando la ragazza aveva tentato di divincolarsi, l'avevano stordita.

Poi avevano caricato il motorino sul furgone. E a quel punto se n'erano andati. Pochi minuti, un lavoro da professionisti.

Avevano trascorso le ore successive nello spiazzo davanti a una casa abbandonata.

Michela, con la testa che girava e le mani legate dietro alla schiena, aveva capito che non dovevano avere fatto molti chilometri.

Un attimo dopo il telefono squillò.

«Tutto tranquillo?»

«Sì, qui tutto procede secondo i piani.»

«La ragazza?»

«In ottima forma.»

«Chiama la donna e dille che tra cinque minuti sentirà citofonare.»

L'uomo seduto davanti chiuse la comunicazione, diede un'occhiata allo specchietto retrovisore e poi compose un numero.

«La signora Mandelli?» domandò.

«Chi parla? Ma che ore sono?»

«Signora, sono un amico. Volevo dirle che sua figlia è nelle nostre mani. Non abbiamo intenzione di farle del male. Mi ascolti attentamente: tra qualche minuto un uomo suonerà alla porta di casa sua. È una persona che già conosce. Lo faccia salire e segua attentamente le sue istruzioni.»

La donna rimase in silenzio per tutta la durata della telefonata.

«Prima mi faccia parlare con mia figlia.»

L'uomo prese il telefono e disse: «Ecco, Michela, è arrivato il momento di salutare la mamma.»

Un attimo di silenzio.

«Mamma, sono io. Sto bene. Non ti preoccupare per me.»

La donna provò a dire qualcosa, iniziò a piangere e urlare.

L'uomo disse: «Faccia quello che le ho detto e tutto si risolverà presto.» E chiuse la comunicazione.

Pochi minuti dopo Beatrice Mandelli sentì citofonare.

«Abbiamo un appuntamento» disse la voce che la donna riconobbe.

Qualche istante più tardi Salvatore Barone bussava alla porta dell'appartamento.

Stefania percorse la strada a tutta velocità.

Ci mancano solo i carabinieri, pensò, quando vide la volante appostata sull'altro lato della carreggiata.

Alle porte di Menaggio imboccò la galleria e poi svoltò alla prima uscita.

Chiamò Piras per sapere se ci fossero novità. Il collega le rispose dicendo che l'uomo era ancora all'interno dell'appartamento.

Arrivò a Grandola e proseguì verso Porlezza, lasciandosi alle spalle Carlazzo e il lago del Piano.

All'una e mezzo era arrivata a Cima.

Dieci minuti dopo era nel parcheggio dell'albergo Riviera, dove riconobbe l'auto di Piras.

«Che succede, Giovanni?»

«Nulla, commissario, da qui non riusciamo a vedere granché. Le luci dell'appartamento sono accese. Il nostro uomo è ancora dentro.»

«Io mi avvicino» disse Stefania. «Voi rimanete qui. Se ho bisogno vi faccio segno con la mano.»

Stefania si avvicinò all'ingresso del bar. La serranda era chiusa. Proseguì verso le scale che davano sull'ingresso della palazzina.

Quando svoltò l'angolo sentì delle voci provenire dall'appartamento al primo piano.

«Le ho detto che non ne so nulla!»

Riconobbe la voce di Beatrice Mandelli.

Stefania ascoltò il rumore di qualcosa che si infrangeva sul pavimento e poi le urla della donna.

A quel punto fece segno ai colleghi che bisognava intervenire.

«Tu, Strada, rimani qui nel caso in cui Barone tenti di fuggire. Se cerca di scappare, fermalo. Nel frattempo chiama rinforzi.»

L'uomo fece segno di avere capito.

«Io e Piras entriamo.»

Il portoncino era accostato.

Salirono le scale senza far rumore, poi si avvicinarono all'ingresso con le pistole in pugno.

La porta dell'appartamento era rimasta aperta.

Quando irruppero in casa trovarono Beatrice Mandelli in lacrime sul divano mentre Barone, di fronte a lei, era intento a rovesciare il contenuto dei cassetti di un armadio.

«Salvatore Barone» disse Stefania spianando la Beretta, «la dichiaro in arresto per minacce, violenza privata, lesioni, violazione di domicilio.»

L'uomo si era voltato. Sul suo viso Stefania vide un sorriso di sfida.

«Se fa una mossa falsa, sparo. E non mi dispiacerebbe affatto.»

Barone alzò le braccia.

Piras lo ammanettò.

Il tempo di soccorrere Beatrice e la pattuglia proveniente da Porlezza irruppe nel parcheggio.

Una telefonata con il pubblico ministero nel cuore della notte non aveva messo fine alla situazione d'incertezza.

Da una parte il racconto di Beatrice, che sosteneva che la figlia fosse in mano a dei rapitori. Dall'altra il silenzio ostinato di Barone.

Piras, nel frattempo, aveva portato Beatrice nell'altra stanza, ma le ore passavano e lei era sempre più agitata.

Per convincere Barone a collaborare non era bastata la promessa di uno sconto di pena. Di fronte a quella proposta l'uomo aveva risposto che non avrebbe mai tradito nessuno per così poco.

Stefania gli aveva assicurato che alle accuse a suo carico avrebbe aggiunto il sequestro di persona.

«Sì, Barone, e tieni presente che se Vallesi non dovesse farcela abbiamo pronta anche l'accusa di omicidio.»

«Io non c'entro nulla con quell'uomo. Non sono stato io ad aggredirlo.»

Passò quasi un'ora carica di tensione. Barone stava seduto tranquillamente su una sedia guardandosi intorno con aria spavalda.

Poi, all'improvviso, il suo cellulare squillò. Stefania guardò il display, poi glielo accostò.

«È per te, Barone. Rispondi.»

Fece cenno a tutti di restare in silenzio e schiacciò il tasto verde. Barone aveva guardato a sua volta il display, e a quel punto sembrava aver perso parte della sua sicurezza, ma non aprì bocca. Dall'altra parte la comunicazione venne interrotta dopo pochi istanti.

«Non sapevo che le telefonate degli amici facessero questo effetto. Chi era? Dov'è Michela in questo momento?»

Barone non rispose, poi scosse il capo. Sembrava spaventato.

«Come preferisci. Ci metteremo un paio d'ore per sapere chi ti ha chiamato e da dove, e di chi sono tutti i numeri degli amici che hai in memoria. Che ne dici? Questo lo tengo io e tu nel frattempo mettiti comodo, tanto da qui non te ne vai per un po'.»

Stefania chiamò uno degli agenti e gli disse di tenerlo d'occhio.

Uscì dalla stanza e per un attimo pensò di richiamare. Desistette.

Si mise a riflettere, andando su e giù per il corridoio: Barone non avrebbe ceduto tanto facilmente. Bisognava spaventarlo.

Alla fine chiamò il pubblico ministero e lo mise al corrente della situazione. Ne seguì una lunga discussione ma l'indicazione di Mariani le parve buona.

Lasciò passare ancora del tempo, anche se faceva male vedere la disperazione sul volto di Beatrice. Però bisognava giocare il tutto per tutto. Ogni tanto rientrava nella stanza fingendo di parlare al telefono, poi usciva di nuovo, lo osservava.

A un certo punto gli disse: «Pare che i tuoi amici abbiano deciso di lasciarti da solo, Barone. Vogliamo collaborare? Sei ancora in tempo, tu qualcosa da perdere ce l'hai.»

Barone resisteva ancora ma la sua espressione era sempre più tesa.

Alla fine Stefania pensò che fosse arrivato il momento di mettere in atto la manovra concordata. Rientrò nel soggiorno. Fece portare Barone in un'altra stanza, gli tolse una delle manette e gli passò il telefono.

«Oggi è il tuo giorno fortunato, Barone. Il pubblico ministero vuole parlare con te.»

Stefania non riuscì a capire quello che si dissero i due. Barone si limitava a rispondere con brevi frasi.

Quindici minuti più tardi richiamò i complici.

«Sono io, ho trovato la chiave. Lasciate la ragazza. Ci vediamo tra mezz'ora al posto concordato.»

Un'ora più tardi i due uomini a bordo del furgone erano stati arrestati da due pattuglie dei carabinieri.

Michela, intanto, era stata ritrovata da una volante nei dintorni di Menaggio. Spaventata e confusa. Tutto sommato, però, in buone condizioni.

Alle tre Stefania congedò Piras, dicendogli che, se avesse voluto, per il giorno dopo poteva prendersi un permesso. Quello rispose che alle nove sarebbe stato in questura.

Lasciò Beatrice Mandelli solo all'arrivo della figlia. Una corsa giù per le scale, un pianto, un lunghissimo abbraccio e poi il sorriso sul volto disfatto della donna.

«Questa volta è finita?»

«Sì, Beatrice, questa volta l'incubo è finito.»

Non aggiunse altro, non era né il momento né la situazione ideale.

Quando rientrò a Ossuccio erano quasi le cinque. Sua madre dormiva tranquilla mentre Camilla non si era mossa dal lettone.

Mise su un tè, fumò una sigaretta e andò a dormire.

Entro un'ora sul lago avrebbe iniziato ad albeggiare.

Milano, primavera 2014

«Lo svizzero mi ha detto che è in grado di piazzare uno dei nostri a dirigere l'ospedale di N*.»

«In cambio cosa vuole?»

«Che gli sblocchiamo una certa pratica.»

«Il capo cosa dice?»

«Dice che si può fare.»

«A condizione che...»

«Che la villa su cui ha messo gli occhi venga via a un prezzo di favore.»

«Quella in Sardegna?»

«Sì, dice che arriva al massimo fino a due e mezzo.»

«Ma se ne vale almeno sei.»

«Dice che più di così non è disposto a spendere.»

«Come se fossero soldi suoi. Vedo di fare il possibile, ti tengo aggiornato. Tu cerca di fare in modo che quel posto non venga assegnato a nessuno per il momento. Per noi è strategico avere uno lì dentro.»

«Ci provo, Visentin, ma senza le pressioni del capo non sarà facile.»

«Digli al capo che per la villa non ci sono problemi.»

«Ma sei sicuro?»

«M'inventerò qualcosa.»

La telefonata s'interrompe. Il magistrato batte il pugno sul tavolo. Il collega rilegge la trascrizione parola per parola.
«Beccati. Questa volta li abbiamo in pugno.»
«Non sarà facile dimostrare che la villa vale il triplo.»
«Ma possiamo dimostrare che le forniture all'ospedale arrivavano da Visentin e che le fatture sono gonfiate. E possiamo contestargli anche il reato di corruzione, dal momento che il dirigente è stato messo al suo posto con un accordo sottobanco.»
«E il capo?»
«Per ora lasciamolo ai margini, poi si vedrà.»

18

Nelle settimane successive all'arresto di Barone l'inchiesta condotta dal sostituto Mariani finì sulle prime pagine dei giornali di tutto il paese.

Barone aveva confessato, gli altri uomini avevano fatto altrettanto, e nel gioco al massacro che ne era derivato, era saltato fuori il nome di Caruso.

E da quel nome era partita un'altra pista, che nulla aveva a che vedere con la vicenda legata all'aggressione del Vallesi. Qualcosa di ben più grande.

Una grande rete collegava il mondo della piccola criminalità delle province di Como, Varese e Milano, con i grandi appalti legati ai cantieri dell'Expo.

Il pubblico ministero aveva disposto verifiche e accertamenti e quando nel corso di un interrogatorio era emersa la vicenda dell'incontro tra Caruso e l'assessore ai Lavori pubblici di uno dei comuni dell'hinterland milanese, il magistrato aveva deciso di andare fino in fondo.

Il solito gioco dello sconto di pena in cambio di una serie di informazioni e Caruso aveva iniziato a parlare.

L'uomo aveva raccontato che Cavallero in quell'occasione gli aveva consegnato una valigia. E quella valigia, che conteneva centocinquantamila euro in biglietti da due e cinquecento euro, era stata consegnata all'assessore.

La procura aveva sentito testimoni ed effettuato perquisizioni, e quando una delle società italiane collegate alla Solaris era stata intercettata, l'assessore era stato arrestato.

Come in una reazione a catena, l'arresto aveva innescato una serie di ulteriori confessioni. Quando era stato evidente a tutti che non si trattava più di un singolo episodio, ma di una macchina efficiente che da anni produceva affari e si muoveva in quella zona grigia che stava tra il mondo dei cantieri pubblici e quello delle grandi compagnie finanziarie, poco alla volta il team coordinato da Mariani aveva messo a segno degli arresti importanti.

Intermediari, piccoli burocrati e grandi finanziatori erano stati seguiti, intercettati e poi interrogati. L'indagine di Mariani era stata collegata a una di qualche tempo prima, partita dalla procura di Milano. Incrociando i risultati ottenuti gli investigatori avevano messo le mani su una situazione complessa, ramificata, in cui il malaffare coinvolgeva decine di personaggi.

Una vera e propria organizzazione capace di produrre denaro e favori. Una piramide criminale alla testa della quale c'era sempre l'uomo d'affari elvetico e un manipolo di uomini senza scrupoli.

Le verifiche successive avevano portato all'individuazione di un conto cifrato intestato a una società anonima e in uso a Cavallero, che si era servito di somme ingenti per corrompere funzionari e professionisti, garantire benefit e vacanze di lusso.

Nel solo 2013 la società anonima aveva trasferito nove milioni di euro su un conto riconducibile a un faccendiere vicino a Cavallero, che a sua volta aveva disperso la somma su numerosissimi conti esteri.

Stefania apprese la notizia dell'arresto dal tg5 della sera.

Camilla aveva appena terminato i compiti e, dopo aver apparecchiato, si erano sedute a tavola.

La seconda notizia dei titoli era l'arresto di un importante uomo d'affari elvetico nella cornice del meeting Ambrosetti di Cernobbio.

«Guarda, mamma, c'è Villa d'Este!»

Stefania vide le immagini sullo schermo: la telecamera inquadrò un palco, poi una sala dell'albergo, infine i Grandi della Terra seduti nel parco della celebre villa durante la colazione.

Lo speaker diceva: «Terremoto sull'Expo. Irruzione a sorpresa della polizia e della guardia di finanza durante i lavori del meeting Ambrosetti di Cernobbio. All'inizio della seconda giornata, quando il pubblico in sala stava ascoltando l'atteso intervento di *, amministratore delegato di *, i militari hanno arrestato il noto imprenditore elvetico Renato Cavallero, tra lo sconcerto dei presenti in sala.

«Renato Cavallero, cinquantaquattro anni, residente a Lugano, uno dei più importanti uomini d'affari del Canton Ticino, è accusato di truffa, associazione a delinquere, corruzione, turbativa d'asta e violazione di segreti d'ufficio. Ma anche di riciclaggio e frode fiscale.

«L'arresto è stato disposto dal giudice per le indagini preliminari Massimiliano Carotenuto su richiesta del sostituto procuratore Fabio Mariani, coordinati dal procuratore della Repubblica Andrea Malavasi.

«L'associazione a delinquere, secondo gli inquirenti, mirava a pilotare gli appalti legati a Expo 2015. L'indagine, nata da un piccolo fatto di cronaca, è molto più complessa rispetto a quanto emerso fino a oggi. Il blitz partito questa mattina in tutta Italia ha portato all'arresto di quarantatré persone. Al momento gli indagati sono un centinaio. Agli arresti domiciliari sono finite altre diciotto persone. Una vera e propria piramide criminale che vedeva al suo vertice importanti esponenti del mondo degli affari e della politica.

«Dalle indagini emerge un quadro inquietante della figura di Cavallero, vero e proprio deus ex machina di un'organizzazione ramificata capace di controllare gli appalti dei grandi cantieri nati intorno all'Expo e di gestire carriere e relazioni. Gli scambi di denaro filmati dalla Dia hanno svelato un giro di tangenti che riguardava politici e intermediari. Cavallero, secondo la procura, era in contatto con referenti politici e con esponenti del mondo imprenditoriale a cui non faceva mancare finanziamenti, prebende, escort di lusso, auto sportive e viaggi premio in cambio di delibere ad hoc. Secondo la procura l'associazione per delinquere avrebbe anche condizionato diversi appalti relativi alla sanità lombarda. Nessun parlamentare al momento risulta indagato.»

Stefania ascoltò la notizia e poi girò sugli altri canali.

Tutti i telegiornali della sera stavano passando la notizia.

Non riusciva a togliersi dalla testa il contrasto tra l'arresto di Cavallero e gli sguardi attoniti e sconcertati del pubblico presente in sala.

Capi di stato, rappresentanti di istituzioni internazionali, ministri, premi Nobel, imprenditori e manager. Il palco e la grande scritta: QUALE DESTINO PER L'ECONOMIA DEI PAESI IN VIA DI SVILUPPO?

Mariani aveva preteso una platea d'eccezione e questo Stefania non riusciva a capirlo.

Non sarebbe stato sufficiente un arresto? Perché tutto quel clamore? Perché decidere di coinvolgere giornalisti e tv?

Ripensò alle parole di Mariani, quando gli aveva consegnato il rapporto sull'arresto di Barone e complici dopo il rapimento di Michela e le minacce a Beatrice Mandelli. Il sostituto l'aveva ringraziata, le aveva fatto i complimenti per la conclusione dell'indagine e le aveva lasciato intendere, in maniera inequivocabile, che il suo compito terminava lì. Degli sviluppi dell'indagine si sarebbe occupato qualcun altro. Stefania non era riuscita a trattenere un moto di stizza ma non aveva replicato. E Carboni, che aveva assistito a quel colloquio, le aveva spiegato che era meglio non pensarci più.

Stefania ripensò a quello che il sostituto le aveva detto: «Vede, Valenti, le grandi indagini spesso nascono così. Si parte da un fatto da nulla, spesso legato a qualche pesce piccolo. Il nostro Vallesi, diciamocelo, non era che una mezza tacca. Però è grazie a lui se siamo riusciti a fare luce su questa vicenda.»

Osservando le immagini dell'arresto di Cavallero in pompa magna durante il celebre meeting aveva provato un senso di disgusto. Adesso, ripensando alle parole di Mariani e alle espressioni utilizzate dal pm, «pesce piccolo», «mezza tacca», il suo senso di nausea aumentava.

Terminò la cena, scambiò qualche frase con Camilla. Quando la bambina si addormentò, chiamò Giulio. Il cellulare risultava spento.

Il giorno successivo al blitz a Villa d'Este, in città non si parlava d'altro.

Le locandine della *Provincia* e del *Corriere di Como* erano dedicate all'arresto di Cavallero. La notizia campeggiava su tutti i maggiori quotidiani nazionali. Il tg locale di Espansione TV della sera prima aveva raccontato, attraverso la faccia di un Salimbeni più tronfio del solito, quello che era successo a Villa d'Este. L'emittente comasca aveva realizzato uno speciale che sarebbe andato in onda la sera stessa.

Stefania arrivò in questura e si chiuse nel suo ufficio.

Chiamò Piras e Lucchesi, coordinò il lavoro e poi si mise a riflettere.

Tra i tanti punti interrogativi che non le concedevano tregua, alcuni risultavano di difficile soluzione, a cominciare dalla questione della chiave della cassetta di sicurezza.

Aveva più volte interrogato Barone e i suoi complici e nessuno aveva saputo aggiungere altro rispetto alla versione che in più circostanze era stata fornita: la richiesta di ritrovare la chiave era partita direttamente da Cavallero. Quale cassetta di sicurezza e cosa custodisse era rimasto un mistero.

Si ripropose di suggerire quella pista al magistrato, dal momento che Cavallero sarebbe rimasto a disposizione per un bel po'. Ci pensò su, poi si disse che forse non ne valeva la pena. In fondo, quel caso non le apparteneva più. Perché fare un altro favore a Mariani, quindi, senza conoscere quali carte il magistrato intendesse giocare?

E non sarebbe stata disposta a perdonarsi un ulteriore coinvolgimento di Beatrice in tutta quella vicenda.

Si rimise al lavoro, cercando di mettere un po' di ordine nelle faccende di ordinaria amministrazione.

Con il passare delle settimane l'inchiesta aveva compiuto passi in avanti.

L'organizzazione gestita da Cavallero aveva messo le mani anche sugli affari della sanità, reclutando diversi manager ospedalieri e dirottando verso imprese "amiche" una serie di importanti commesse. Forniture sanitarie in cambio di promozioni pilotate. Tra gli arrestati figuravano manager, imprenditori, politici. Anche Visentin era finito sotto inchiesta.

Quello che ancora non era emerso chiaramente era il legame tra il vertice dell'associazione a delinquere e gli appoggi a livello regionale. Stando alla tesi sostenuta dalla procura, ogni volta che c'era una procedura di gara, i referenti di Cavallero avvicinavano il pubblico ufficiale competente utilizzando anche gli agganci politici. Un fatto acclarato era che le aziende vicine a Cavallero riuscivano a entrare in possesso dei bandi di gara con largo anticipo.

La figura di Barone, poi, grazie alle indagini di Mariani stava assumendo connotazioni diverse. Considerato all'inizio poco più di un mero esecutore, un semplice tirapiedi di Cavallero, con il passare del tempo e grazie a controlli più accurati, la procura era stata in grado di collegare una rapina di due anni prima agli sgherri di Barone.

Attraverso la ricostruzione dell'assalto a un furgone portavalori sull'autostrada A4 il pm era risalito fino a una motocicletta di grossa cilindrata, come quella impiegata per l'agguato al Vallesi. Gli esecutori, due uomini residenti nel comasco legati a Barone, erano gli stessi che qualche tempo prima avevano messo in atto il rapimento lampo di Michela Vallesi. Ne era emerso un quadro inquietante, in cui era divenuto evidente che Barone gestiva anche un giro d'affari in proprio, con reati che andavano dalle minacce all'usura, passando per le rapine.

Stefania era convinta che lì da qualche parte, nascosta insieme alle vicende di malaffare riconducibili a Cavallero, si annidasse la soluzione del suo caso. Perché se per gli altri la faccenda Vallesi poteva ritenersi conclusa, per lei non lo era.

E al di là delle questioni di antipatia e rivalità che la facevano sentire ad anni luce di distanza dal pm, di una cosa era certa.

Qualcosa le era sfuggito. Un dettaglio, forse. Ma non avrebbe rinunciato a cercare di capire dove stava la verità. Perché Stefania era convinta: Vallesi poteva anche essere stato un pesce piccolo, per dirla con Mariani, ma di sicuro era a conoscenza di qualcosa di grosso. E aveva giurato a se stessa che sarebbe andata fino in fondo.

Mise a posto la scrivania, controllò la posta e poi uscì dalla questura. Percorse un breve tratto di via Italia Libera e poi raggiunse piazza Vittoria.

Di fronte all'edicola, diede uno sguardo ai titoli dei giornali. *Corriere della Sera*, *la Repubblica*, *il Giornale*. Poi vide il *Quotidiano Nazionale*. Proprio di fianco alla notizia dell'arresto di Cavallero e dello scandalo scoppiato in seno ai vertici delle società che orbitavano intorno all'Expo, c'era una notizia di cronaca: SCIOPERO ALITALIA. CONTROLLORI DI VOLO E PERSONALE DI TERRA PROTESTANO A MALPENSA.

Malpensa, già. Cosa diavolo ci faceva il Vallesi all'aeroporto di Malpensa qualche mese prima?

Rientrò in ufficio, riprese in mano la cartella dell'indagine e iniziò a sfogliarla.

Intorno alle cinque e mezzo Stefania uscì dalla questura.

Aveva riletto il fascicolo processuale e poi ricontrollato i quotidiani e dato un'occhiata alle notizie sul web. Alcune informazioni interessanti ma nulla più.

Una volta salita in auto sentì il telefono suonare.

«Ciao Stefania, ho bisogno di parlarti.» Era Giulio, e aveva un tono conciliante. «Avevi ragione, ho sbagliato. Non mi dovevo intromettere in questo caso e, in genere, nel tuo lavoro. Volevo darti una mano e, se possibile, cercare di proteggerti. Ma avevi ragione tu. Ho visto com'è andata. Hai risolto il caso e un altro si è preso il merito al posto tuo. Succede sempre, del resto.»

«Giulio, sai che queste cose non mi hanno mai interessata.»

«Sì, lo so che tu sei una dei pochi a cui non interessano. E questo ti fa onore. Se penso a tanti colleghi e a qualche superiore, mi viene da ridere. Ma non pensare che sia sempre possibile riuscire ad arrivare a capo di un'indagine.»

«Lo so, Giulio, faccio il poliziotto da più di vent'anni. Quello che non riesco a spiegarmi, invece, è perché certe persone riescano ad accontentarsi delle mezze verità. Perché nessuno voglia andare a fondo in certe questioni.»

«Parli di lavoro, Stefania?»

«Sì, e non solo. Guarda la vicenda del Vallesi. Non sarà uno stinco di santo, avrà fatto i suoi errori, ma ecco che quando non serve più tutti si sono dimenticati di lui. Ma anche quest'uomo non ha diritto a un po' di giustizia? Il fatto che sia un assassino non è una buona ragione perché la sua storia non meriti un po' di attenzione. E guarda noi, Giulio. Perché siamo diventati così?»

«Cinici?»

«Ma no, non è cinismo. È normale che arrivati a questa età uno non si faccia più illusioni. La vita è andata in un modo e magari non è affatto come ci eravamo immaginati da giovani. Ma non è questo il punto. Una volta ci dicevamo le cose e da un po' di tempo abbiamo smesso di farlo. Perché, Giulio?»

«Non lo so. Ma hai ragione. Me lo sono chiesto anche io. Quanto alla storia del Vallesi, resterà una di quelle indagini in cui si è riusciti a dare un nome al mandante dell'aggressione. Penso che difficilmente riuscirai a scoprirne le motivazioni. Ma tant'è. Io so che non ti arrenderai, Stefania, e che ci proverai in tutti i modi. In fondo questo è il tuo lato migliore.»

«La testardaggine?»

«No, l'onestà. Mi piacerebbe vederti settimana prossima.»

«Facciamo mercoledì?»

«Stai dicendo che uscirai a cena con me?»

«Sto dicendo che una volta tanto è meglio dirsi le cose, Giulio.»

«D'accordo per mercoledì. Passo a prenderti?»

«No, ci vediamo alle otto davanti a quel ristorante di Cernobbio.»

«Il Vapore?»

«Sì, e guarda che questa volta sono io a invitarti.»

Stefania ripose il cellulare nella borsetta, girò la chiave e si avviò verso l'uscita.

Non erano ancora le sei ma iniziava a fare freddo.

E il pensiero di un camino acceso nella casa sul lago le riportò il sorriso.

19

Camilla avrebbe passato il fine settimana con suo padre.

Guido aveva telefonato per dirle che sarebbe andato a prenderla all'uscita di scuola.

Stefania dedicò la mattina alla casa di Como. Verso mezzogiorno prese la macchina per raggiungere sua madre sul lago.

Passò al centro commerciale, fece un po' di spesa e poi proseguì fino a Maslianico. Oltrepassò il valico di Brogeda e fece il pieno al solito distributore.

Rientrata in Italia tirò dritta verso Cernobbio, e da lì verso la strada bassa. Aveva voglia di godersi la tranquillità di quel pomeriggio.

Nel percorrere il tratto di strada dopo Villa d'Este non riuscì a fare a meno di pensare al Vallesi.

L'indagine era ufficialmente conclusa, Barone e i suoi uomini avevano confessato e tutto quello che era emerso nel corso delle indagini aveva sollevato un gran polverone. L'unico che ci aveva guadagnato, in quella situazione, era stato il sostituto. Ma così andavano le cose e Mariani, a dire il vero, si era dimostrato capace.

Si vociferava di una promozione, alcuni parlavano addirittura di un nuovo incarico a livello nazionale. Buon per lui.

La giornata era limpida, il vento aveva spazzato vie le nuvole, e lungo il tratto di strada da Moltrasio a Laglio si poteva respirare l'aria dell'autunno.

Lungo la strada Regina incontrò poche auto, segno che la stagione per quell'anno volgeva al termine. Rientrata sulla strada principale all'altezza di Laglio, proseguì fino ad Argegno. Prima di fermarsi a Ossuccio decise di fare una passeggiata sul lungolago di Sala Comacina.

Si addentrò nei vicoli e scese fino alla piazzetta da cui si poteva ammirare l'isola Comacina.

Passeggiò cercando di mettere a fuoco quella sensazione che l'aveva accompagnata negli ultimi giorni. Cosa le era sfuggito? Perché non riusciva a togliersi dalla testa che in tutta quella vicenda mancava ancora qualcosa, e che le tessere non erano tutte al loro posto? Perché avvertiva ancora quella fastidiosa voce dentro di lei?

Pensò a Beatrice Mandelli e decise che poteva bastare. Se non altro la donna e sua figlia non avrebbero più dovuto temere per la propria incolumità.

Quello che le attendeva era la deposizione al processo, ma Stefania non nutriva dubbi sul fatto che Barone e i suoi uomini avrebbero ricevuto una condanna pesante. Quanto ai mandanti e alle vicende legate agli appalti dei cantieri dell'Expo non era più una questione di sua competenza. Giulio aveva ragione.

Entrò nel bar più vicino, che dava sulla strada.

Alcuni avventori discutevano intorno a un tavolino. Stefania controllò il cellulare. Un sms.

«Ti va di andare a fare due passi domani?»

Era Luca.

Si avviò verso la macchina.

Una volta giunta nel parcheggio le venne un'idea.

«Sì, ma la meta la decido io», rispose.

In dieci minuti raggiunse la casa di sua madre. Un'altra settimana era terminata.

L'indomani arrivò alle otto sul lungolago di Menaggio.

Luca stava seduto su una delle panchine del viale. Di fronte a loro, a meno di mezzo chilometro, avvolta da una leggera foschia, c'era Bellagio.

«Non ti nascondo che mi hai incuriosito. Dove mi porti oggi?»

«Prima a fare colazione, poi sorpresa.»

Si avviarono verso la piazza e da lì nella strettoia di via Camozzi.

Di domenica mattina la pasticceria Manzoni era affollata fin dall'apertura.

Stefania diede un'occhiata ai giornali: la vicenda Cavallero era passata dalla prima alle pagine interne. Luca ordinò caffè e maritozzi lisci.

«Come sta tua madre?»

«Meglio dell'ultima volta. Il mare deve averle fatto bene.»

«E Camilla?»

«Cresce. Per la prima volta l'ho sentita dire che cosa le piacerebbe fare da grande: il veterinario.»

«Hai più pensato alla faccenda della casa?»

«Sì, e mi è venuta un'idea. Però preferisco parlartene un'altra volta. Oggi siamo in vacanza, l'hai scordato?»

Uscirono e si avviarono verso il parcheggio. Nel porticciolo di Menaggio le barche ormeggiate, cullate dal vento che arrivava dal lago, ondeggiavano dolcemente.

«Andiamo con la mia o con la tua?» domandò Luca.

«Con la mia, se non ti dispiace. Ho voglia di guidare.»

«E dove mi porti?»

«A vedere Lugano dall'alto.»

La funicolare Lugano Paradiso-monte San Salvatore raggiunge la vetta in soli quindici minuti.

Dalla cima del monte San Salvatore, che ha un'altezza di novecentododici metri sul livello del mare e svetta maestoso nel cielo di Lugano regalando una vista mozzafiato sul lago Ceresio, sulla pianura lombarda e sulla catena delle Alpi svizzere, il belvedere offre una panoramica a trecentosessanta gradi.

Mentre la carrozza rossa saliva verso la vetta, Luca si guardava attorno affascinato.

Stefania aveva guidato per mezz'ora.

Si erano lasciati alle spalle la val Menaggio e la Valsolda e avevano oltrepassato il confine a Gandria.

Poi si erano diretti verso Lugano costeggiando il Ceresio. All'altezza di Castagnola si erano fermati per ammirare la città. Poi erano scesi verso Cassarate.

Avevano percorso tutto il lungolago osservando gli alberghi e l'imbarcadero ed erano arrivati a Paradiso.

A quel punto, dopo aver sistemato l'auto dietro la stazione dei treni, Stefania aveva domandato: «Ti va di fare un giro in funicolare?»

Luca l'aveva presa per mano e si erano avviati verso l'entrata. Adesso osservavano il panorama sottostante, e la città che poco alla volta si rimpicciolìva.

A metà salita la vettura si fermò, i passeggeri scesero e salirono sulla seconda vettura, quella che li avrebbe condotti in vetta.

Erano state settimane di lavoro frenetico, l'indagine che ruotava attorno all'aggressione del Vallesi l'aveva coinvolta troppo, pensava Stefania. Aveva bisogno di staccare.

Luca aveva ordinato un altro caffè sulla terrazza del ristorante Vetta, poi erano saliti a piedi, seguendo il percorso guidato.

A metà si erano fermati. Stefania aveva insistito per visitare il museo.

Intorno alle undici erano saliti fino in cima.

Il belvedere era stato preso d'assalto. Molti erano intenti a preparare il pic-nic.

Voltandosi, Stefania vide la chiesetta.

Luca la prese per mano e la condusse verso il piccolo edificio.

«Ti va se diamo un'occhiata dentro?» domandò Stefania.

«Sì» rispose Luca, «ma dopo.»

Percorsero un lato della chiesa e da lì presero la scala che saliva fino al tetto. Si strinsero per far passare una coppia che stava scendendo.

Luca le indicò il ponte di Melide. Stefania individuò il casinò di Campione d'Italia proprio di fronte. Una mappa indicava le cime che avevano davanti, dal monte San Giorgio fino alle Alpi svizzere. Dalla parte opposta, quella che dava sull'ingresso della chiesa, potevano ammirare la città di Lugano vista dall'alto. Il monte Brè, il parco Ciani, le frazioni e il lungolago.

Luca fece delle foto, Stefania si mise in posa. Poi chiesero a un turista di scattare loro una foto.

Stefania si sentiva leggera. Era felice.

Rimasero sul belvedere della chiesa per un quarto d'ora, poi decisero che era tempo di rientrare. Nel momento in cui stavano per riprendere il sentiero che li avrebbe condotti alla stazione, Stefania si fermò.

«La chiesa» disse. «Non mi capiterà tanto presto di ritornare qui.»

Si voltò, mentre Luca era intento a scattare altre foto.

L'ingresso della piccola chiesa era molto sobrio e la facciata poco più di un muro intonacato. L'interno, invece, era grazioso, un piccolo ambiente a una sola navata e con un paio di altari laterali. Stefania stava per percorrere i pochi metri che la separavano dall'altare maggiore quando notò una lapide sul lato sinistro dell'ingresso.

Era di una di quelle tombe dell'Ottocento, con il nome della defunta, una dedica e l'iscrizione che si concludeva con una formula di rito.

Proseguì.

L'altare maggiore era sobrio come il resto della chiesa. Una donna stava accendendo una candela.

Stefania rimase a osservare un affresco, poi si fece il segno della croce e si girò verso l'uscita.

Fu solo in quel momento, mentre stava per varcare la soglia, che la vide.

All'altro lato dell'ingresso c'era una seconda tomba, molto più recente, molto simile a quella che aveva notato in precedenza, però più lucida e con l'iscrizione in caratteri più grandi e nitidi.

Si avvicinò.

Lesse l'iscrizione.

All'inizio non capì. Le sembrò di essersi sbagliata.

Poi rilesse ad alta voce.

LUIGIA TOSI

«DEL DEGO NEL PIEMONTE
ALL'AMORE DEI SUOI
DA CRUDEL MORTE RAPITA
NEL BORGO DI AGNO
IL DÌ 18 FEBBRAIO 1844
NELLA FLORIDA ETÀ DI ANNI 32
QUI
DOVE SEGNARONO I SUOI VOTI
LA TOMBA
DEL DOLORE ACERBO DEI SUPERSTITI

CHE LEI SOSPIRANDO RAMMENTANO
QUESTO MONUMENTO
TIENE»

Un attimo di esitazione.

Si diresse verso l'altro lato della chiesa. Vicino all'ingresso.

Rilesse l'iscrizione della prima lapide.

Erano identiche.

Non ci poteva credere.

Due tombe uguali della stessa persona a distanza di pochi metri l'una dall'altra.

Le tornarono alla mente le parole del Vallesi: «Ricorda il giorno del nostro matrimonio... Cerca la donna che morì due volte.»

Non c'erano dubbi.

Ce l'aveva fatta.

L'aveva trovata.

Stefania uscì dalla chiesa, corse incontro a Luca e lo condusse all'interno.

La discesa fu lentissima.

Stefania aveva provato a spiegare a Luca quello che era successo ma nella concitazione del momento non era riuscita a fargli capire l'importanza di quella scoperta.

Si era appuntata il testo dell'iscrizione su un foglietto e lo aveva riletto più volte.

«Mi stai dicendo che in quella scritta è contenuta la soluzione del caso?»

«In un certo senso sì. È la chiave di tutto. Solo che...»

«Manca ancora qualcosa?»

«Forse. Però la soluzione è in questa iscrizione. Questo è il messaggio che il Vallesi ha voluto fornire prima di perdere i sensi.»

«Forse la scritta contiene il numero del conto cifrato.»

Stefania lo guardò. Poi rilesse il biglietto.

La scritta riportava dei numeri: 18 febbraio 1844, anni 32.

Poteva trattarsi di una combinazione alfanumerica? Forse, ma le sembrava troppo complicato. E anche nel caso di un conto cifrato, le mancava un'indicazione che la portasse alla banca e l'eventuale parola di sicurezza per accedere al conto.

No, pensò riflettendoci. La soluzione doveva essere più semplice.

Per un attimo provò l'istinto di chiamare Beatrice Mandelli e di metterla al corrente della scoperta. Poi decise che per il momento era meglio aspettare.

Voleva prendersi del tempo per riflettere.

Il viaggio di ritorno fu lento e piacevole.

Luca insistette per fermarsi fuori a pranzo.

Stefania alla fine accettò.

Oltrepassato il confine evitarono la galleria e imboccarono la litoranea.

A San Mamete si fermarono e Luca la accompagnò attraverso l'intrico di viuzze attorno alla piazzetta e poi sotto i portici, fino ad arrivare accanto al pontile.

«Qui una volta c'era l'albergo Italia» disse indicando una targhetta commemorativa, «e adesso c'è un ristorante.»

Le fece strada all'interno del giardino. Una delle cameriere li guidò a uno dei due tavoli ancora liberi sotto la pergola. Attorno a loro un coro di voci, con i bambini che si rincorrevano e gli adulti alle prese con le portate.

20

Lunedì mattina Stefania arrivò in questura in ritardo.

Il giorno prima era stato piuttosto intenso.

Aveva passato il pomeriggio con sua madre. In serata era scesa a Como ad aspettare Camilla.

Quando Guido era arrivato erano già le nove e mezzo. Lei e la figlia avevano cenato e poi si erano addormentate sul divano.

Intorno all'una Stefania si era svegliata e non riuscendo più a prendere sonno aveva passato quasi un'ora a riflettere sulla scritta trovata sul monte San Salvatore.

Un vero rompicapo.

La soluzione era lì da qualche parte ma dopo averci pensato per tutta la giornata era ancora al punto di partenza.

Che cosa aveva voluto dire il Vallesi indicando la tomba della donna sepolta nella chiesetta?

Cosa custodiva quella scritta?

Quando si era addormentata erano le tre e mezzo.

Al mattino non avevano sentito la sveglia e così, oltre alla levataccia, avevano dovuto fare le cose di fretta.

Camilla era entrata a scuola alle otto e venti e quando finalmente Stefania era riuscita a parcheggiare dentro il cortile della questura, mancavano ormai venti minuti alle nove.

«Commissario» disse Lucchesi vedendola arrivare, «ieri

sera c'è stato un furto in una gioielleria del centro. Il commissario capo mi ha chiesto di informarla.»

«Bene, Lucchesi. Però prima lasciami aprire la posta.»

Stefania aveva raggiunto il suo ufficio e aveva acceso il computer.

Era sul punto di chiamare i suoi uomini per la consueta riunione del lunedì quando qualcosa, all'interno dell'armadio, attirò la sua attenzione.

Stefania osservò la busta di plastica, contenente gli oggetti trovati a casa della madre del Vallesi.

Solo allora collegò le due cose. Ricordò.

Un nome.

Tosi.

Luigia Tosi, la donna che morì due volte.

Che scema, pensò. Non è possibile.

Prese la busta, estrasse il calendario e scorse la lista dei nomi letti da Piras.

Seconda pagina: GIOVANNA. Poi RAG. SELVA CAF, MICHELA P., BOLLETTA GAS, BERNASCHINA, TOSI.

Tosi.

Ecco dove aveva già sentito quel nome.

Chiamò Piras e Lucchesi.

«Piras, Lucchesi, so che la cosa forse non vi interesserà, dal momento che l'indagine per l'aggressione al Vallesi è stata chiusa. Ma forse sono arrivata a capire quello che l'uomo voleva indicarci prima di perdere conoscenza.»

«La questione della chiave e della banca?» domandò il sardo.

«Esattamente» rispose Stefania.

«Giovanni» disse mostrando il calendario che avevano ritrovato all'interno della casa di Milano, «mi puoi ripetere cosa ti ha detto questa Tosi quando l'hai contattata per sapere se conosceva il Vallesi o la madre?»

«Mi ha risposto la figlia, dicendo che si scusava ma non era il momento adatto. Io le ho chiesto spiegazioni e lei mi ha risposto che la madre era morta da pochi giorni. Poi si è messa a piangere.»

«Bene» rispose Stefania. «Cioè male, mi dispiace per la signora. Ma penso che la soluzione del caso stia proprio in questo nome.»

«Tosi?» domandò Lucchesi.

«E cosa glielo fa pensare?» domandò Piras.

«È una storia lunga, Giovanni. Ma se mi date un quarto d'ora vi saprò dire qualcosa.»

I due agenti si alzarono, Stefania tornò a concentrarsi sul calendario. Poi si accese una sigaretta, compose il numero e rimase in attesa.

«Pronto?»

«Casa Tosi? Sono il commissario Stefania Valenti e chiamo dalla questura di Como. Avrei bisogno di rivolgerle alcune domande.»

«In merito a?» rispose una voce maschile che appariva calma e tranquilla.

«Una persona forse di sua conoscenza, Angelo Vallesi. Ma con chi parlo esattamente?»

L'uomo rimase in silenzio per una frazione di secondo, il tempo sufficiente perché Stefania capisse di aver fatto centro.

Poi l'uomo disse: «Sono Paolo Tosi. Immagino sia per via di quell'incidente di cui hanno parlato i giornali.»

Stefania tentò di riassumere la situazione per sommi capi, raccontando solamente dell'aggressione e dell'indagine. Preferì non dilungarsi al telefono per giocarsi tutte le sue carte durante il faccia a faccia.

«Le dispiacerebbe raggiungermi in questura, diciamo, nel primo pomeriggio?»

«Per una chiacchierata informale, immagino.»

«Certamente, signor Tosi. Solo una curiosità. Volevo mostrarle un oggetto. Forse lei è in grado di aiutarmi.»

«D'accordo, commissario. Va bene per le tre?»

«Non so davvero come ringraziarla.»

«Vede, commissario» disse Paolo Tosi appoggiando le braccia alla poltrona, «Angelo era un imprenditore nato. Era bravo nel suo mestiere. Quello che gli è successo mi addolora. A un certo punto tutto ciò che aveva costruito è crollato di colpo e per tanto tempo mi sono domandato perché fosse accaduto e perché proprio a lui. Ma per queste cose, forse, non esiste una risposta. Tutto qui.»

Stefania aveva ascoltato quello che l'uomo le aveva raccontato del proprio rapporto con il Vallesi, nato per caso a metà degli anni Ottanta. Tosi le aveva spiegato di essere stato contattato da Angelo Vallesi alla fine del 1984. Da quel momento Tosi era diventato l'uomo di fiducia del Vallesi, quello che aveva curato i suoi interessi.

«Per quale banca lavorava, signor Tosi?»

«Sono stato un quadro per un'importante banca di Milano fino al 1978. Poi, dopo il matrimonio, mi hanno proposto un lavoro in Svizzera. Io e mia moglie avevamo sempre avuto il desiderio di andare a vivere lontani dalla città. Nel marzo del 1978 ho iniziato a lavorare per il Credit Suisse, nella filiale di Lugano. Poi, nell'82, mi hanno chiamato alla Banque de la Suisse italienne, dove sono rimasto fino alla fine della mia carriera.»

«Quindi nel periodo in cui ha conosciuto Angelo lei lavorava per questa banca?»

«Sì, commissario. La sede di Lugano. Quella di fronte all'imbarcadero centrale.»

Stefania rimase in silenzio. Nella sua testa l'immagine di

un edificio scuro, con i mattoni a vista, un portico elegante, le finestre su piazza Manzoni.

«Immagino che lei non potrebbe rivelarmi dettagli riguardo ai movimenti di denaro che Angelo aveva presso la banca.»

«Quello del segreto bancario, dottoressa, è una cosa che noi funzionari di banca ci portiamo appresso per tutta la vita. Il rapporto con il cliente assomiglia molto a quello che esiste tra un avvocato e il suo assistito. Solo che nel nostro caso non ci sono di mezzo reati, ma solo denaro.»

«Capisco, signor Tosi. Tuttavia ho la sensazione che quello che è accaduto ad Angelo sia in qualche modo legato ai suoi affari, a quello che accadeva all'interno del suo locale e, in una certa misura, a quello che succedeva sul suo conto svizzero.»

«Be', commissario, se quello che vuole sapere è l'entità delle somme versate da Angelo oltreconfine, posso garantirle che erano nel complesso modeste. I risparmi di un imprenditore di successo, non cifre da capogiro. Mi riesce difficile pensare che qualcuno l'abbia voluto incastrare, diciamo, per qualche decina di milioni di vecchie lire. Forse centocinquanta milioni nel periodo in cui gli affari andavano a gonfie vele. Non dimentichi che le cifre più importanti Angelo le teneva in Italia. Il conto svizzero era una specie di paracadute. Lì Angelo destinava quelle somme che un giorno gli sarebbero tornate utili. Cosa che puntualmente accadde quando le cose iniziarono a precipitare.»

Stefania aveva provato una spontanea simpatia per quell'uomo non più giovane. Il Paolo Tosi che aveva di fronte era un onesto impiegato di banca in pensione, che le aveva ispirato da subito una certa fiducia.

Decise di non proseguire con altre domande e di giocarsi subito la sua carta. Il vero motivo che l'aveva spinta a convocarlo.

«La riconosce questa?» domandò posando la chiave metallica sulla scrivania.

L'uomo si sporse in avanti, prese la chiave in mano, la rigirò un paio di volte, poi disse: «Certo, dottoressa, è una delle chiavi delle nostre cassette di sicurezza. La riconoscerei tra un milione. Non ha idea di quante di queste chiavi siano passate tra le mie mani in tutti quegli anni.»

«Angelo Vallesi possedeva una cassetta di sicurezza all'interno della banca?» domandò Stefania trattenendo il respiro.

«Sì, commissario, non è un mistero. A un certo punto, poteva essere la fine degli anni Ottanta o l'inizio degli anni Novanta, Angelo venne da me con la richiesta di ottenere una cassetta di sicurezza più grande.»

«Più grande?» domandò Stefania incuriosita.

«Sì, commissario, quasi tutti i nostri correntisti possedevano una cassetta di sicurezza standard. Di quelle, per intenderci, in cui è possibile custodire valori, gioielli, cose del genere. Anche Angelo ne possedeva una.»

«A un certo punto Vallesi le chiese di averne una più grande?»

«Esattamente. Lei deve sapere, commissario, che all'interno del caveau, oltre al denaro, alle opere d'arte e insieme alle collezioni più prestigiose di grandi mercanti d'arte, esiste un'intera sezione destinata alle cassette di sicurezza, più o meno grandi. Diciamo che una cassetta di sicurezza può essere grande anche come una cabina telefonica.»

«E cosa doveva custodire Vallesi all'interno di una cassetta di sicurezza così grande?» domandò Stefania.

«Non ne ho la più pallida idea, commissario. Quello che le posso dire è che negli ultimi tempi, prima che Angelo venisse arrestato, non era più la persona che avevo conosciuto.»

«E questo le suggerisce qualcosa?»

«Nulla, se non il fatto che, a causa di tutto quello che era successo, era diventato paranoico. Temeva di essere seguito, controllava di continuo la cassetta di sicurezza.»

«E a suo avviso questo può essere messo in relazione con quanto è poi accaduto?»

«Vede, commissario, è una possibilità che non ho mai preso in considerazione. Però posso dirle qualcosa che forse potrebbe aiutarla.»

«La ascolto.»

«Quando Angelo è stato arrestato e poi condannato, ho dato per scontato che il suo conto sarebbe rimasto fermo per tanti anni, almeno fino a quando non avesse finito di scontare la pena.»

«Vada avanti, signor Tosi.»

«Quando è entrata in vigore la riforma del sistema bancario svizzero...»

«La legge del 2003...»

«Sì, a quel punto è successa una cosa imprevista.»

«E cioè?»

«Ho ricevuto una telefonata. Una persona mi ha chiesto del conto e della cassetta di sicurezza di Angelo.»

«Luigia Zocchetti, la madre del Vallesi. La persona che fino a poco tempo fa ha tenuto i rapporti con la banca.»

«Vedo che lei è meglio informata di me, commissario. La signora era in gamba, e da allora, fino a tempo fa, ogni volta che doveva recarsi in banca, cosa che capitava non più di due volte all'anno, mi telefonava. Sono in pensione da qualche anno, però sa come sono fatte le persone anziane... Ma la cosa interessante non è questa.»

«E quale sarebbe?»

«Che io mi sarei aspettato di ricevere una telefonata dalla procuratrice del conto.»

«E non era la madre?»

«No, commissario. Angelo aveva voluto che il conto e la cassetta di sicurezza fossero intestati anche a un'altra persona.»

«E chi sarebbe?»

«La compagna del Vallesi, commissario. Una certa...»

«Beatrice Mandelli.»

«Esattamente.»

Stefania era in preda a una sensazione strana.

Da una parte l'euforia per le informazioni che Tosi le aveva fornito e dall'altra l'agitazione che quelle rivelazioni avevano provocato.

Cercò di riepilogare il tutto. Prima di chiamare in causa Beatrice Mandelli era necessario avere un quadro completo della situazione.

Chiamò Marino in guardiola e gli chiese di portarle un caffè. Controllò la posta e si sincerò del fatto che Luca non avesse chiamato.

Diede disposizioni a Lucchesi e Piras, invitandoli a effettuare il sopralluogo nella gioielleria dove era avvenuto il furto.

Quando Marino bussò portandole il caffè, lo ringraziò e si mise al lavoro.

Dunque Vallesi, poco prima di commettere l'omicidio si era recato più volte presso la sua banca svizzera.

L'uomo doveva aver predisposto il piano nei minimi dettagli, se aveva insistito perché il conto e la cassetta fossero a disposizione di un'altra persona.

Ed era evidente che ciò che aveva tenuto nascosto all'interno della cassetta di sicurezza doveva essere qualcosa di importante se si era premunito di cointestare il conto.

Perché Tosi era stato molto esplicito e quando Stefania gli aveva domandato se Beatrice ne fosse al corrente, aveva avuto una sorpresa.

Probabilmente no, aveva risposto l'uomo, spiegando che la normativa svizzera prevedeva la possibilità di nominare un procuratore anche senza che questi ne fosse al corrente. Di più, le aveva spiegato l'ex impiegato: al momento della nomina del procuratore non era necessario nemmeno presentare i documenti del procuratore, ma era sufficiente indicarne le generalità.

Una procedura particolare, aveva aggiunto Tosi, utilizzata spesso dalle persone facoltose per consentire di destinare soldi o beni alle persone care senza dover passare per la trafila delle procedure ereditarie.

Quante volte, le aveva raccontato l'uomo, gli era capitato di assistere a scene in cui, dopo la morte dell'intestatario del conto o della cassetta di sicurezza, alcune persone si erano rese conto di essere entrate in possesso di fortune di cui non erano nemmeno a conoscenza.

Adesso aveva tutti i tasselli a disposizione: la chiave, la filiale della banca, l'intestatario della cassetta di sicurezza e il nome del procuratore.

Si trattava di informare Beatrice e di convincerla a presentarsi nella sede della Banque de la Suisse italienne di Lugano per accedere alla cassetta di sicurezza di Angelo.

21

Giulio telefonò quando Stefania aveva appena oltrepassato la dogana.

L'avrebbe richiamato più tardi.

Aveva una cosa urgente da sbrigare.

Beatrice Mandelli l'aspettava per le dieci: si erano date appuntamento all'ingresso del parco Ciani.

Dopo aver attraversato Chiasso si era diretta verso Mendrisio e da lì a Capolago. Aveva percorso la cantonale, prima Bissone, poi Maroggia. Arrivata a Melide, aveva superato il ponte e aveva proseguito verso Lugano. Accanto alla statale correva la ferrovia e poco oltre, sulla riva opposta, c'era Campione d'Italia.

Parcheggiò in un autosilo vicino al centro congressi e si diresse a piedi verso il centro.

Oltrepassò il tratto di strada tra piazza Indipendenza e il quartiere Maghetti di buon passo, poi svoltò in via Canova e da lì arrivò nella zona centrale.

Osservò le vetrine, le persone sedute nei caffè, l'eleganza di quella città che appariva ogni volta perfetta. Uno sguardo al palazzo civico, un'occhiata alla fontana di fronte a piazza Manzoni. Lugano era una città bellissima e signorile. Un po' malinconica, forse.

Alle dieci meno un quarto Stefania era davanti all'imbarcadero centrale e osservava la sede della Banque de la Suisse italienne.

Un edificio imponente, il fronte affacciato su piazza Manzoni, costruito in mattoni marroni e con quattro ordini di finestre. Stefania rimase a osservarlo, spostandosi verso la fontana attorno a cui erano seduti alcuni turisti. Sul lato sinistro, dove iniziava via Magatti, c'era un elegante portico con colonne. Un giro attorno al palazzo le fu sufficiente per comprendere come, nel corso degli anni, alla struttura originaria fosse stata aggiunta una parte più moderna. La sede dell'istituto trasmetteva un'idea di grande efficienza, con quel misto di austerità e riservatezza tipico delle grandi banche svizzere.

Completato il giro dell'isolato, Stefania ritornò verso l'imbarcadero.

Beatrice la aspettava. Indossava un abito grigio e controllava nervosamente il cellulare.

Pochi istanti più tardi le campane di una chiesa iniziarono a suonare.

Luca Valli osservò l'orologio. Le dieci e mezzo.

Stefania non aveva risposto all'ultimo messaggio della sera precedente. Provò a chiamare ma il telefono risultava non raggiungibile.

Aprì il file con la pianta della casa di via Torno e rimase a osservarla. Sei vani, con la zona giorno un po' sproporzionata rispetto alla zona notte. Tipico degli anni in cui la casa era stata costruita.

Si concentrò su alcuni dettagli. Forse era possibile ricavare un ripostiglio o una zona dispensa accanto alla cucina o forse conveniva abbattere un tavolato e creare una zona giorno più luminosa.

Ci pensò su per qualche minuto, poi decise di uscire a fare un giro.

Como era una città che in autunno cambiava aspetto: quando i turisti diminuivano, era possibile passeggiare per le vie del centro e scoprire scorci suggestivi.

Prese la bicicletta, attraversò via Milano e arrivò all'inizio della città murata. Percorse via Diaz, poi girò in via Cinque Giornate. Svoltò all'altezza di via Vittorio Emanuele. Qualche minuto più tardi era seduto in un caffè a poca distanza dal Teatro Sociale.

Diede un'occhiata alla *Provincia*.

Il quotidiano riportava gli sviluppi sull'indagine che aveva portato all'arresto di Cavallero: in quinta pagina un pezzo di cronaca con gli ultimi arresti. A fianco un'intervista al pubblico ministero, in cui il magistrato forniva la sua interpretazione di quello che era accaduto.

Alla domanda del giornalista in cui si faceva riferimento all'inizio delle indagini, Mariani rispondeva in maniera sbrigativa: «Siamo partiti da un piccolo fatto di cronaca, come succede spesso in questi casi.»

«Quali soluzioni per la corruzione dilagante nel paese?»

Mariani aveva risposto: «Non vedo soluzioni a breve. La questione morale deve diventare una prerogativa a tutti i livelli. Se vogliamo cambiare questo paese è necessario cambiare l'intera classe dirigente. E per farlo dobbiamo ripartire dalla scuola, educare i nostri figli al rispetto delle regole e alla legalità.»

Luca chiuse il giornale, terminò il caffè e provò a richiamare Stefania. Il cellulare era ancora spento. Digitò un sms e lo spedì. A quel punto prese la bicicletta e si avviò verso lo studio.

Dal chiosco vicino a Porta Torre sentì un profumo di caldarroste. L'autunno era arrivato e la città iniziava lentamente a cambiare colori.

L'uomo accanto a lei aveva esagerato con il dopobarba.

All'interno dell'ascensore Beatrice sentì un brivido correrle lungo la schiena.

Dal momento in cui aveva messo piede all'interno della banca non aveva fatto altro che pensare a quello che Stefania le aveva detto.

Era andata allo sportello e dopo aver mostrato i documenti, una persona l'aveva fatta accomodare in una sala d'attesa. Dopo dieci minuti si era presentato un impiegato brizzolato. Beatrice aveva mostrato la chiave. L'impiegato era uscito dall'ufficio, tornando dopo pochi minuti insieme al vicedirettore. Ultimate le pratiche riguardanti il riconoscimento, Beatrice era stata affidata a uno dei commessi.

Quando le porte dell'ascensore si erano mosse, l'uomo aveva invitato Beatrice ad accomodarsi.

Era all'interno del caveau.

Si sentiva spaventata. Osservò i quadri alle pareti, le poltrone, il pavimento perfettamente pulito.

Si trovava quindici metri sotto il livello della strada. Ma più che in un bunker le sembrava di trovarsi nell'atrio di un grande albergo.

Il commesso le chiese la chiave. Beatrice la estrasse dalla borsa e gliela porse.

L'uomo controllò un terminale e poi, dopo averle restituito la chiave, la invitò a seguirlo.

Attraversarono un lungo corridoio pieno di cassette di sicurezza. Le maniglie d'argento luccicavano sul fondo nero degli sportelli. Poi arrivarono in un altro ambiente, più grande, una lunga sala rettangolare. Due uomini della sicurezza sostavano di fronte all'ingresso.

L'uomo le fece strada e la condusse di fronte alla parete di destra, dove vide una serie di cassette di grandi dimensioni numerate progressivamente.

Il suo accompagnatore estrasse dalla tasca la sua copia della chiave e la introdusse all'interno del meccanismo.

Beatrice sentì un rumore metallico.

«Signora Mandelli» disse il commesso indicando l'altra apertura, «inserisca la sua chiave in quel punto. Se dovesse aver bisogno di me mi trova nell'altra sala.»

Beatrice ringraziò e rimase a osservare la cassetta.

Angelo, pensò, ce l'ho fatta. Ce l'abbiamo fatta.

Inserì la chiave nella serratura. La fece girare in senso orario.

I cilindri iniziarono a ruotare.

L'ingranaggio si mosse.

Un istante dopo la cassetta di sicurezza si aprì.

E Beatrice trattenne il respiro.

Alle undici meno un quarto Stefania accese una sigaretta.

Beatrice era in banca da quasi tre quarti d'ora. Per un attimo pensò che qualcosa potesse essere andato storto. Guardò l'orologio, poi si girò verso il lago. Il monte San Salvatore, sullo sfondo, le fece tornare in mente la gita di qualche giorno prima.

Luca, pensò. Non si erano ancora sentiti quella mattina. Lo avrebbe chiamato più tardi e gli avrebbe raccontato tutto.

Si voltò di nuovo verso la banca. Passarono altri dieci minuti.

Poco prima delle undici vide la porta della banca aprirsi. Un uomo in abito grigio e, subito dietro di lui, Beatrice.

La donna alzò la testa, si guardò attorno. Attraversò la strada camminando lentamente.

Stefania le corse incontro.

Quando furono vicine Stefania vide che era sconvolta.

«Commissario, dobbiamo andare subito a casa mia.»
«Beatrice» domandò Stefania, «che succede?»
«Abbiamo qualcosa da vedere» rispose la donna mostrandole il contenuto della borsa.

Milano, 1986-1991

Vhs Tdk, e-240, n. 46

Le immagini scorrono, il nastro mostra l'interno di un locale, le persone sedute ai tavolini. Un uomo sta davanti alle macchinette accanto alla parete. Seduti a un tavolo, in sei giocano a carte. Dalla porta entra qualcuno, due giocatori si voltano, l'uomo con l'impermeabile saluta con un cenno della mano e va a sedersi a un tavolo libero.

L'immagine traballa, per qualche istante non si vede più nulla. Quando riappare, l'uomo con l'impermeabile è seduto al tavolo e sta giocando. L'audio è buono.

Uno degli avventori ordina del whisky, un altro si rivolge alla cameriera chiedendo un Martini con ghiaccio.

Quasi tutti i giocatori fumano. L'atmosfera appare serena, rotta di tanto in tanto da qualche esclamazione colorita. Tutti sono ben vestiti. La porta si riapre, di nuovo la cameriera con un vassoio.

Un tizio pelato gesticola e sbraita all'indirizzo di un altro che deve appena aver vinto una mano. Dal tono della voce si capisce che scherza. Qualche istante dopo il pelato ordina Cartizze per l'intero tavolo.

Vhs Tdk, e-240, n. 58

La telecamera inquadra la sala. I giocatori sono in numero maggiore rispetto alla cassetta precedente. Al tavolo centrale c'è sempre il tizio pelato, che sembra essere uno dei clienti più rispettati. Le cameriere non mancano di sorridergli e chiedere cosa voglia da bere. Un uomo con gli occhiali in abito grigio fuma un sigaro. L'uomo con l'impermeabile è sempre seduto allo stesso tavolo. In genere al suo tavolo le persone parlano a bassa voce. Brusio incomprensibile.

Di spalle si intravede la figura di un tizio dalla corporatura robusta con un giubbotto di pelle. A poca distanza dall'uomo con l'impermeabile c'è un signore distinto, con la camicia bianca aperta al primo bottone. È abbronzato e sembra avere un certo ascendente sugli altri giocatori.

L'uomo con la camicia intrattiene l'intera compagnia con il racconto di una vacanza alle Maldive.

Vhs Sony, e-240, n. 68

La cameriera è vestita in modo diverso dalle altre volte. A osservarla meglio si capisce che non è la stessa delle cassette precedenti. Una ragazza che dimostra vent'anni, alta, con una minigonna scura.

Questa volta il pelato non c'è, l'uomo con il giubbotto di pelle è seduto di fronte alla telecamera. Deve essere alto almeno un metro e novanta e ha l'aria di uno con cui non è il caso di litigare.

Ordina un caffè, mentre i due tizi che gli stanno di fronte imprecano contro un quarto giocatore.

Quando la porta si riapre, compare un uomo sui trentacinque anni, jeans e camicia celeste, un Rolex al polso. Saluta e viene ricambiato da tutti i presenti.

«Angelo» domanda l'uomo con l'impermeabile, «cosa mi consigli?»

Angelo consiglia un paio di long drink, poi scompare in una zona della sala che la telecamera non inquadra.

Qualche istante dopo il tizio con il giubbotto di pelle si alza e lo segue, assieme all'uomo con l'impermeabile.

Vhs Tdk, e-240, n. 73

La sala è la stessa. L'inquadratura però è diversa.

Questa volta l'uomo con l'impermeabile è seduto a un tavolo sul fondo. Deve essere stato molto fortunato perché qualcuno gli dice che una serata del genere non gli capiterà tanto presto.

Lui sorride, paga il conto, saluta. Dietro di lui, a breve distanza, l'uomo che nelle registrazioni precedenti indossava la camicia bianca.

Quando i due sono usciti, il pelato fa un gesto con la mano e alcuni si mettono a ridere. Poi il pelato si alza, dice qualcosa al tizio che gli sta vicino, quello con gli occhiali, e insieme raggiungono la porta del bagno.

Vhs Tdk, e-240, n. 79

L'ingresso principale del locale. L'orologio segna le quattro meno dieci.

Dalla porta che conduce in un'altra sala esce l'uomo abbronzato e, dietro di lui, una cameriera. Dietro al banco c'è solo Angelo, impegnato con un uomo distinto, che indossa un cappotto scuro.

Quando la cameriera se ne è andata, Angelo offre ai due tizi un ultimo giro di liquori. I tre brindano, Angelo si dirige verso la sala sul retro e quando i due uomini sono da soli,

l'uomo con il cappotto estrae una busta dalla tasca e la porge all'uomo abbronzato, che la prende e gli stringe la mano.
Dopo qualche minuto i due se ne vanno.

Vhs Sony, e-240, n. 93

Sala sul retro.
I soliti noti più un paio di donne. L'uomo con l'impermeabile non c'è. Il pelato vince, gli altri lo prendono in giro. La conversazione a un certo punto si fa più tesa. Il pelato e il tizio che siede vicino a una donna mora vengono quasi alle mani.
Dalla porta arriva Angelo. Qualche istante più tardi due cameriere entrano dalla porta con due magnum di champagne.
Verso la fine della registrazione compare l'uomo con l'impermeabile. È in compagnia del piccoletto, quello con gli occhiali. Si siede al solito posto e inizia a giocare.

Vhs Sony, e-240, n. 115

Inquadratura lunga, la sala è quasi deserta. A giudicare dall'abbigliamento dei presenti è estate. L'uomo che di solito ha l'impermeabile è in abito chiaro e siede a un tavolo diverso dal solito insieme ad altri due tizi ben vestiti.
La conversazione è interrotta di tanto in tanto dall'arrivo di una cameriera.

Vhs Tdk, e-180, n. 122

L'uomo che nei filmati precedenti indossava una camicia bianca, l'abbronzato, entra nella sala accompagnato da una donna bionda.

La donna è bellissima, sembra una modella. Si accomodano nel quarto tavolo, insieme al pelato, all'uomo con l'impermeabile e al tizio palestrato.

Vhs Tdk, e-240, n. 124

Il locale è quasi vuoto. La bionda è seduta al tavolo insieme all'uomo con cui è arrivata. Il palestrato non c'è più. Il pelato nemmeno. Accanto a loro c'è l'uomo con l'impermeabile e un quarto tizio, che non si era mai visto in precedenza.

I quattro parlano, discutono, poi iniziano una partita.

La conversazione prosegue fino a quando, dalla porta, entra Angelo.

Il proprietario del locale rimane cinque minuti, poi esce.

La conversazione, a quel punto, riprende.

22

Sette videocassette contrassegnate con un'etichetta diversa dalle altre, dei fogli con una serie di istruzioni riguardo al materiale video e una busta contenente una lettera indirizzata a Beatrice, che portava una data recente.

Questo era ciò che la donna si era portata via dalla cassetta di sicurezza.

Ma c'era dell'altro. Almeno trecento videocassette, ordinate progressivamente. A un certo punto, Angelo aveva iniziato a duplicare il materiale video. E poi aveva fatto una selezione. A giudicare dalle etichette e da quello che la donna le aveva raccontato, infatti, l'archivio doveva essere stato aggiornato di recente.

Dopo un rapido sguardo ai video a casa della Mandelli, Stefania se n'era andata e si erano date appuntamento per il giorno successivo.

«Forse è il caso di guardarle attentamente» aveva detto Stefania.

«Può tenerle, commissario, a me basta questa» era stata la risposta della donna, che aveva consegnato a Stefania i fogli scritti a macchina e aveva tenuto per sé la busta.

I fogli erano una specie di "guida" al materiale, con istruzioni relative alle videocassette e l'indicazione di nomi e cognomi. Sull'ultima pagina c'erano il nome e il recapito di un giornalista, un nome che a Stefania non diceva nulla.

Aveva lasciato Valsolda in preda a un'agitazione insolita e portando con sé le videocassette e le informazioni scritte da Angelo.

E quello che aveva intuito a una prima lettura non le sembrava vero. Ora si trattava di verificare.

Era rientrata in questura, aveva chiamato Selvini e gli aveva chiesto quello di cui aveva bisogno.

«Commissario, mi sta chiedendo di metterle a disposizione un videoregistratore?»

«Certo, Selvini. Mica tutti sono al passo con l'evoluzione della tecnologia.»

Il suo collega aveva riso e poi le aveva risposto che non c'erano problemi: nella sala proiezioni disponeva anche di un videoregistratore.

«Un'ultima domanda, Selvini» aveva detto Stefania. «Mi conferma che è possibile trasferire il materiale di una videocassetta su un supporto più moderno?»

«Sì, commissario. Possiamo trasferire tutto su un cd-rom o su un dvd, a suo piacimento.»

«E non c'è il rischio che il materiale venga perso?»

«In teoria sì, ma se me lo consegna subito e a meno che lei non decida di tagliare il nastro della cassetta con le forbici...»

«Un'altra domanda, Selvini, e poi la lascio ai suoi impegni.»

«Mi dica, commissario.»

«Nel materiale che intendo duplicare appaiono numerose persone. A suo avviso sarebbe possibile realizzare delle fotografie a partire dalle registrazioni?»

«Intende dire estrapolare delle immagini? Certo, è una procedura abbastanza ordinaria. Ma cosa le serve di preciso?»

«Delle immagini che ritraggano alcune delle persone coinvolte.»

«Tutto qui? In quale formato, con che tipo di risoluzione e, se posso permettermi, a quale scopo?»

«Per individuare quei personaggi.»

«Una specie di foto segnaletica?»

«Una cosa del genere.»

Stefania ringraziò e chiuse la comunicazione.

Alle tre era di fronte allo schermo e iniziava a visionare con calma il materiale contenuto nelle videocassette.

A mano a mano che le immagini scorrevano prendeva appunti, confrontando le informazioni di Angelo con quello che riusciva a reperire sul web.

Pezzi da novanta sorridenti ritratti nelle più svariate occasioni mondane. Il Metropolis, le sale sul retro, e tanti visi più o meno noti.

Se Vallesi ci aveva visto giusto si trattava di uno scandalo di livello nazionale.

Malpensa.

Frugò nell'agenda, poi prese il fascicolo e controllò la data dello scontrino del bar. Incrociò le date e le notizie. Tombola.

Aveva riconosciuto almeno un paio di persone molto in vista, oltre ad Angelo, e l'uomo con l'impermeabile doveva essere senza dubbio D'Ambrosio. Si trattava di materiale esplosivo, su questo non aveva più dubbi.

Chiamò Camilla, si sincerò del fatto che sua figlia fosse rientrata insieme alla tata e poi compose il numero di Giulio.

«Non dirmi che hai cambiato idea?»

«No, Giulio, ci vediamo domani. Però, se non ti dispiace, cambiamo orario e luogo.»

«Preferisci uno di quei ristoranti sul lungolago?»
«No, vorrei anticipare. A che ora finisci il corso?»
«Intorno alle sei.»
«Allora ci vediamo alla sei da te, nella sede della sezione Scientifica. Ho qualcosa da mostrarti.»
«Quindi aperitivo e poi cena?»
«Affare fatto.»

Luca era assorto nei suoi pensieri quando sentì suonare al citofono dello studio.
Si alzò e andò ad aprire.
«Che ci fai qui?» domandò, dopo aver fatto entrare Stefania.
«Sono passata a trovarti. Devo chiedere il permesso?»
Fuori aveva cominciato a piovere e nelle strade si erano formate delle pozzanghere.
«È arrivato l'autunno» disse Luca, che si era accomodato dietro la scrivania.
«Era ora» rispose Stefania.
«Ti va un caffè?»
«Volentieri. Ho bisogno di mostrarti alcune foto.»
Luca preparò il caffè, incuriosito. Quando tornò con il vassoio, Stefania aveva preparato una serie di fogli sulla sua scrivania, quello che era riuscita a trovare navigando in rete. Iniziò a raccontargli gli ultimi sviluppi dell'indagine.
«Vuoi latte?»
«No, grazie. Riconosci qualcuno?» domandò, mostrandogli i primi quattro volti.
Luca si sporse in avanti, fece scorrere i fogli, poi ne prese in mano uno.
«Devi fare una tesi di laurea su prima e seconda repubblica?»

Stefania sorrise, finì il caffè e si concentrò su quello che voleva dire.

«Vedi, Luca, quando ho iniziato questa indagine ho capito immediatamente che qualcosa non tornava. Insomma, quel Vallesi sarà anche stato un poco di buono, di sicuro è un uomo che nella vita ha compiuto molti errori, ma non era certo peggio di tanti altri che invece hanno fatto una carriera ben diversa.»

«Devo iniziare a preoccuparmi?»

«No, vorrei solo che tu mi stessi ad ascoltare. Li hai visti, sono i volti di persone che hanno ricoperto cariche importanti negli ultimi trent'anni. Sai cosa avevano in comune? Frequentavano tutti il Metropolis, il locale del Vallesi. Chi più, chi meno, ciascuno di loro ha avuto dalla vita probabilmente molto di più di ciò che meritava. Soldi, carriera, potere.»

«Sempre sulla breccia» disse Luca indicando la foto di un uomo calvo.

«Sì, Luca, però stavolta è finito nell'inchiesta e non so se riuscirà a cavarsela. Ma non è questo il punto.»

Stefania rimase in silenzio qualche istante prima di riprendere il discorso.

«Quello che sto cercando di mettere a fuoco, Luca, non è la responsabilità individuale di ciascuno dei protagonisti di questa vicenda. So benissimo che un uomo come Zagnoni, solo per citare il caso più clamoroso, è riuscito nel miracolo di passare dal ruolo di semplice portaborse a quello di leader di una delle più influenti fondazioni del paese. E a riciclarsi, passando dai partiti di sinistra a quelli di destra e viceversa attraverso le municipalizzate fino ad arrivare a ricoprire ruoli dirigenziali all'interno di enti parastatali. Non è questo a sorprendermi. Non mi scandalizza nemmeno che alcuni di loro passassero le serate in quel locale di Milano. O il fatto che facessero uso di droga o intrattenessero rapporti, diciamo così, ambigui. Quanto alle mazzette, non mi sorprende più nulla di questi tempi.»

«Non ti scordare che l'Italia è una repubblica fondata sulla raccomandazione.»

«Ma sì, Luca, cose già sentite. Qualche giorno fa ho sentito un importante opinionista affermare in tv che l'unica istituzione che funziona in questo benedetto paese, la sola unanimemente riconosciuta e condivisa, è l'amicizia. Essere amico di. Avere le entrature giuste. Se ci pensi è imbarazzante. E quello che più sorprende è che l'opinionista dice la verità. Ma torniamo a noi.»

Luca si appoggiò allo schienale.

«Ora, se ci pensi, il problema non sono i singoli enti, i consigli di amministrazione, le fondazioni. Questo fa parte del gioco. Quello che non riesco a capire, la cosa che mi spaventa, è come tutto questo sia stato possibile. E qui non sono d'accordo con chi dice che il problema nasce ai livelli più alti. Cercherò di farti un esempio.»

Stefania prese un'altra foto.

«Lo riconosci?»

«E chi non lo conosce?» rispose Luca. «Non c'è trasmissione di approfondimento in cui non faccia un'ospitata. Almeno, fino a qualche settimana fa.»

«Sai come iniziò la sua carriera?»

«All'inizio si diceva che fosse il tirapiedi del ministro degli Interni. Poi, se non ricordo male, è stato parlamentare europeo nelle file di uno dei tanti partiti di centro nati dopo lo scioglimento della Dc. A un certo punto sembrava uscito di scena, fino a quando non si è inventato quella cosa degli aiuti ai paesi in via di sviluppo.»

«Benissimo. Anche lui, il nostro amato Visentin, faceva parte del giro del Metropolis.»

«Dove vuoi arrivare?»

«Sto cercando di dirti che quello che orbitava intorno a quel locale non era altro che un giro di amici, una ristretta cerchia di persone che, poco alla volta, si sono fatte strada nel mondo degli affari o della politica avendo come unico obiettivo la propria carriera. Possiamo guardare le cose da tutti i punti di vista ma la costante è questa. Ciascuno di loro, chi più chi meno, alla fine ce l'ha fatta. Partiti da ruoli marginali, con il passare del tempo sono diventati influenti, ciascuno nel proprio ambito. E se cerchiamo di risalire all'origine delle loro fortune arriviamo alla conclusione che essa coincide con la fine della cosiddetta prima repubblica, tra il 1992 e il 1994. Guarda caso, lo stesso periodo in cui sono usciti di scena gli unici due che, alla fine, hanno pagato, cioè D'Ambrosio e Vallesi. E per uno strano contrappasso, entrambi traditi da persone che credevano amiche. Non è singolare? Mentre molti crollavano, questi personaggi hanno iniziato la loro scalata. E questo è spaventoso. Torniamo al punto da cui siamo partiti, Luca.»

Stefania prese una bottiglia d'acqua, si versò un bicchiere e poi riprese.

«Sono passati quasi trent'anni da quando questi signori si incontravano nel locale del Vallesi. Diciamo che in mezzo possiamo collocarci la fine della prima repubblica, la fine dell'era dei due blocchi contrapposti, una ventina di nuovi governi e due o tre megascandali giudiziari. Senza contare i grandi misteri che da decenni dominano la vita pubblica italiana. Be', Luca, il mondo nel frattempo è cambiato. Il crollo del Muro, l'era Maastricht. I governi sono nati e defunti, siamo passati dall'era della Dc al cosiddetto ventennio berlusconiano, ma sai cosa davvero non è mai cambiato?»

«Cosa?»

«Il fatto che questi personaggi apparentemente secondari siano sempre al loro posto. Da una parte all'altra, a capo di qualche sigla o organizzazione o come semplici luogotenenti locali. Un mondo che perpetua se stesso, Luca, incapace di rinnovarsi. Ecco quello che mi inquieta. Gira e rigira siamo rimasti fermi a quella stagione, se le facce sono ancora le stesse. E ti risparmio la tirata sul mancato ricambio generazionale. Il fatto che coloro che dettano i tempi della vita pubblica appartengano a quel passato è già incredibile, se ci pensi.»

Qualche istante di silenzio, poi Stefania riprese.

«Ma la cosa che più mi addolora, quella che non riesco a digerire, è che ci sono delle persone che non hanno mai pagato. A rimetterci sono sempre gli stessi, Luca, quelli che contano fino a un certo punto. Zagnoni e Visentin sono finiti nell'inchiesta, per loro sono guai seri. Ma con dei buoni avvocati se la caveranno con poco. Ma soprattutto guarda quest'uomo, Luca. Osservalo attentamente. Questo è uno che da più di trent'anni la fa continuamente franca. Uno capace di galleggiare sempre. Un uomo in grado di rimanere sempre al proprio posto. Nulla lo può sfiorare. E sai perché? Perché è sempre rimasto un passo dietro agli altri, nelle retrovie, in quella zona grigia dove stanno quelli che contano davvero. Pensa alle varie inchieste sulla corruzione nella nostra regione. Ne è sempre uscito pulito. E trent'anni dopo è ancora lì, ai posti di comando. Nemmeno l'affare Cavallero riuscirà a travolgerlo.»

«E cosa pensi di fare, adesso?»

«Nulla. Ho acquisito il materiale di cui ti ho parlato. Probabilmente lo metterò da parte. In altre parole: farò finta di nulla.»

«E non intendi mostrarlo al pubblico ministero?»

«Tu credi davvero che la giustizia sia giusta, Luca? Mariani non è che un ingranaggio di quello stesso meccanismo, una pedina fra le tante, un uomo di potere che esercita il potere non in nome di qualcosa di più alto e nobile, ma in ragione dei propri interessi personali. A lui importa solo la verità processuale, per usare una delle sue espressioni preferite. Ma giustizia e verità non dovrebbero avere aggettivi.»

Luca rimase in silenzio.

Scambiarono qualche altra parola. Poi si salutarono.

Alle cinque Camilla terminava la lezione di nuoto.

Il giorno dopo Stefania prese un permesso.

Accompagnò Camilla a scuola e poi decise di farsi una passeggiata.

La pioggia aveva lasciato tracce qua e là ma, nonostante il freddo, era una bella giornata di autunno. Parcheggiò vicino all'hangar di Como e si avviò verso la passeggiata di Villa Olmo. Incrociò delle persone che facevano jogging, qualche turista e un paio di coppie di anziani. Alla sua destra gli idrovolanti erano sistemati fuori dall'idroscalo. Poco più in là la sagoma inconfondibile dello stadio Sinigaglia. Dalla parte opposta la collina di Brunate.

Si fermò ad ammirare Villa Gallia, che in quella stagione ospitava una mostra. Poi proseguì, fermandosi di tanto in tanto a osservare il lago. L'acqua era pulita, il fondale nitido.

Giunta in prossimità del parcheggio di Villa Olmo, tirò dritta verso i giardini. Si stava bene al sole. La villa era bellissima, e anche quella mattina, come in ogni stagione, una coppia di sposi era alle prese con il fotografo.

Rimase un po' a guardarli, poi tornò indietro. Imboccò una via laterale.

Quella sera aveva appuntamento con Giulio. Prima però doveva sentire una persona.

Si diresse verso piazza Cavour.

«Pronto, Beatrice, come sta?»

«Buongiorno, commissario, diciamo che le cose vanno meglio. Michela è a scuola, io sono tornata al lavoro.»

«Ha avuto notizie di Angelo?»

«Nessuna novità, commissario. La situazione rimane stazionaria.»

«Mi dispiace.»

«Vede, commissario, Angelo non avrebbe voluto una fine del genere. Non lo avrebbe permesso. Le sembrerà strano, però mi creda: sarebbe il primo a chiedere che qualcuno stacchi la spina. Io non ho perso le speranze, ma vorrei che innanzitutto venisse rispettata la sua volontà. In tutti i sensi.»

Stefania rimase in silenzio. Poi chiese: «Immagino che non le interessi sapere quello che ho scoperto dal materiale video?»

«No, commissario. Per me è una faccenda chiusa. Ho fatto quello che Angelo desiderava. Ho trovato quelle cassette e la lettera. Adesso è tutto finito. C'è troppo dolore in questa storia, troppa sofferenza. Vorrei solo che tutto finisse. Sono sicura che quelle cassette sono nelle mani migliori. E non ho dubbi sul fatto che, qualunque cosa deciderà di fare, sarà la decisione giusta.»

Stefania chiuse la telefonata e rimase a osservare il panorama. Un battello stava per partire dall'imbarcadero principale. Poco più in là un motoscafo stava facendo rientro. In mezzo alla piazza alcuni ragazzi erano impegnati a smontare un palco.

Mentre tornava verso il parcheggio nella testa le rimbalzava la voce di Beatrice e quella frase pronunciata con un filo di voce: «Qualunque cosa deciderà di fare, sarà la decisione giusta.»

«E adesso come intendi procedere?» domandò Giulio.

«Un'idea me la sono fatta, ma prima vorrei sentire il tuo parere» rispose Stefania.

Avevano passato due ore nella sala video della sezione Scientifica. Stefania era riuscita a mostrargli solo parte del materiale raccolto dal Vallesi.

E Giulio era rimasto a bocca aperta.

Aveva riconosciuto D'Ambrosio e molte altre persone. Ma a un certo punto era sobbalzato.

«L'assessore se la faceva con l'ex Re del mattone?»

«Sì, Giulio, quello finito dentro qualche anno fa. E con amicizie del genere non è difficile immaginare come abbia fatto l'ex segretario di una piccola sezione del partito a diventare quello che è diventato. Ma non è tutto: guarda chi abbiamo in quest'altra cassetta.»

E a quel punto aveva tirato fuori il nastro in cui l'uomo con la camicia bianca raccontava della sua vacanza alle Maldive.

«Ma è proprio lui?»

«Alessio Visentin in persona, all'inizio della propria carriera. Che evidentemente prima di occuparsi di no profit e di sostegno ai paesi del Terzo mondo aveva un altro tipo di interessi, almeno a giudicare dalla persona con cui faceva affari.»

«Di chi si tratta?» chiese Giulio.

«Sto aspettando delle immagini più nitide, Selvini è al lavoro da ieri pomeriggio. Però ha tutta l'aria di essere...»

Stefania gli mostrò una foto più recente.

«Questo è materiale esplosivo, Stefania.»

«Un mafioso, seppure di quart'ordine, mancava in effetti all'appello.»

Erano saliti sulla macchina di Giulio ed erano andati a Cernobbio. Avevano lasciato l'auto nel parcheggio sopra al municipio e si erano avviati a piedi verso la trattoria Il Vapore.

Giulio aveva ordinato una bottiglia di vino bianco.

«Parlami di quest'idea» aveva detto.

«Esco a cena con te dopo dieci anni e mi chiedi di parlare di lavoro? Giulio, cosa ti sta succedendo?»

La cameriera portò l'antipasto di lago. Giulio versò il vino per entrambi.

«Ecco quello che penso di fare» proseguì Stefania. «In tutta questa vicenda e del casino che ne è derivato c'è una sola persona ad averla fatta franca, Giulio. Anzi, questa persona è tutta una vita che la fa franca. E tu sai di chi sto parlando.»

«Non che gli altri ne escano meglio.»

«Il suo caso è diverso, però. Lo hai visto in tv qualche sera fa? Mai un cedimento, mai una parola fuori posto. Sempre sorridente. Sempre ai posti di comando. Trovo tutto così insopportabile.»

«Continua.»

«Basterebbe prendere il contenuto di queste cassette, Selvini me le sta riversando su una chiavetta, e spedirlo a una qualunque redazione di giornale o tv, per scatenare un ulteriore putiferio e rovinare la carriera politica di quel bastardo, Giulio. Senza contare Visentin e gli altri personaggi coinvolti. Vallesi aveva in mente proprio questo.»

«Solo che?»

«Diciamo che compiere un'azione del genere non rientrerebbe nei doveri di un commissario di polizia.»

«Hai intenzione di passare il materiale a Mariani?»

Stefania bevve un sorso di vino e poi sorrise.

«Ma per chi mi prendi, Giulio? Mariani ha già avuto quello che voleva. E anche di più, senza rancore. E non intendo spianargli la strada per un'ulteriore promozione. Senza contare che il suo modo di intendere la giustizia è piuttosto diverso dal mio.»

«E allora cosa pensi di fare?»

«Forse la cosa migliore sarebbe consegnare quel materiale a una persona di fiducia, magari la stessa indicata da Vallesi alla fine delle sue istruzioni. In fondo è come rispettare le sue ultime volontà. Non sta a me prendere iniziative, non mi interessa cosa diranno giornali o tv. Non m'interessano gli scandali. Voglio solo che Vallesi abbia giustizia. Voglio che tutta questa gente sparisca per sempre dalla vita pubblica.»

«Hai idea del putiferio che si scatenerà?»

«Non m'interessa, Giulio.»

Un attimo di silenzio. Giulio prese il calice e se lo portò alle labbra. Poi alzò lo sguardo e fissò Stefania negli occhi.

«Forse hai ragione tu.»

Il cameriere arrivò con i secondi. Giulio assaggiò il lavarello.

«Vuoi che io faccia qualcosa?»

«No, Giulio, per me la faccenda finisce qui. Domattina contatterò il giornalista e se saprà fornirmi ampie garanzie gli farò avere il materiale. Sempre che Selvini riesca a duplicarlo in tempo utile.»

La cena terminò dopo un quarto d'ora. Giulio accompagnò Stefania fino a casa. Quando arrivò il momento di congedarsi, lei lo guardò negli occhi. Giulio si avvicinò e dopo averla salutata le diede un bacio.

«Buonanotte, Giulio, grazie per la cena.»

«Buonanotte a te.»

Il tempo di osservarla scendere dall'auto e avviarsi verso il portone e la macchina di Giulio fece inversione.

Selvini aveva chiamato alle nove e mezzo.

«È per via di quelle immagini. C'è una cosa che dovrebbe vedere, commissario.»

Piras e Lucchesi erano in ufficio, alle prese con un nuovo furto in un'altra gioielleria. Il secondo nel giro di poche settimane. Carboni si era fatto vivo per sincerarsi che tutto procedesse secondo copione.

Stefania aveva telefonato a Luca, lui aveva accennato all'ennesima carica che i manifestanti No Tav avevano subito, poi si erano salutati. Alle dieci e mezzo era scesa in cortile, aveva salutato Marino e aveva preso l'auto di servizio: la sezione Scientifica era dall'altra parte della città.

Era una di quelle mattine piovose che precedono l'inverno. Il traffico era scarso, i bar affollati. Un paio di bus erano sistemati fuori dalla stazione di Como Nord.

Parcheggiò vicino alla caserma della guardia di finanza e salì le scale di corsa.

Selvini l'aspettava nel suo studio al secondo piano.

«È permesso?»

«Si accomodi, commissario.»

Aveva l'aria stanca, e il fatto che non si fosse mosso dalla sedia per andarle incontro aveva messo in allarme Stefania. Era chino sul portatile, e osservava attentamente lo schermo.

«Quegli occhiali le donano» abbozzò lei.

«Dottoressa, la prego» rispose Selvini, «vado per i cinquanta e la miopia non l'avevo proprio messa in conto.»

«Cosa abbiamo di nuovo?» domandò Stefania.

«Guardi lei stessa» rispose il tecnico girando il pc dalla sua parte.

Sullo schermo c'era il volto di un uomo. Quarant'anni, forse qualcuno in più. Caucasico, occhi chiari, zigomi prominenti e mascella squadrata. Capelli cortissimi. Non aveva l'aria di un tipo raccomandabile.

«Il viso le è familiare?» domandò Selvini.

«Un altro della cricca, se ricordo bene. Nei filmati indossa spesso un giubbotto di pelle.»

«Esatto» disse Selvini mostrando una fotografia appoggiata sulla scrivania, una di quelle ricavate dai video.

Poi aggiunse: «Ho incrociato la foto ottenuta con alcuni database. E da quello dell'Interpol ho avuto una sorpresa.»

«Cosa è saltato fuori?» chiese Stefania.

«Faccia scorrere la pagina» disse Selvini.

La foto segnaletica continuava con le generalità dell'uomo.

«Virgin Jokic, classe 1950, sindacalista serbo. Nazionalista, braccio destro della milizia governativa durante la guerra nell'ex Jugoslavia. Ricercato per traffico internazionale di armi dalla polizia italiana e da quella di altri tre paesi, è stato arrestato nel 1996. Condannato a trent'anni di reclusione al termine della guerra, nel 1998 si è tolto la vita in carcere, a Belgrado.»

«Un trafficante d'armi? E cosa c'entra con i furbetti del Metropolis?»

«Per ora non ho altre informazioni, commissario.»

23

Il giorno del funerale di Angelo Vallesi a Valsolda pioveva.

Erano passate settimane dalla conclusione dell'indagine, e Stefania non aveva più avuto modo di sentire Beatrice Mandelli. Un paio di telefonate di cortesia ma nulla più.

Era arrivata in ritardo e si era messa in fondo alla chiesa, insieme a Luca.

La cerimonia fu veloce, il parroco improvvisò un'omelia a partire dal brano della seconda lettura. Una quarantina di persone in tutto, con i parenti più stretti e qualche curioso.

Beatrice, seduta sulla seconda panca insieme a Michela, indossava un abito nero; poco più dietro, una coppia di mezza età. Stefania pensò che forse poteva trattarsi della sorella di Angelo.

Dopo aver contattato il giornalista indicato da Vallesi, Stefania lo aveva incontrato. Le aveva fatto un'ottima impressione e, cosa ancora più importante, le aveva garantito l'anonimato. Conosceva la storia di Angelo, ai tempi del processo era uno dei cronisti che avevano seguito il caso. Uno dei pochi che, allora, si erano posti delle domande. Aveva fatto una discreta carriera e da qualche anno faceva il caporedattore nella redazione regionale della Rai. Non sembrava il solito giornalista affamato di scoop.

Stefania voleva prendere tempo, solo qualche giorno per riflettere. Aveva passato ore a ripensare all'immagine di Virgin Jokic, il trafficante d'armi, e non era riuscita a venire a capo di quel mistero. Cosa ci faceva uno come lui nel giro di figuri che frequentavano il Metropolis? Un amico di D'Ambrosio? E come mai compariva solo in pochi filmati?

Era arrivata alla conclusione che il serbo potesse essere il vero motivo per cui i Servizi, a un certo punto, avevano iniziato a tenere sotto stretta sorveglianza il locale del Vallesi. E forse la vera ragione dell'omicidio D'Ambrosio andava ricercata in quella direzione.

Forse avrebbe potuto chiedere lumi al giornalista. Oppure avrebbe chiesto un parere a Giulio.

Giulio, appunto.

L'amico si era fatto vivo, nel frattempo, e la situazione sembrava essere tornata quella di sempre. Quando avevano avuto modo di riparlare della vicenda e di riflettere su quale fosse la strada giusta da seguire, lui le aveva consigliato di rivolgersi a un pubblico ministero della procura di Varese. Uno in gamba, a suo dire. Ma Stefania non se l'era sentita.

Qualche giorno più tardi, quando dal suo ufficio era sparito il pc portatile, aveva telefonato al giornalista, si erano incontrati e gli aveva consegnato il materiale video. Questa è la decisione giusta, aveva pensato; quello che Angelo avrebbe voluto.

Terminata l'orazione funebre, il corteo accompagnò in silenzio la salma fino al cimitero. Il prete recitò le formule di rito e poi diede la benedizione.

Solo a quel punto Stefania osò alzare il viso verso Beatrice.

La donna piangeva abbracciata alla figlia ma in quell'istante, quando i loro sguardi s'incrociarono, a Stefania sembrò di vedere un sorriso.

Assieme a Luca si incamminò verso il sagrato. Il tempo era cambiato, il viale di cipressi era ricoperto di fango.

Quando arrivarono nel parcheggio, Stefania sentì qualcuno che chiamava.

Si voltò.

Era Michela, che le veniva incontro.

«Condoglianze, Michela.»

«Grazie, dottoressa. Mia madre voleva ringraziarla per essere venuta. E per esserci stata vicina.»

Stefania sorrise e l'abbracciò.

«Mi ha detto di consegnarle questa» disse la ragazza porgendole una busta.

«Che cos'è?» domandò Stefania.

«Non lo so. Ma la mamma ha detto che lei capirà.»

Si congedarono in fretta. Michela tornò verso il camposanto. Stefania e Luca partirono, osservando dalla strada uno scorcio di lago e le persone che se ne tornavano verso il paese. Quando giunsero a Loveno, Luca svoltò verso Menaggio. Stefania osservò dal finestrino il profilo di Bellagio e le montagne lecchesi sull'altra sponda.

«Ho proprio voglia di un tè caldo» disse.

Luca parcheggiò accanto al municipio. S'incamminarono verso il centro. Stefania si strinse nella giacca. Faceva freddo e tirava vento.

Quando furono dentro alla pasticceria Manzoni, Stefania si mise accanto alla stufa.

«Mi piacerebbe un camino.»

«Non ti basta la stufa?»

«No, dicevo per noi.»

Luca la guardò.

«Non hai più voluto tornare sull'argomento.»

«È stato un periodo difficile.»

«Però adesso è finito?»

«Sì, Luca, adesso è tutto finito.»

Ordinarono tè e biscotti e quando Luca le chiese cosa avrebbero fatto nel fine settimana Stefania rispose che le sarebbe piaciuto andare a visitare una città d'arte. Camilla sarebbe scesa a Milano insieme al padre.

«Che ne dici di Firenze?»

«Non sarebbe male.»

Luca prese il giornale e iniziò a sfogliarlo lentamente. Stefania ripensò alla busta che Michela le aveva consegnato. Se era una lettera l'avrebbe letta a casa, dopo cena. Voleva essere sola.

Camilla aveva chiamato un paio di volte e sua madre si era fatta viva per chiederle quando sarebbero salite. Presto, mamma.

Chiesero il conto. Mentre lo aspettavano, l'occhio di Stefania cadde sulla pagina di giornale che Luca aveva lasciato aperta sul tavolino.

Lesse il titolo, «Cambio ai vertici in regione». Poi l'articolo.

«Non c'è pace per i vertici della regione. Dopo il terremoto giudiziario che ha coinvolto nelle scorse settimane alcuni dei più importanti dirigenti delle aziende collegate a Expo 2015, nella giornata di ieri l'assessore a * ha rassegnato le proprie dimissioni per gravi motivi di salute. Una nota congiunta della regione e dei vertici del partito esprime il proprio apprezzamento per il lavoro svolto negli ultimi tre anni. Al suo posto è stato nominato l'attuale vice.»

Ottimo lavoro, pensò, dopo aver sistemato il giornale accanto al bancone. Chissà cosa sarebbe accaduto da lì in avanti. Aveva voglia di fumare.

«Andiamo?»

«Sì, altrimenti Camilla chi la sente più.»

Quando uscirono si era già fatto buio. Stefania si strinse sotto l'ombrello di Luca. Una pioggia lenta li accompagnò fino al parcheggio. Fecero due passi sul lungolago che a quell'ora era quasi deserto.

«Tra meno di due mesi sarà Natale.»

«Il tempo passa in fretta, in effetti.»

«Ti piacciono i pranzi di Natale?»

«Ma tu pensi sempre a mangiare?»

Quando rientrarono a Como erano già le sette. Luca la lasciò sotto casa. Un bacio e poi una corsa nella pioggia fino all'androne del palazzo.

All'ingresso, Camilla le saltò in braccio.

«No, Cami, non sei più una bambina.»

«Ecco come fate voi grandi» rispose la figlia. «Quando vi fa comodo non siamo più delle bambine e quando vogliamo uscire la sera a mangiare una pizza siamo troppo piccole.»

«Pizza?»

«Sì, mami. Tra due sabati, con tutta la classe.»

«E chi ha avuto l'idea?»

«Mamma, lo sanno tutti che il 31 ottobre è Halloween.»

Stefania non disse nulla. Halloween, pensò. Ai miei tempi si diceva festa di Ognissanti.

Cenarono e guardarono un po' di tv. Alle undici Camilla dormiva nel suo letto. Accanto a lei il gatto dormiva nella sua cesta.

Stefania spedì un messaggio a Luca e poi uscì sul balcone.

La pioggia era calata, la città era avvolta dalla foschia. Qualcuno nei dintorni aveva acceso il camino. Dalla strada arrivava il rumore delle auto e quello dei passi di un uomo che si era fermato a prendere le sigarette al distributore automatico sull'angolo. Poi il silenzio. E l'oscurità. Solo le luci dei lampioni che si riflettevano sull'asfalto bagnato.

Stefania si accese una sigaretta e aprì la busta che Michela le aveva consegnato. Conteneva fotocopie di fogli scritti a mano in una grafia incerta.

Nel leggere provò un misto di curiosità e vergogna, in fondo non si trattava di questioni che la riguardavano. Lei non c'entrava nulla con Angelo e Beatrice, con la loro storia e il loro passato, e si chiese perché Beatrice avesse voluto farle avere una lettera personale.

Frasi come «se stai leggendo queste righe vuol dire che le cose non sono andate nel modo in cui volevo», non aggiungevano nulla alla sua indagine e la sensazione di sentirsi fuori posto la accompagnò fino alla fine della lettura.

Ma voltata l'ultima pagina il suo umore cambiò.

Ecco quello che Beatrice voleva dirmi, pensò.

Lesse e rilesse un paio di volte il post scriptum.

... È stata questa persona a fornirmi i documenti, la nuova identità, e insieme la possibilità di rifarmi una vita. La condizione che gli ho posto, quando ci siamo incontrati la prima volta, è che tu e Michela foste, in qualche modo, protette. Volevo tenervi fuori da questa storia.

Io gli ho consegnato quello che mi ha chiesto.

E lui mi ha garantito che avrebbe provveduto alla vostra incolumità. Ha fatto in modo che io potessi agire tutto sommato indisturbato in questi mesi.

Si trattava di mettere fine a questa storia, dopodiché avrei preso il primo volo per un paese lontano, in cui avrei cercato di dimenticare ogni cosa.

Non so chi sia, ma conosce la mia storia meglio di chiunque altro.

E penso di potermi fidare di lui.

Qualcosa mi dice che tu puoi fare altrettanto.
*Il suo nome è ***.*
*Il suo numero di telefono 349*******.*
Nel caso in cui vi troviate in difficoltà non esitare a chiamarlo...

Epilogo

Stefania è seduta sul sedile del passeggero e osserva dal finestrino la città di Como dal cavalcavia. Il suo occhio scivola sul quadrilatero perfetto della città murata, poi lo sguardo si sposta sulla collina di Brunate. In fondo, all'orizzonte, intravede il lago.

Vuole lasciarsi alle spalle tutto, la vicenda Vallesi, le ultime settimane, il fatto di non riuscire a risolvere quel rompicapo.

Perché l'indagine è conclusa da tempo, ma il pensiero di Jokic, il viso del trafficante serbo, la perseguitano.

Luca segue le indicazioni del navigatore, ancora pochi chilometri e alla barriera di Como Sud il viaggio inizierà davvero.

Firenze, si sono detti qualche ora prima, a casa di Stefania. Giovedì sera, se Dio vuole, per tre giorni nessuna telefonata di lavoro, nessun impegno. Il tempo di mettersi d'accordo con la tata perché qualcuno provveda alle esigenze del gatto e i preparativi del viaggio erano già sistemati.

Luca ha quella fissa di partire sempre alle otto del mattino, Stefania lo ha preso in giro ma quando la sveglia è partita si è sentita così piena di energie.

Una breve sosta per fare benzina, il tempo di rimettersi

in autostrada, ed ecco spuntare all'orizzonte i primi cartelli con la scritta Expo.

Al bivio di Origgio la Yaris prosegue in direzione Lainate e da lì all'ingresso in tangenziale passa mezz'ora. L'hinterland di Milano, a quell'ora, va in tilt per il traffico in ogni direzione. È venerdì, dopotutto.

Sono da poco passate le nove quando il cellulare di Stefania squilla.

«Prometti che è l'ultima telefonata fino a lunedì mattina?» scherza Luca.

«È Giulio.»

Stefania preme il tasto e risponde.

L'auto imbocca la A1.

«Non sono in servizio, mi sono presa un giorno di ferie.»

«Hai fatto bene. Io invece sto scendendo a Como come un pendolare. Lo senti come sferraglia questo coso?»

«Vuoi dire che hai preso un treno?» domanda Stefania incuriosita.

«La macchina non è partita, ieri sera. Ho chiamato il pronto intervento e per due giorni non c'è nulla da fare.»

«Anche i dirigenti hanno i loro guai, quindi.»

«Ti va se ci vediamo settimana prossima?»

«Sì, Giulio, non ci sono problemi.»

«Allora scappo.»

«Si fa per dire» dice Stefania riattaccando.

È di buonumore.

Le notizie lette sui giornali le hanno fatto tornare il sorriso. Le cose, poco alla volta, si stanno sistemando. Pensa a Beatrice e Michela, al fatto che adesso potranno ricominciare una nuova vita. Forse, alla fine, la vita non è così ingiusta.

La Yaris prosegue spedita sulla corsia di mezzo, Stefania si guarda attorno, sono anni che non le capita di avere un lungo weekend libero.

Luca scherza, accende l'autoradio, in quel momento la radio trasmette una canzone di Bruce Springsteen.

«Dall'album *Born to Run*, 1975» dice Luca.

«Non ti facevo un esperto di musica rock.»

«È il miglior romanzo di rock'n'roll mai pubblicato.»

«Come si chiama questa canzone?»

«*Thunder Road*.»

«E di cosa parla?»

«Di uno che va a prendere la propria ragazza e insieme decidono di partire per un viaggio.»

«E finisce bene?»

«Lui termina dicendo che, insieme, stanno lasciando una città piena di perdenti per andare a vincere.»

«Mi piace.»

Stefania non riesce a capire le parole, ma la musica le piace. E quando la canzone finisce pensa che davvero per lei è arrivato il momento di svoltare.

Chissà cosa le riserva il futuro. Chissà come andranno le cose con Luca. Tutto quello che sa, in quel momento, è che si sente felice.

Dieci minuti più tardi Luca decide di fermarsi in un autogrill.

«Vuoi prendere qualcosa?»

«No, però tu vai, io ti aspetto qui.»

Luca si avvia verso l'ingresso, Stefania osserva gli altri clienti. Poi sfoglia l'atlante stradale. C'è una cosa che non ha ancora capito. Una domanda che da giorni le gira per la testa. Ha promesso a Luca che non penserà al lavoro per qualche giorno. Ma la curiosità adesso prevale. In fondo si tratta di togliersi uno sfizio.

Dalla borsa estrae i fogli fotocopiati della lettera che Michela le ha recapitato.

Osserva quel nome.

Perché un uomo dei Servizi ha aiutato Vallesi?
Poi si guarda attorno.
Osserva il numero di telefono.
E se provassi?
Compone il numero.
Qualche istante di silenzio.
Poi qualcuno risponde.
«Pronto?» dice la voce maschile dall'altra parte.
Stefania rimane impietrita.
Conosce quella voce.
Non può essere.
«Pronto, chi parla?» chiede di nuovo la voce.
Non vuole ammetterlo ma quella voce assomiglia molto a quella di Giulio. Eppure il numero è diverso... ha un altro cellulare? O non è lui, dopotutto?
Passano pochi istanti. Sta per parlare quando in sottofondo un altoparlante annuncia «Stazione Como San Giovanni...»
Stefania riattacca.

Quando Luca torna verso la macchina la osserva.
«Tutto bene?» domanda.
«Sì, perché?»
«Hai un'aria strana.»
«No, Luca, è che per un attimo ho pensato di aver scordato qualcosa.»
Luca sorride, si allaccia la cintura, accende il motore.
Quando l'auto si immette in autostrada sono le nove e mezzo.
Il traffico scorre velocemente, il sole all'orizzonte promette una bella giornata.

Nota degli autori

Secondo il *Rapporto della Commissione per lo studio e l'elaborazione di proposte in tema di trasparenza e prevenzione della corruzione nella pubblica amministrazione* il numero di persone coinvolte e dei reati denunciati per corruzione e concussione in Italia è stato «in crescita dal 1992, ha raggiunto il picco di 2000 delitti e di oltre 3000 persone denunciate nel 1995, per ridursi a circa un terzo (per i reati) e a metà (per le persone) nel 2006». Secondo questo studio il numero di condanne per reati di corruzione è passato «da un massimo di oltre 1700 nel 1996 ad appena 239 nel 2006».

Il *Corruption Perception Index* (Cpi) di *Transparency International*, che misura la corruzione percepita, ha recentemente collocato l'Italia al sessantanovesimo posto (a pari merito con Ghana e Macedonia) nella classifica dei paesi più corrotti.

Il *Rating of Control of Corruption* (Rcc) della Banca mondiale colloca l'Italia agli ultimi posti in Europa.

Secondo un sondaggio del 2009 (sondaggio Eurobarometro), il 17% dei cittadini italiani intervistati ha dichiarato di aver ricevuto la richiesta o l'offerta di una tangente negli ultimi dodici mesi di riferimento, quasi il doppio della media europea che si attesta invece al 9%.

La Corte dei Conti ha stimato che i costi del fenomeno non sono quantificabili in maniera precisa, ma che sono comunque stimabili in diversi miliardi di euro.

Le conclusioni a cui arrivavano due diversi studi del Greco* (Gruppo di stati contro la corruzione, organismo nato nel 1999 in seno al consiglio d'Europa) sono le seguenti:

> *Corruption is perceived in Italy as a pervasive and systemic phenomenon, with numerous areas of activity (in particular, urban planning, public procurement and health sector) and territories being affected.*
> *[...]*
> *In view of the above, Greco concludes that Italy has implemented satisfactorily or dealt with a satisfactory manner less than half of the 22 recommendations contained in the Joint First and Second Round Evaluation Report.*

* Greco, *Evaluation Report on Italy*, 2 luglio 2009 e Greco, *Compliance Report on Italy*, 27 maggio 2011.